関ヶ原連判状

上巻

安部龍太郎

朝日文庫

本書は二〇一一年三月、集英社文庫より刊行されたものです。

関ヶ原連判状 上巻 ● 目次

関ヶ原連判状　上巻

第一章　細川幽斎

空は青く澄みわたっているが、洛北《らくほく》の山々は春のかすみに薄くおおわれていた。西の桂川《かつら》、東の賀茂川《かも》のあいだのせまい盆地に、京の都がひろがっている。御所《ごしょ》の大屋根や東寺《とうじ》の五重塔、鴨川《かも》ぞいに植えられた桜並木、大路ぞいに枝をたらした柳の緑……。

春の色どりに包まれて遠目にも華やかな町を眼下にしながら、石堂多門《いしどうたもん》はにぎり飯を頬張《ほおば》っていた。左手には朱塗りのふくべを持ち、飯を酒でのみくだす。

阿弥陀《あみだ》ヶ峰《みね》の山頂である。

南にくだったところには豊臣秀吉《とよとみひでよし》の廟《はか》があり、色鮮やかな鎧《よろい》をまとった兵たちが警固にあたっていた。

ふもとからは、笛や太鼓の音が風にのって聞こえてくる。笑いさんざめく群衆の気配も伝わってくる。

方広寺大仏殿《ほうこうじ》の廻廊《かいろう》が完成し、祝いの宴が催されているのだ。数万の群衆が見物にあつまり、お祭りさわぎとなっている。

「花の下より鼻の下か……」

多門は紫色の花をつけた都忘れをつみ取ると、茎ごとくわえて腰をあげた。

身長は五尺五寸ばかり。箱のように四角ばった体付きで、顔も角形である。

眉《まゆ》が濃く、二重瞼《ふたえまぶた》の目は大きい。高々と大たぶさをゆい、紅色の綾錦《あやにしき》の小袖《こそで》に、黒紫の袴《はかま》、黒い濡羽《ぬれば》色の袖なし羽織というでたちだ。

羽織の背中には真っ赤な炎のなかから天に昇らんとする金色の龍《りゅう》がえがかれ、「天《てん》下布武《かふぶ》」と銀糸でぬい取りがしてある。

腰の刀も並ではない。長さは二尺三寸、鞘幅《さやはば》が三寸ばかりもある。梨地《なしじ》銀覆輪《ぎんぷくりん》のこしらえで、本人は鉈正宗《なたまさむね》と名づけている。

多門はふくべの酒をのみ干すと、都忘れをほろ苦くかみながら阿弥陀ヶ峰をおりていった。

方広寺のちかくまで来ると、辻々《つじつじ》に屋台が出ていた。

豊国《ほうこく》祭さながらの人出を当てこんだ商人たちが、菓子や団子、酒、肴《さかな》などをならべて売り声をはり上げている。

多門も屋台をのぞきながら祭り気分に浮かれていると、前方で呼び声があがった。

「盗人《ぬすっと》、盗人でございます」

方広寺の前の道を、黒いほおかむりをした男が人ごみをかき分けながら逃げてくる。

小脇《こわき》には藤《ふじ》色の包みを抱えていた。

「どなたか、その男を」

武家の娘とおぼしき女が、必死の叫びをあげながら後を追っている。

ほおかむりの男は、右に左に人をかわしながら一目散に走ってくる。腰をおとした回転の速い走り方は、忍びに特有のものだ。

石堂多門は道をよけ、すれちがいざまに足を出した。男は大きく前につんのめったが、猫のように背中をまるめて地上で一回転した。

素早く立ってふり返った相手の横面《よこつら》を、多門は鉈正宗の鞘尻《さやじり》でなぐりつけた。黒いほおかむりが宙にとび、男は真横になぎたおされた。

追いかけて来た若い女が、地に落ちた藤色の包みに飛びついた。

「ありがとうございました。お陰さまで助かりました」

安堵《あんど》のあまり、切れ長の目に涙をうかべている。

「わたくしは千代《ちよ》ともうします。この先の茶屋に連れの者がおりますので、ご足労いただければ」

「無用じゃ」

「すぐ近くでございますゆえ、何とぞ」

「礼など無用と申しておる。それよりこの……」

ほおかむりの男は何者だとたずねようとして振り返ると、気絶していたはずの男は影も形もない。

多門は鈼正宗を帯にたばさんで歩きはじめた。

「もし、せめてお名前だけでも」

「天下、布武」

四ツ辻にでると、左手の大通りに人垣ができ、皆々爪先《つまさき》立ちにのびあがっていた。一町ばかり前方に方広寺の大仏殿がそびえていた。大屋根は漆黒の瓦《かわら》ぶきで、棟高は十七丈（約五十メートル）ほどもある。壁は白、柱や梁《はり》は朱塗りだった。

東大寺《とうだいじ》の大仏殿よりひと回り大きな建物で、完成したばかりの朱塗りの廻廊がまわりを囲んでいる。

東西百間《けん》（約百八十メートル）、南北百二十間という大きさで、表門の前の通りでは、風流《ふりゅう》踊りがおこなわれていた。

鐘、笛、太鼓にあわせて、あでやかに着かざった百人ばかりの女たちが、歌をうたいながら輪になって踊っている。小袖の尻を汗にぬらして踊る姿がなまめかしい。

輪のなかには笛や鼓《つづみ》の奏者がいる。扇をかざして踊る白拍子《しらびょうし》や、南蛮人の装束を着て三尺あまりもある真っ赤な烏帽子《えぼし》をかぶった者たちもいる。

多門は黒紫の袴のすそをたくし上げた。

「都に来るには、少し地味すぎたか」

そう思ったのである。

満開の桜の下では、武士や町人、百姓たちが、地べたに車座になって酒をのんでいた。

花の匂《にお》いと酒の匂いが、涼やかな風にのってただよってくる。

多門は朱塗りのふくべを口に当てた。空である。舌打ちして懐《ふところ》をさぐった。今夜の旅籠《はたご》代も心もとないありさまだ。

目の前では花見の宴がたけなわである。秀吉が死んで一年半になり、天下はふたたび大乱のきざしを見せはじめているというのに、どこ吹く風の馬鹿《ばか》さわぎ。

こんなことなら、さっきの娘からお礼の銭くらいせしめておけば良かったと思ったが、後の祭りだった。

「後悔は智恵《ちえ》のいとぐち……」

口ぐせの諺《ことわざ》をつぶやきながら、その夜は、五条大橋《ごじょうおおはし》のそばの場末の旅籠に宿を求めた。

そまつな宿である。天井は今にも落ちそうで、壁は立っているのをほめてやりたいくらいの代物《しろもの》だった。

(いっそこのまま細川幽斎《ほそかわゆうさい》の館《やかた》をたずねようか)

何度もそう思ったが、約束は明日なのでそれもはばかられた。

久々に都の風にふかれたせいか、心がそぞろに浮き立って、酒をのみたくて仕方がない。春のおぼろ月にさそわれて、ふらふらと表に出た。

賀茂川ぞいの道の片側には、桜並木が満開の花をきそっている。月の光をあびて白っぽく見える花が、川風に静かにゆれている。

花見帰りらしい酔った男たちとすれちがうたびに、酒の匂いがただよってきて、多門はたまらない気持になった。

「いっそ辻斬《つじぎ》りでもしてくれようか」

おだやかならざる気持で歩いていると、前方から五人の武士が道一杯にひろがって近づいてきた。

いずれも大たぶさをゆい、猛々《たけだけ》しいひげをたくわえ、朱鞘《しゅざや》の大刀をたばさんでいる。都をさわがす傾《かぶ》き者《もの》だ。

「しめた」

多門は内心雀躍《こおどり》しながら道のまん中を平然と歩いた。五人は眼前に立ちはだかった。

「貴様、無礼であろう」

六尺ゆたかな武士が、おおいかぶさるようにして酒の匂いをふりまいた。

「貴殿らこそ道を開けられよ。ここは天下の大道じゃ」

「ほほう。我らに喧嘩《けんか》を売ろうというか」

「買《こ》うて下さるか」

「馬鹿が。あの世で悔やめ」

六尺男がいきなり斬りつけてきた。

多門の動きは数段はやい。身幅三寸の鈍正宗をかるがると抜くと、真っ向からずんとふり下ろした。

六尺男はあごの下からへそまで斬られて真後ろにたおれた。派手な着物は、たけのこの皮に包丁でも入れたようにたてに割られている。

「おのれ」

連れの四人が刀を抜いて取りまいたが、明らかに腰がひけている。

「死んではおらぬ。こよいの名ごりに一筋入れてやったまでじゃ」

一人が傷口をあらためた。血は流れているが、皮を斬られたばかりである。

「武士の情けじゃ。落とし前をおいてつれて行け」

「おのれ、覚えておれ」

一人が巾着《きんちゃく》をほうり投げ、倒れた男を抱えて立ち去った。

多門は加賀《かが》白山麓《はくさんろく》の牛首谷《うしくびだに》の出身だった。両白山地《りょうはくさんち》をみなもととして日本海へそそぐ手取《てどり》川の、最上流部にある深山《みやま》の里である。

谷《たに》峠をこえて越前勝山《えちぜんかつやま》にも抜けることのできる牛首谷には、いつの頃《ころ》からか牛首一族とよばれる白山《はくさん》神社直属の戦闘集団が住みつき、神社の所領や治安をまもることを任務としてきた。

牛首一族は大社《おおやしろ》さまとよばれる榊《さかき》家を主とし、牛首七家の者たちが、それぞれ各家秘伝の武術をもって任務にあたった。

多門の生まれた石堂家は、長巻《ながまき》の技を相伝し、七家中第三位の家格だった。

ところが二十年まえに、突然の不幸が牛首谷をおそった。

天正《てんしよう》八年（一五八〇）、織田信長《おだのぶなが》は加賀の一向一揆《いっこういっき》を制圧するために、柴田《しばた》勝家《かついえ》を大将とする大軍を侵攻させた。

新兵器の鉄砲を装備した織田の大軍に、つぎつぎと打ち破られた一向一揆の衆徒は、天然の要害である手取川流域の城にたてこもって最後の抵抗をこころみた。

一揆の拠点となったのが、手取川と大日《だいにち》川のあいだの小高い山にきずかれた鳥越《とりごえ》城である。

城の攻略に手を焼いた柴田勝家は、甥《おい》の柴田三左衛門《さんざえもん》を大将とする三千の兵に、越前側から手取川の上流部に侵攻して鳥越城の背後をつくように命じた。

三左衛門の軍勢がまっさきに標的としたのが、牛首一族だった。この頃一族は一向一揆に加わり、変幻自在の戦法で柴田軍にしばしば痛撃をあたえていたからだ。

信長得意の戦法は、なで斬りである。

圧倒的火力にものを言わせ、村ごと焼きつくし、老若男女をとわず殺しつくす。山に逃れても巻狩の要領で山狩りをして、見つけ次第皆殺しにする。

伊勢長島《いせながしま》の一向一揆や、天正伊賀《いが》の乱で伊賀の国人《こくじん》一揆を殲滅《せんめつ》したのと同じ戦法が、牛首一族に対しても用いられた。

この戦で牛首一族の大半は殺され、里は焼き払われたが、わずかながら山中に逃れて生き残った者たちがいた。

牛首の乱のころに十四歳だった多門も、柴田軍の攻撃をのがれて白山に逃げこみ、別山《べつざん》をこえて美濃《みの》の白川《しらかわ》の方に下り九死に一生を得た。

それ以後、諸国を流れ歩きながら生き抜いてきたが、三年前に牛首一族の主である榊一心斎《いっしんさい》に命じられて、傭兵《ようへい》稼業の一員にくみこまれることになった。

一心斎は牛首七家の戦闘術を身につけた屈強の者たちをあらたに組織し、各大名家に傭兵として送りこむことで力をたくわえ、一族を再興しようとしていたのである。

久々に京を訪ねたのは、吉田《よしだ》に住む細川幽斎の指示に従えとの指令を受けたからだった。

翌朝、多門は宿の下女にゆり起こされた。

上体をおこすと、頭が割れるようにいたむ。傾き者からせしめた五両の落とし前で、のみ過ぎたのがいけなかった。

「すまんが、水をくれ」

「裏に井戸がございますので」

ほうきではき出すように追い出された。

すでに陽《ひ》は高い。空はうすい雲におおわれ、にぶい陽が照っている。清水山《きよみずやま》の中腹の山桜がいっせいに咲き、薄くかすみを流したようだ。

多門はぶらぶらと賀茂川ぞいを北に向かって歩き、五条大橋のたもとの茶屋でむかえ酒をのんだ。どんな宿酔《ふつかよい》もこの一杯でけろりと直る。

「おやじ、今何時かな?」

「そろそろ巳《み》の刻（午前十時）でございます」

細川幽斎との約束は午《うま》の刻（午前十二時）である。

もう一杯飲もうかどうか迷っていると、大通りの向こうの路地を十人ばかりの男たちが小走りに北に向かうのが見えた。

後ろから危なげな足取りでついて行くのは、昨日多門が殴り倒したほおかむりである。鈍正宗の一撃は、まだ相当にこたえているらしい。

「銭はここに置くぞ」

多門は長床几《ながしょうぎ》に一両をおいて立ち上がった。

「お武家さま、こんなにいただいては」

初老の親父《おやじ》が引き止めようとしたが、多門はすでに走り出していた。

四半里ばかり行くと、広々とした野原に出た。砂利道の片側には、たんぽぽが咲き乱れている。鼓型の黄色い花にかこまれるようにして、大きな納屋《なや》がたっていた。

道の反対側は高さ一間ばかりの土手で、土手のうえは梅の林だった。男たちは二手に分れ、納屋と梅林に身を伏せた。首領らしい長身の武士と例のほおかむりも納屋に入っていく。

多門は無論知らないが、長身の武士は小月次郎春光《おづきじろうはるみつ》という。石田三成《いしだみつなり》の警固番をつとめる小月党の一員である。連れのほおかむりは青ぶさの伊助《いすけ》。多門が見抜いたように忍びの心得がある。

多門はかなり手前で土手をのぼると、足を忍ばせて梅林にひそむ五人の男たちの背後にまわりこんだ。

五人とも小袖に裁《た》っつけ袴《ばかま》といういで立ちで、腰には黒鞘の直刀をさしている。忍びとも足軽あがりともつかぬ身のこなしである。男たちの頭上に鶯《うぐいす》がとまり、しきりに鳴きかわしている。

やがて五条大橋のほうから旅装の四人づれがやって来た。

男三人女一人である。一人は三十ばかりの恰幅《かっぷく》のいい武士で、二人はもっと若い。

いずれも大家の藩士らしい立派な身なりの武士たちにかこまれて歩くのは、昨日方広寺のちかくで会ったお千代という娘だった。

お千代は片はずしに髪をゆい上げ、長い笄《こうがい》で留めていた。若苗色に藤の花をそめぬいた小袖を着て、打掛けをかさねている。

丸いふっくらとした顔立ちだが、切れ長の目にやや険がある。

方広寺のそばで奪われそうになった藤色の包みは、横をあるく前髪姿の若い武士が大事そうにかかえていた。

四人が納屋の前にさしかかったとき、中から六人の男たちが飛び出して行手をふさいだ。

同時に梅林にふせていた五人が、土手を飛びおりて背後にまわる。物音におどろいた鶯が、急になりをひそめた。

「前田《まえだ》家家老、横山大膳《よこやまだいぜん》どのでござるな」

小月春光が声をかけた。目許《めもと》の涼しい二十五、六歳の武士で、妙に行儀がいい。

「そう言う貴殿は、石田治部《じぶ》どののご配下かな」

恰幅のいい武士は落ち着きはらっている。

「そちらの包みを申し受けたい」

「取りたければ、腕ずくでまいられよ」

大膳がすらりと大刀を抜いた。正眼《せいがん》の構えが見事に決っている。

連れの二人も抜刀し、間にお千代をまもるかまえを取った。お千代も懐剣を逆手にかまえている。

「ほほう」

あの女、中条《ちゆうじよう》流の小太刀《こだち》をやるな。石堂多門はお千代の構えからそう見てとった。

梅の木に背中をもたせて高みの見物をきめこんでいると、直刀を手にした男たちがいっせいに斬りかかった。

いや、斬るのではない。切っ先するどい細身の刀で、ひたすら突きまくる。片手突き、双手《もろて》突きをくり出し、相手の急所をえぐろうとする。

一見こっけいな刀法だが、最短距離で相手をたおすにはもっとも有効な技である。とくに刀をふりまわせない狭い場所では、抜群の威力を発揮する。海賊衆がよく用いる刀法である。

だが、大膳も強い。するどい突きを鍔元《つばもと》で払いながら、隙《すき》をみて相手の小手を浅く斬っていく。

連れの二人もなかなかの腕だ。真剣にひるんだのか、お千代だけが二人の背後にかくれるように回りこんでいる。

「たわけが。下がっておれ」

配下の苦戦にいらだった小月春光が、三尺ちかい細身の刀をぬいた。

大膳は慎重になった。勝負はひと太刀《たち》できまる。そう見切ったのか、両肘《りょうひじ》をしめて八双《はっそう》の構えをとり、左足を半歩ふみ出した。

胸の急所を太い二の腕でまもっている。たとえ腕を刺されても、八双の構えからの一撃で相手の首を断つつもりである。

春光も迂闊《うかつ》に踏み込もうとはしなかった。大膳の気迫に押しこまれたのか、額に大粒の汗を浮かべている。

誰《だれ》もが二人に気を取られた瞬間、青ぶさの伊助がお千代にむかって分銅つきの麻縄をなげた。

縄の先が生きものとなって懐剣を持った手首にからみ、お千代はあっという間に伊助の手元にたぐりよせられた。

「動くな」

伊助がお千代を背中から抱き止め、のど元に二尺ばかりの手槍《てやり》の穂先をあてた。

「刀をすてて、包みをよこせ」

「なりませぬ」

お千代が気丈にさけんだ。

「そうかい。若い身空であっちへ行きてえかい」

伊助が左手でお千代の顎《あご》をぐいと持ち上げ、手槍の穂先でぴたぴたと叩《たた》いた。

「待て」

横山大膳が大刀を投げすてた。

「包みは渡す。それゆえお千代どのをはなせ」

「ようし。それがいい分別というものだぜ」

伊助が大膳に気をとられた瞬間、石堂多門はつぶてを投げた。

梅の実ほどの小石が、昨日鈍正宗の一撃をあびてはれあがった頰に命中した。伊助はおもわず頰をおさえてのけぞった。

お千代はそのすきに腕をふりほどき、大膳のもとに逃れた。

「何者だ」

小月春光がふり返ったが、多門は梅林のかげに身を伏せている。

配下の二人が様子をたしかめに土手を上がろうとしたとき、頭上から思うさまけり飛ばした。

「お前は、昨日の」

伊助があっという顔をした。

「袖すりあうも、何とやらだなあ。ずいぶん男ぶりが上がったではないか」

多門はうれしげに見下ろしている。

小月春光は思わぬ敵の出現に利あらずと見たのか、配下に命じて足早に引きあげていった。

「危ういところをお助けいただきかたじけない。それがしは」

丁重に礼を言う大膳を制し、多門は土手の道を吉田の細川幽斎の屋敷へとむかった。

庭の一画を切り開いて作った五、六坪ほどの畑には、菜の花が鮮やかな色を連ねている。その上を紋白蝶《もんしろちょう》のつがいが、もつれあいながら舞い遊んでいた。

障子を開け放って見るともなくそれを見ていた細川幽斎は、再び文机《ふづくえ》の上に目をやった。手《て》垢《あか》で黒ずんだ古今和歌集《こきんわかしゅう》が開いたままにしてある。歌集の余白には、その時々に浮かんだ感想を几帳面《きちょうめん》な細かい字で記してあった。

歌道の師である三条西実枝《さんじょうにしさねき》から古今伝授を受けた時にゆずり受けた物だから、もう二十六年も持ちつづけていることになる。おり重なるように記された余白の書き込みからは、幽斎がこの歌集とともに過ごしてきた歳月の長さがうかがえた。

今は隠居の身とはいえ、丹後《たんご》十二万石の大名だった男である。足利《あしかが》十二代将軍義晴《よしはる》の実の子で、義輝《よしてる》、義昭《よしあき》は異母兄弟に当たる。

僧形の丸い頭をして、背がすらりと高い。織田信長と同じ天文《てんぶん》三年（一五三四）の生まれだから六十七歳になるが、三日月形の眉がくっきりと長く、鼻筋が細く通った顔は、雅《みやび》やかで若々しい活力に満ちていた。

幽斎は細長い指で文机の引き出しを開けた。上質の陸奥紙《みちのくがみ》に包まれた立《た》て文《ぶみ》が入っている。今朝《けさ》八条宮《はちじょうのみや》智仁《としひと》親王から送られた誓紙《せいし》だった。

「古今集の伝授の説々、更に以《も》って爾《そ》の儀聊《いささ》かもあるべからず。この旨私曲候《さうら》へば、両神天神の冥助《めいじょ》に背くべきものなり。よって誓状件《くだん》の如《ごと》し」

古今集の伝授を受けたなら、決しておろそかにしないと誓ったものだ。

古今伝授を受ける時に弟子が師に差し出すもので、後陽成《ごようぜい》天皇の弟である智仁親王とて例外ではない。

この誓紙を得た幽斎は、今日慶長《けいちょう》五年（一六〇〇）三月十九日から親王への伝授を始めることにしていた。

（長かった）

誓紙を見るたびにそんな感慨が湧《わ》き上がってくる。

二十六年前に幽斎が伝授を受けて以来、初めて古今集の秘伝のすべてを伝える相手を見出《みいだ》したのだ。さまざまな思惑があってのこととはいえ、これで肩の荷を下ろせるという喜びは大きかった。

「大殿さま、夢丸《ゆめまる》から文が届きました」

初老の下僕が細く折った結び文を届けた。

加賀の榊一心斎に、物の役に立つ男を一人寄こしてくれと頼んである。その男が今日都に着くというので、鳥見役の夢丸に人品骨柄を確かめるように命じてあった。

「どうやら使い減りのしない男のようじゃな」

幽斎が結び文を読み終えた時、

「たのもう」

玄関先で訪《おとな》いを入れる遠慮のない声がした。

幽斎は下僕を制して自ら迎えに出た。体付きのがっしりとした男が玄関口に突っ立っている。紅色の小袖に黒紫のはかまという出《い》で立ちで、腰には男の体形に似た鞘幅の厚いずんぐりした刀をたばさんでいる。

「それがしは石堂多門という者でござる。細川幽斎どのにお取りつぎいただきたい」

目の前に立っているのが本人だとは夢にも思っていないらしい。まるで下僕に対するような物言いだが、愛敬《あいきょう》のある顔立ちのせいか憎めない所がある。

「ならば主屋《おもや》の茶室の方にお上がり下され」

幽斎は先に立って六畳ばかりの茶室に案内した。

板の間の真ん中に三尺四方ほどの炉を切り、自在鉤《かぎ》に鍋《なべ》をぶら下げているだけで、田舎家《いなかや》の居間といったおもむきがある。

千利休《せんのりきゅう》に茶道を学んだ幽斎は、隠居所としたこの別邸で田舎風のわび住まいを楽しんでいたのである。

炉には熾《おき》が赤々と燃え、鍋からかすかに湯気が上がっていた。

幽斎は無言のまま鍋のふたを取って茶の仕度にかかった。智仁親王への古今伝授が始まるという気持の高ぶりのせいか、点前《てまえ》もいつになくなめらかだった。

「もしや、貴殿が幽斎どのでは……」

多門もようやくそのことに気付いたらしい。

「それがしは加賀の榊一心斎の手の者でござる。こちらを訪ねるようにとの指示があり、まかり越しました」

「そちも牛首谷の生まれか」

「三の谷の石堂家の生まれでござる。もっとも二十年来もどってはおりませぬが」

「一心斎を頼んだのは、金沢《かなざわ》まである者を送り届けてもらいたいからじゃ。牛首谷の生まれとあれば、うってつけの仕事であろう」

幽斎がすっと茶を差しだした。素焼きの大ぶりの茶碗《ちゃわん》の底に、濃い茶がわずかばかりたゆたっている。

「お送りする御仁とは、どなたでござろうか」

「そちが先ほど助けた者たちじゃ。おっつけここに参るであろう」

「あの横山大膳とかいう……」

「そうじゃ」

「しかし、何ゆえそのことを」

多門は目を丸くして考え込んでいる。幽斎とは初対面だし、大膳たちはまだ着いていないのだから、つい今しがたのことをなぜ幽斎が知っているのか解《げ》せないのだ。

「そちのことなら何でも知っておるぞ。昨夜傾《かぶ》き者《もの》らに喧嘩を売って五両の落とし前をせしめたことも、茶屋の亭主に最後の一両をくれてやったこともな」

「………」

「この鍋の湯には、洛中《らくちゅう》のことなら何でも映るようになっておる。ほう、御所では花見の最中じゃ。そちものぞいてみるがよい」

多門が半信半疑で鍋をのぞき込んだ瞬間、幽斎は竹のひしゃくを思いきり頭に叩きつけた。

多門は寸前に危険を察し、体をわずかに横にかたむけてこの一撃をかわした。

「わっはっは。腕もたつが、心構えも立派なものよな」

幽斎は肩をゆすって高らかに笑った。

「ご隠居さま、ご案内いたしました」

戸が静かに開き、中間《ちゆうげん》姿の夢丸が平伏していた。

二年前から幽斎が手足のように使っている年若い忍びである。夢丸の後ろに横山大膳が立っている。大膳は多門を見て驚いたようだが、軽く目礼して茶室に入った。

「よう参った。こちらは金沢まで供を頼んだ石堂多門じゃ」

幽斎は二人を引き合わせた。

「前田家家老、横山大膳長知《ながちか》でござる。先ほどは危ういところを助けていただき、かたじけのうござった」

大膳が丁重に頭を下げた。

まだ三十歳を過ぎたばかりだが、大藩の家老を務めるだけあって風采《ふうさい》も立派で態度も堂々としている。それでいて少しも居丈高なところがなかった。

「多門とやら、酒肴《しゅこう》の仕度を申し付けてあるゆえ、離れでくつろぐがよい」

「では、こちらに」

小柄な夢丸が先に立って離れに向かう。多門は鈍正宗を片手に下げてついていった。

「あの御仁は、以前からの知り合いでございますか」

大膳がたずねた。丸くふくよかな顔をして目が細いので、いかにもおだやかそうにみえる。

「そちも榊一心斎のことは知っておろう」

「噂《うわさ》には聞いたことがございます」

「牛首一族の長《おさ》で、各大名家に腕のたつ者を送りこんでおる。あの男もその一人だが、人品骨柄はすでに調べてある」

「警固の者など不用と思うておりましたが、先ほどは早々に助けていただきました。お師匠さまのご配慮に、またしても救われましてございます」

大膳は幽斎から茶と歌道の手ほどきを受けている。また藩政のかじ取りや外交についても、つねに教えをうけていた。

「そちは薄茶が好みであったな」

幽斎が漆黒の碗にたっぷりとくんだ茶をさしだした。

「これは黒手鞠《くろてまり》」

ちょうど手鞠を半分に切ったような形をしているところから、織田信長が黒手鞠とよんで愛用した品だった。

「さよう。丹後一国を平定したときに、信長公から褒美《ほうび》として拝領したものじゃ」

「このような大事の品を……」

「道具というものはそれを使う者の心によって値うちが定まるものでな。茶碗そのものはただの土器《かわらけ》にすぎぬ。それより国許の様子はどうじゃ。利長《としなが》どのは息災か」

「年明け早々から病のために奥御殿にひきこもられ、太田但馬守《おおたたじまのかみ》どののほかには、何人《なんぴと》たりとも会おうとはなされませぬ」

「仮病か？」

「おそらく」

「但馬守の力が、それほど強くなっておるということだな」

「今や殿はあのお方の意のままでございます」

横山大膳は淡々とこたえ、丸い顔に黒手鞠をかぶせるようにして茶を呑《の》みほした。

昨年の九月以来、加賀の前田家は徳川家康《とくがわいえやす》ときびしく対立していた。原因は九月七日に発覚した家康暗殺の陰謀である。

重陽《ちょうよう》の節句の祝いに大坂城に登城するために、家康はこの日、備前《びぜん》島の石田三成邸にはいったが、夜半に豊臣家五奉行の一人である増田長盛《ましたながもり》らがかけつけ、大野治長《おおのはるなが》、土方雄久《ひじかたかつひさ》らに家康暗殺の陰謀があるとうったえた。

しかも事件の主謀者は、雄久の従兄弟《いとこ》にあたる前田利長だという。

これは家康が仕組んだことだと言う者や、石田三成が家康と利長を戦わせようとして謀《はか》ったことだと主張する者など、さまざまの憶測がとびかったが、真相を解明することはついにできなかった。

ところが家康はこの機会を巧妙にとらえ、加賀征伐の軍をおこそうとした。

豊臣家の大老である自分を殺そうとしたことは、豊臣家にたいする謀叛《むほん》であると言いたて、豊臣恩顧の大名を動員して加賀を攻めようとしたのである。

これにどう対処するかについて、前田家の意見は真っ二つにわれた。

武断派の猛将として知られる一番家老の太田但馬守は、兵をひきいて上洛《じょうらく》し、家康と雌雄を決するべきだと主張した。

だが二番家老の横山大膳は、これに強硬に反対した。

今迂闊に動けば、加賀征伐を機に徳川家康を討とうとたくらむ石田三成の策にのせられると考えていたからだ。

両派はたがいに自説を主張してゆずらず、最後の決断は利長にゆだねられた。だが利長は利家《としいえ》の嫡男《ちゃくなん》ともおもえぬ気弱な性格で、さんざん迷った末に、大膳に和解の道をさぐるように命じて家康のもとにおくった。

上洛した大膳は、家康との交渉に入る前に細川幽斎を訪ねて和解の方策について相談した。幽斎はひそかに家康の近臣にさぐりを入れ、利長の母芳春院《ほうしゅんいん》を人質とすることで和解してもよいという家康の意向を突きとめた。

大膳は芳春院と利長の双方にその旨を伝え、最悪の場合には芳春院を人質とするもやむなしとの了解を得て、家康との交渉にのぞんだ。

前田家の所領没収や国替えをちらつかせながら、利長自身が出頭して釈明するように求める家康に対して、大膳は家康暗殺の嫌疑が冤罪《えんざい》であると主張し、ねばり強い交渉の末に芳春院を人質として江戸に差し出すという条件で和解にこぎつけた。

だが金沢に戻った大膳を待っていたのは、芳春院を犠牲にしたというごうごうたる非難だった。先代利家の正室を人質とするくらいなら、家康と一戦を交じえて武門の意地を天下に示すべきだという意見が前田家の大勢を占めたのである。

太田但馬守がこうした勢力の先頭に立つのは当然の成り行きだが、いったんは母を人質に出すことを了解した利長までが、家中の批判の激しさに動揺し、大膳を冷遇するようになった。

このままではせっかくまとめあげた和議が破棄されかねない。進退きわまった大膳は再び吉田の別邸に幽斎を訪ね、前田家の存続を図るための策を問うた。

以来一月の間、大膳は幽斎の指示に従って動き、このたび利長にあてた芳春院の文を持って金沢に戻ることになったのだった。

「但馬守をそれほど重用されるということは、利長どのは和解の誓約を反故《ほご》にしてもよいと考えておられるということじゃな」

幽斎のふくよかな顔が憂いにくもった。

「このままでは、やがてそうなりましょう」

「あのご気性でそこまでの決断をなされるとは、いかに但馬守の勢力が強いとはいえ、腑《ふ》に落ちぬことじゃの」

「能登守《のとのかみ》どのが、但馬守どのに同心しておられます」

「利政《としまさ》どのが、三成方につかれるか」

「加賀征伐の騒動のさなかにも、ときおり伏見《ふしみ》の屋敷を忍び出て、治部どのの使者に会っておられたご様子」

「そうか、利政どのと但馬守が組んだなら、利長どのにはおさえきれぬかもしれぬな」

前田能登守利政は利家の次男で、能登二十二万石を領していた。まだ二十三歳の若さだが、何ごとにも優柔不断な利長とちがって、「槍《やり》の又左《またざ》」と異名をとった父ゆずりの苛烈《かれつ》な気性の男だった。

「かくなる上は芳春院さまの文をたずさえ、決死の覚悟で殿を説き伏せるほかはございませぬ」

大膳がひざの前においた黒手鞠に目をおとした。

「うむ。だが出発はしばらく待て」

「事は一刻を争いまする」

「このまま何の手みやげもなく国許へ戻っても、そちの立場は苦しくなるばかりじゃ。わしに考えがあるゆえ、四、五日ここで骨を休めてゆくがよい」

軒の庇《ひさし》をたたく雨の音がして、あたりが急に薄暗くなった。

空は鉛色の厚い雲におおわれ、ときどき稲妻が青くまたたいている。

満開の桜の花びらが風に吹き散らされ、横に渦を巻きながら窓を横切っていく。稲妻に照らされて花びらが白っぽく浮きあがり、まるで雪が流れていくようだ。

「春の嵐《あらし》か」

幽斎が低くつぶやいて明り障子をしめた。

「春の嵐ははげしく吹いて瞬時にとおりすぎる。今の天下のありさまと同じじゃ」

「やはり大戦《おおいくさ》になるのでございましょうか」

「一年、あるいは半年さきには、この国を二分した戦がおこる。そのとき前田家が石田方についたなら、家康どのに勝ち目はあるまい。天下は三成の意のままになる」

そうなった時のことを思い浮かべて、幽斎は己れを汚《けが》されでもしたように眉をひそめた。

「わしが前田家を頼んで事を成そうとするのも、あやつにだけは勝たせたくないからじゃ。ところで今日から八条宮さまに和歌の講釈をすることになっておるが、そちも同席してはどうじゃな」

「それがしごときが、そのような席に」

「宮さまは気さくなお方ゆえ構わぬよ。それに後々のためにも、宮さまとお近づきになっておいた方が都合がよかろうて」

幽斎は立ち上がって背筋を伸ばすと、書院にもどって出かける仕度を始めた。

第二章　石田三成

都をおそった春の嵐《あらし》は、半刻《はんとき》（一時間）ばかりの間満開の花を舞い散らせて去っていった。

雑木林が雨に洗われ、薄紅色の新芽も鮮やかである。

芳春院の文《ふみ》を奪いそこねた小月春光と青ぶさの伊助は、方広寺の近くの茶屋で雨やどりしていた。

春光は行儀よくひざを折って、ゆったりと酒をのんでいる。

昨日今日と相つぐ失敗に内心弱りきっているが、まるで他人事《ひとごと》のようにのんびりと構えているところがこの男の常ならぬところだった。

「おお、誰《だれ》かがよくねえ噂《うわさ》をしているようだ」

伊助が鼻をおさえてたてつづけにくしゃみをした。

「風邪をひきかけているのではないのか」

「まさか。青ぶさの伊助ともあろう者が、これしきの雨で」

伊助は大膳らのあとをつけて細川幽斎の別邸まで行き、急な雨にふられたのだ。顎《あご》の張ったいかつい顔は寒さに青ざめ、鉈正宗《なたまさむね》とつぶての連打をあびた頬《ほお》は、二段がさねの餅《もち》のようにはれ上がっている。

「そう片意地をはらずに、ここに来て熱い酒でものめ」

「そんなことだから、次郎どのは駄目なんだ」

伊助が急に怒りだした。

「あの馬鹿《ばか》でかい刀を下げた野郎があんな所にいたのは、大膳らの用心棒に雇われたからにちげえねえ。おまけにこっちの正体まで見破られる始末だ。それなのにのんびりと酒なんか飲んで……」

江戸での仕事が長かった伊助は、かっとすると伝法な口調になる。

「そんなこったから、いつまでたっても太郎《たろう》どのに頭が上がらないんですよ」

「そう怒るな。あの男は五条大橋のたもとの茶屋で我らを見かけ、たまたま後を尾《つ》けて来ただけだ」

春光も小月党の宗家《そうけ》の生まれだけに、伊助が出かけている間にそれくらいのことは調べ上げていた。

「ですが野郎も、細川幽斎の屋敷にいるんですよ」

「そのようだな」

「大膳らと一緒に、四、五日あそこに泊るようですから」

「ほう、さすがに仕事が早いな」

「いえね。屋敷に出入りの青物屋が、まかないの女と話しているのをちょいと小耳に」

伊助は急に機嫌を直し、金壺眼《かなつぼまなこ》の目尻《めじり》を下げてにじり寄った。春光は盃《さかずき》を渡してなみなみと酒をついだ。

「ならばお前はここに残って、大膳らが何ゆえ留《とど》まっているかを突きとめてくれ」

「次郎どのは?」

「もしあの男が大膳らの護衛につくとなると、文を奪うのはいっそう難しくなろう。兄上に今後の指示をあおいでくる」

賀茂川の河原《かわら》の馬場にあずけた馬にのると、小月春光は粟田口《あわたぐち》にむかった。

馬は全身まっ白で、みごとな鬣《たてがみ》をたくわえ、耳が形よく立っている。後ろ足を高く蹴《け》って走る姿がのびやかで美しい。

小月家はもともと堅田《かたた》衆とよばれた琵琶湖《びわこ》の湖族《こぞく》で、陸上より水上での戦いを得意としていたが、春光は船よりもはるかに馬が好きだった。目をみただけで、馬の気性や気持が手に取るようにわかる。乗馬のときも、乗りこなすのではなく一緒に走るという気持になれる。だから、鞭《むち》を使うことは一度もなかった。

大津《おおつ》をぬけて北浜《きたはま》まで駆けると、小月党の配下がいとなむ船宿で舟を出させて、対岸にうかぶ沖島《おきのしま》までこぎよせた。

粟田口を出るときにはふっていた雨もきれいに上がり、比叡山《ひえいざん》のかなたには雲間から夕陽《ゆうひ》がさしている。

さざ波のたつ湖面はあかね色にそめられ、北からは風を満帆にはらんだ荷船が三艘《そう》、水の上をすべるように近づいてくる。

かつて堅田衆は琵琶湖を通るすべての船から関銭《せきせん》(通行料)をとったものだが、織田信長が近江《おうみ》を支配するようになってからは、そうした湖族的行為はいっさい許されなくなった。

かつては琵琶湖に雄名をはせた小月一族も、今では近江の領主である石田三成の配下となり、扶持米《ふちまい》をもらうほかに生きるすべがなくなっていた。

沖島の館《やかた》についたときには、あたりはとっぷりと暮れていた。入江の船着場で舟を下り、両側にかがり火がたかれた石段をのぼると、小月党の館があった。

湖を見下ろす高台に、三十数軒の家が十字に交差した道の両側にならんでいる。

高台のまわりには二重に柵《さく》が植えられ、四方には高さ五間《けん》の物見櫓《ものみやぐら》が建ててある。

小なりとはいえ、城の構えだ。一段高くなった本丸には、小月党の御大将《おんたいしょう》である小月太郎宗光《むねみつ》の館があった。

春光はまたしても失敗の報告をしなければならないことに気後れしながら、いかめしい黒門をくぐった。

「次郎、今ごろどうしたのじゃ」

背後で銅鑼《どら》でも打ち鳴らしたような声がした。

ぎょっとしてふり返ると、叔父《おじ》高虎《たかとら》が立っていた。幼い頃《ころ》に死んだ父のただ一人の弟で、親がわりとなって春光らを育てた六尺豊かな偉丈夫である。

「叔父上、何ゆえこのような所に」

「そちの姿が見えたのでな。都におるべきはずのそちが、何ゆえもどってきたのじゃ」

「ちと兄上に、いえ、御大将にご指示をあおがねばならぬことがありまして」

「御大将なら留守じゃ。殿の警固に佐和山《さわやま》の城にのぼっておられる。ともかくわしの所へ来い」

高虎は襟首をつかまんばかりにして、春光を館につれていった。

「例の物はどうした。首尾よく奪ったか」

「実は、思わぬ邪魔がはいりまして」

「馬鹿者」

高虎がどんぐり眼をむいて、館中がふるえるほどの声で怒鳴った。

「そのような体《てい》たらくゆえ、いつまでたっても御大将の背負われ者などと言われるのじゃ」

宗光と春光は双子の兄弟でありながら、宗光のほうが何事においてもまさっていた。そのために、春光は宗光に背負われるようにして、つまりお荷物のように生まれてきたのだと、一族のなかで陰口をたたかれていた。

「御大将の爪《つめ》のあかでものんで、少しは手柄らしい手柄をたててみろ」

「まことに面目もございませぬ」

春光は面長の端正な顔をうつむけてかしこまったが、心のなかではいつもの説教がはじまったくらいにしか思っていない。

「それで、指示をあおがねばならぬこととは何じゃ」

「どうやら細川幽斎は屈強の牢人《ろうにん》を雇って横山大膳の護衛につけたようでございます。

かくなる上は大膳の生命《いのち》もろとも奪わねば、とても例の文を手に入れることは出来ませぬ」

宗光は大膳に危害をくわえてはならぬと命じている。春光らが襲撃に失敗したのは、その命令に手足を縛られていたからだった。

「ならば明朝早く行け。昼には治部どのが佐和山城に客をまねいて酒宴を催される。とても御大将に会うことはできまい」

「承知いたしました」

「佐和山の帰りには、寄ってゆけ」

「は?」

「わしも行く。お前を一本立ちさせねば、あの世で兄者《あにじゃ》に会わす顔がないでな」

翌朝早く、春光は佐和山城に兄の宗光をたずねた。

佐和山城は琵琶湖東岸に横たわる佐和山（標高約二百三十メートル）の、山頂部にきずいた壮大な城である。

天正元年（一五七三）、信長は近江支配の拠点としてばかりではなく、京、大坂をにらみ、天下統一の足がかりとするためにこの城を築いた。

文禄《ぶんろく》四年（一五九五）、豊臣秀吉から近江四郡を与えられた石田三成は、十九万石の大名としてこの城に入ったが、一大名の城としては構えが大きすぎた。

三成に過ぎたるものが二つあり
　島《しま》の左近《さこん》と佐和山の城

そう謳《うた》われたのはこのためである。

佐和山城は中山道《なかせんどう》の鳥居本宿《とりいもとじゅく》に近く、東国と西国のさかい目と言われた不破関《ふわのせき》を扼《やく》する位置にある。

のちに徳川家康が井伊直政《いいなおまさ》を彦根《ひこね》城にいれて大坂方にそなえたように、秀吉は畿内《きない》の入口にあたる佐和山城に三成をいれて東国のそなえとしたのだ。

木をきり払った山の頂きには、真っ白な花崗岩《かこうがん》で築いた天守台の上に、五層の天守閣がそびえていた。

山頂から左右に尾根がのび、北側に二の丸と三の丸、南側に太鼓丸を配している。両側の尾根に抱かれるようにひらけた谷間の平地に、石田家の政所《まんどころ》である表御殿があった。

固く閉ざされた黒塗りの大手門の前には、朱色の具足《ぐそく》をつけた二人の兵が長槍《ながやり》をもった。
「小月次郎春光という者だが、警固番組頭《くみがしら》の宗光どのにお取りつぎ願いたい」
声高に申し入れると、くぐり戸ののぞき窓が開き、宗光の配下の者が顔をたしかめ
て警固にあたっていた。
なかに入ると、小具足姿の小月党の者たちが、屋敷の要所にたって警固にあたって
いた。直垂《ひたたれ》の下には鎖帷子《かたびら》を着込み、腰には黒鞘《くろさや》の直刀をさしている。
春光は大小を取りあげられ、遠侍《とおざむらい》でまつように言われた。半月ほど前に賊の侵入を
許して三成からきびしく譴責《けんせき》されているだけに、身内でも例外は一切みとめない。
宗光の切羽詰った気持がうかがえるような物々しい警固ぶりである。
遠侍でしばらく待つと、小月宗光がはいってきた。
薄水色の小袖《こそで》の上に、深草色の裃《かみしも》をきている。月代《さかやき》を頭頂部まで広々と剃《そ》り上げ、
きちんと侍髷《さむらいまげ》をゆっていた。
「ご多忙のところ、お呼び立てして申しわけございませぬ」
春光は臣下の礼をとった。兄弟とはいえ御大将と部下の間には厳しい身分のへだた
りがあった。
「都での務めはどうした」

「実は……、大膳らを襲って文を奪おうとしたのですが、思わぬ邪魔者に阻《はば》まれまして」

「しくじったか」

宗光は薄い唇を引き結び、動かぬ細い目でじっと見つめている。目付きが不気味なほど鋭く、人を寄せつけない冷たさがあった。

「申しわけございませぬ」

「邪魔をしたのは何者じゃ」

「天下布武《てんかふぶ》と書いた袖なし羽織を着て、ひどく傾《かぶ》いたなりをしておりました。おそらく細川幽斎が大膳の護衛に雇った牢人でございましょう」

「それで、用件は」

「大膳の一行はしばらく吉田の屋敷に逗留《とうりゅう》するようですので、新たな機会を狙《ねら》って奪い取る所存にございますが、大膳に危害を加えずに文を奪い取ることはいかにも難しく」

「次郎、おのれは」

宗光はいきなり春光の胸倉をつかみ上げた。

「大膳に手をかけてはならぬと殿から命じられたのじゃ。たとえそれがどれほど難しかろうと、我らはそれを成さねばならぬ」

「しかし、このままでは」

「黙れ。我らがそれを成さねば、小月党は禄《ろく》を奪われ生きる道を閉ざされるのだ。一族の命運が、お前の働きにかかっているのだぞ」

宗光は胸倉を激しくゆさぶったが、春光は抵抗しなかった。

幼い頃から宗光は春光を怒りのはけ口としてきただけに、こうした時の対処の仕方は心得ていた。

「まあ良い。いま一度だけ殿のご意向をうかがって来るゆえ、ここで待っておれ」

宗光はふっと腕の力をゆるめると、背筋を伸ばした乱れのない姿勢で遠侍を出て行った。

石田三成は表御殿の竹の間にいた。

四方の襖《ふすま》に青竹を描いた六畳ばかりの書院である。真《ま》っ直《す》ぐでしなやかな竹が好きで、外の庭にも竹を植えている。十坪にも満たない竹林だが、近頃ではたけのこが顔を出し、朝夕の食膳《しょくぜん》に供されるようになっていた。

三成は右手に筆を持ったまま、床に広げた日本の絵図に見入っていた。九州から奥《おう》州《しゅう》までを描いた畳一枚分ほどの絵図で、大名の所領と石高が克明に記されている。

関東の徳川家康　二百五十五万石
中国の毛利《もうり》輝元《てるもと》　百二十万石
奥州の上杉景勝《うえすぎかげかつ》　百十二万石
加賀の前田利長　八十一万石
常陸《ひたち》の佐竹義宣《さたけよしのぶ》　八十万石

以下六十七万石の島津義弘《しまづよしひろ》、五十七万石の宇喜多秀家《うきたひでいえ》、五十万石の伊達政宗《だてまさむね》らがつづく。このうち上杉、佐竹、宇喜多の所領は薄紅色に、徳川の所領である関東八ヵ国は水色に塗られていた。

三成は会津《あいづ》の上杉景勝と結んで、家康打倒の兵を挙げようとしている。そうなった時にどの大名が身方につくのか、一目で分るようにするためだった。

急にこのような絵図を作ろうと思い立ったのは、今日の午後、前田利政を招いて今後の政情について語り合うことにしていたからだ。

桜の時期とはいえ日陰はまだ肌寒いほどだが、三成は火のしの効いた小袖一枚を着ただけだった。秀《ひい》でた額と聡明《そうめい》そうな黒い瞳《ひとみ》をもった男で、品のいい口ひげをたくわえている。四十一歳になるが、まだ青年のような若々しさを保っていた。

「殿、ただいま蒲生《がもう》さまがお見えになりました」

近習の声がして、蒲生源兵衛《げんべえ》郷舎《さといえ》がふらりと入ってきた。

身の丈六尺以上もある四十半ばの男で、大きな頭を僧形に剃り上げている。眉毛《まゆげ》が濃く目が大きい。鼻の下からえらの張った顎まで黒々とひげをたくわえていた。

「ほう、お絵書きでござるか」

源兵衛は三成の前に座るなりにやりと笑った。いつもながらの傍若無人な態度である。

「もうじき前田利政どのが参られる。会津との計略を語るには、この方が分りやすかろう」

「それにしては白紙のところが多いようでござるな」

「実際に事が起こらねば、どの大名がどう動くか分らぬ。それに公然と身方をつのっていては、徳川方に計略を察知されるのでな」

「人によってやり方はちがうものでござるな。山城守《やましろのかみ》どのなら、先に押さえるべき大名を押さえてから事にかかられると存ずるが」

山城守とは上杉景勝の重臣直江《なおえ》山城守兼続《かねつぐ》のことだ。

源兵衛はもともと蒲生氏郷《うじさと》に侍大将として仕えていたが、氏郷の死後蒲生家が会津九十万石から宇都宮《うつのみや》十八万石に減封《げんぽう》されたために、食禄《しょくろく》を捨てて牢人となった。

やがて上杉家が会津に入封《にゅうほう》すると、直江兼続に三万石で召し抱えられたが、二年前に兼続は源兵衛を三成にゆずり渡した。

今日あるを見越していた兼続は、官吏肌の家臣の多い石田家に荒々しい武人の血を注ぎ込んでおくべきだと考えたのである。

三成にも兼続の意図が分るだけに、合戦以外には何の役にも立たない源兵衛に一万五千石もの禄を与え、勝手気ままな振舞いにも目をつぶってきたのだった。

「そちは前田家の太田但馬守と昵懇《じっこん》の間柄であると申しておったな」

「左様、太閤《たいこう》殿下の小田原《おだわら》征伐の折に共に戦って以来、水魚の交わりを続けており申す」

「ならば私の名代として金沢を訪ねてもらいたい」

「どのような用件でござろうか」

「やがて利政どのが領国に戻られる。その時に金沢まで同行し、太田但馬守と図って前田家を身方につけてもらいたいのだ」

「お申し付けとあらばいずこへも参じまするが、先般但馬守は加賀のことは案ずるには及ばぬと申しておりましたぞ」

「だが気がかりなことがあってな」

「ほう、いかような」

「丹後の細川幽斎どのが、芳春院どのを通じて前田家を動かそうとなされておる。家老の横山大膳が、利長どのにあてた芳春院どのの密書をたずさえて帰国することになったのじゃ」

三成にも幽斎が何を狙ってどう動こうとしているのかは分らない。だが幽斎は豊臣秀吉の秘密を知り尽くしているだけに、ひどく神経質になっていた。

「ならば大膳からその密書とやらを奪えばよいではござらぬか」

源兵衛が事もなげに言った。

「無論小月党にそう命じておる」

「小月党？　ああ、あの宗光とかいう警固番の手の者でござるか」

それではいつまでたっても埒《らち》はあくまい。源兵衛がそう言いたげな顔をした時、当の小月宗光が緊張に顔を強張《こわば》らせて入って来た。

「治部少輔《じぶしょう》さま、横山大膳の件につきまして、お許しをいただきたいことがございます」

「何事じゃ」

三成は色分けした絵図を二つに折り四つに折り、文机《ふづくえ》の引き出しに仕舞い込んだ。

「配下の者に芳春院さまの文を奪い取るように命じておりますが、大膳の警戒が厳重で近づく隙《すき》がございませぬ。何度か襲撃をこころみたものの、大膳を害することなく文を奪うことは至難の業にございます。それゆえ」

宗光は口にするのをためらったのか、平伏したまましばらく黙り込んだ。

「どうした」

「それゆえ、大膳を討ち果たして文を奪うことをお許しいただきとう存じます」

「そちはどうやら、わしが何ゆえ横山大膳を害してはならぬと命じたか分っておらぬようだな」

額に大粒の汗を浮かべて黙り込む宗光を、三成は冷やかに見やった。

「この花はこうして向き合っておるゆえ均整を保っておる」

三成は青磁の花器に生けたしだれ桜を抜き取った。一本の茎の左右に薄紅色の花房をひとつずつつけている。

「片側の花をつめば、もう一方も倒れるほかはあるまい。前田家もそれと同じじゃ」

前田家は今徳川方につくか三成方につくかで家中の意見が割れている。大膳は徳川派の中心人物だが、芳春院を人質として家康と和解したために家中の激しい非難をあびている。

その感情が利長をはじめ家中の者たちを反大膳、反徳川に走らせ、三成派の太田但馬守に有利をもたらしている。

だがもし大膳が殺されたなら、多くの者たちの胸中から反大膳の感情が消え去り、反徳川の気持も弱まっていく。その結果太田但馬守のもとに集まっている三成派の結束も揺らぐことになりかねなかった。

「家康どのとの戦とて同様じゃ。天下を変えるためには、まず天下を二分する形勢を作らねばならぬ。誰の目にも右と左が戦わねば事が治まらぬと見える形になした上で、一気に相手を叩《たた》きつぶす。そうすれば天下を掌中にした時、異を唱える者は誰もいなくなる」

「申しわけございませぬ。以後はそれがし自らが指揮をとり、小月党の総力をあげて文を奪って参りまする」

宗光が顔を赤らめ、悲痛な声をあげた。

「その文じゃが、よもや偽物《にせもの》ではあるまいな」

蒲生源兵衛が口をはさんだ。

「伏見城の屋敷に入れた者が、芳春院さまが大膳に文を託されるところを目撃しております。決して左様なことはございませぬ」

宗光はむきになって反論した。新参者のくせに勝手気ままに振舞っている源兵衛に対して根強い反感を抱いているのだ。

「ならば早々に奪うことじゃ。少し智恵《ちえ》をめぐらせば、大膳を害せずとも文を奪う手はいくらもある。その方らの手におえぬとあらば、わしが智恵を授けてやってもよいぞ」

「ご好意は有難く存じまするが、これは小月党に与えられた役目でございますゆえ」

「それが当てにならぬから申しておるのじゃ。城中に忍び入った隠密《おんみつ》にも気付かぬような輩《やから》ゆえな」

源兵衛は宗光の反感に気付いているのか、手厳しく言いつのった。

半月ほど前、表御殿の床下に隠密が忍び入ったが、小月党の者たちは誰一人それに気付かなかった。

たまたま三成を訪ねて来た源兵衛が、気配に気付いて長槍で仕留めたのである。

三成も厳しく譴責《けんせき》した大失態だけに、宗光は何ひとつ言い返せない。肉の薄いこめかみをひくつかせ、じっと屈辱に耐えるばかりだった。

「宗光はまだ若い。これから経験を積んで戦場での心得を身につけていくほかはあるまい」

三成はやんわりと庇《かば》った。

「だが芳春院どのの文は、大膳が洛中《らくちゅう》にいる間に必ず奪え。それが出来ぬようなら、小月党の処遇については考え直さずばなるまい」

三成の命令は絶対である。宗光は事の重大さに色を失い、一刻を惜しむような足取りで出て行った。

第三章　智仁親王

空はからりと晴れわたっていた。

比叡山の中腹に群生した山桜が、都の桜より少し遅れて、満開の花をきそっている。庭先の畑の片隅では、だいこんの白い花が静かに風に揺れている。

石堂多門はなまけ猫のように縁側に寝そべり、ふくべの酒をちびりちびりと喉《のど》に流し込んでいた。

細川幽斎の館《やかた》に来て五日目になる。その間八条殿に通う幽斎と横山大膳の供をするだけで、暇をもてあましていた。

離れの裏庭では、夢丸が大きな鳥かごの前に立って、わかな丸という名の鷹《たか》に細かく裂いた小鳥の生肉を与えていた。

夢丸は弁慶縞《べんけいじま》の小袖《こそで》を着て、膝頭《ひざがしら》までの長さしかない四幅袴《よのばかま》をはいている。まだ十六歳の小柄な若衆だが、鳥見役組頭《くみがしら》として細川家に仕えているという。

鳥見役とは主君の鷹狩の獲物となる鳥がいるかどうかを、事前に山野に出て下見する下賤《げせん》の役だが、やがて鳥見と称して領内に不穏の動きがないかを偵察する隠密《おんみつ》の役目をおびるようになった。

夢丸が鷹を自在にあやつり、忍びの技にも長じているのは、鳥見役組頭の家を継ぐべき者として幼い頃《ころ》から厳しく鍛えられていたからだった。

「おい、夢丸」

多門は退屈しのぎに声をかけた。

「何でしょう」

夢丸の声は高く澄んで、今日の空のように明るい。髪を短く切りそろえているが、目が大きく睫毛《まつげ》が際立って長い。稚児《ちご》好みならふるいつきたくなるような好青年である。

「わかな丸どののお食事がすんだら、ひとつ鷹狩の芸でもみせてくれぬか」

「それは無理です。満腹のときには獲物はとりませんから」

「ほう、何だか他人とは思えぬな」

「でも、食後の腹ごなしならお目にかけることができます」

夢丸が睫毛の長いくりくりした目を、得意そうに輝かせた。

「腹ごなしでも結構。おーい。兵部《ひょうぶ》に仙太郎《せんたろう》」

多門はとなりの部屋にいる大膳の供の二人を呼んだ。

高山《たかやま》兵部と一条《いちじょう》仙太郎が、あいついで縁側にでてきた。兵部は二十四歳のもの静かな青年である。仙太郎は十五歳で、まだ前髪をおろしていない。

「これからわかな丸どのが、腹ごなしをご披露くださるそうじゃ。かしこまって眼福《がんぷく》いたすがよい」

一度木刀で手合わせして以来、多門はすっかり二人を子分あつかいしている。

二人もそれが嬉《うれ》しいようなのだから、多門という男には不思議な人徳がそなわっているらしい。

「わかな丸、おいで」

夢丸が籠手《こて》を巻いた左手にわかな丸をのせ、庭の中ほどまで進みでた。

夢丸が手足のごとく使っている鷹で、黒と茶のまざった羽毛におおわれ、首には青い燐光《りんこう》を塗ったような光沢がある。羽を広げれば三尺近い大きさがあり、鋭い眼光には人をも圧する迫力があった。

多門が初めてこの館を訪ねた時に幽斎に翻弄《ほんろう》されたのは、わかな丸のせいだった。

夢丸が多門の後を尾《つ》け、行動を逐一知らせる文《ふみ》をわかな丸の足に結んで届けていたのだ。

「お前の好きな風と遊んでおいで」

夢丸は耳もとにささやきかけると、五、六歩助走して、青空にむかって思いきり放《ほう》りあげた。

初速のついたわかな丸は、ぐんぐん速度をあげながら上昇すると、鋭く反転して落下し、再び上昇に転じた。鷹が獲物を頭上から蹴《け》りおとすときの動作である。

わかな丸は千両役者よろしく何度か上昇と反転をくり返すと、黒い点となって空のかなたに消えていった。

「鳥囚《とら》われて飛ぶことを忘れずか……」

多門はわかな丸の自在な飛びっぷりに心の底から感動していた。

しばらくすると頭上はるかにけし粒ほどの点があらわれ、みるみるうちに鳥の形になった。

わかな丸は館の上空を悠然と旋回し、三尺ばかりの羽を真横に広げて空中をすべり下りると、後方に大きく二、三度羽ばたいて籠手を巻いた夢丸の腕にとまった。

見たか、とでも言いたげに翼と胸を張り、鋭い目を空に向けている。

「いやいや、お見事な腹ごなし、感服つかまつった」

多門が手を叩《たた》いた。仙太郎と兵部もつられて拍手している。

「それにしてもこの勇ましさでわかな丸とは、ちと不似合いな名じゃな」

「私には若菜《わかな》という姉がいましたが、幼いころに死にました。父はそれ以来、気に入った鷹にわかな丸と名付けるようになったのです」

「姉上の御魂《みたま》を、鳥とともに羽ばたかせるお心じゃな。お父上はさぞや娘御を可愛《かわい》がっておられたのであろう」

「まだ小さいときで、顔もおぼえていませんから」

夢丸は急に沈んだ表情になって、わかな丸を鳥かごにつれて行った。

「仙太郎、ちょっと」

奥の部屋から、鼻にかかったお千代の声がした。

仙太郎は庭先で二言三言話してもどってきた。

「多門どの、伯母上《おばうえ》がご足労願いたいと申しておられますが」

「伯母上？　お千代どのがか」

思わず大きな声をあげた。

「はい。母の姉上でございます」

「うむ。伯母上であったとは、うかつ千万」

どう見ても二十三、四歳としか思えなかったが、仙太郎の伯母となれば三十は過ぎているはずである。

「仙太郎の伯母でございます」

多門の放言が聞こえたらしく、お千代が縁側に三つ指をついてわざとらしく名乗った。

「先日は危ういところをお助けいただきながら、お礼も申し上げずに失礼をいたしました。また仙太郎や兵部どのに兵法指南をいただき、かたじけのうございまする。ご挨拶《あいさつ》が遅くなってまことにぶしつけではございますが、お礼とお近付きのしるしに茶など差し上げとう存じます」

目尻《めじり》の吊《つ》り上がった切れ長の目を向けた。

伯母上と思ってながめると、はれぼったいような瞼《まぶた》と、薄く剃《そ》った眉《まゆ》に、たしかに年が感じられた。

お千代は四畳ほどの茶室で仕度をととのえて待っていた。片はずしにゆい上げた髪も、若苗色に藤《ふじ》の花を染めぬいた小袖も、出会ったときのままだった。

「ようこそ、お出《い》で下さいました」

お千代はたおやかに礼をして、鍛えぬかれた所作で点前《てまえ》にかかった。ひとつひとつの動きが、きびきびとして小気味よい。

（小太刀《こだち》と茶の湯か。この伯母上、御殿女中だな）

多門はそう察している。

「どうぞ」

さし出された茶碗《ちゃわん》を片手でつかむと、多門は水のようにのみほした。

「わたくしは横山大膳どのの従妹《いとこ》にあたる者でございます。娘のころから芳春院さまの侍女をおおせつかり、このたび大事の文をたずさえて国許《くにもと》に戻るところでございました」

お千代が真っすぐに多門をみつめ、なれた手付きで茶碗を引いた。

「ところが先日、伏見のお屋敷から都にのぼる途中、方広寺のそばの茶屋でお昼をいただいておりましたところ、殿方が席をはずされた隙《すき》にあの盗人《ぬすっと》が文箱《ふばこ》を奪い去ったのでございます。あの折天下さまにお助けいただかなければ、生きてはおられぬところでございました」

「わしは石堂多門じゃ。そう呼んでいただこう」

多門が袖なし羽織に天下布武《てんかふぶ》のぬい取りをしたのは、深い考えがあってのことではない。一向一揆《いっこういっき》や牛首一族をなで斬《ぎ》りにした織田信長を茶化してやろうといった程度の魂胆からである。

だから改まって天下さまなどと言われると、背筋に毛虫がはい回るようなむずがゆさを覚えた。

「いいえ、先日天下布武さまと申されました。わたくしにとりましては、あなたさまは天下さまなのでございます」

お千代が年増《としま》らしい押しの強さで決めつけた。

「あなたさまは命の恩人でございます。これから国許に戻るまでの間、何なりとご用を果たす所存でございますゆえ、どうぞお心やすくお申し付け下されませ」

お千代があだっぽい流し目をする。多門は思わずぞくりとした。

「かたじけない。だが、わしは一人身になれておるでな。自分のことは自分で」

「あら」

お千代がにじり寄って手を取った。髪油がぷんとにおった。

「お手の爪《つめ》が伸びております。お切りいたしましょう」

小物袋をさぐって、はさみを取り出した。

「いらぬ。わしは爪を伸ばすのが好きなのだ」

多門は首すじに冷汗をうかべて後ずさった。

「天下さま、どうかご遠慮なさらずに」

お千代がはさみを手に迫ってきたとき、

「多門どの。幽斎さまがお出かけになります」

外から仙太郎がそう告げた。

「さようか。すぐまいる」

多門は天の助けとばかりに茶室からころがりでた。

玄関先には九曜《くよう》の家紋の入った大名駕籠《かご》がつけられ、道服《どうぶく》姿の細川幽斎がのりこむところだった。

「毎日雑作をかけるの」

幽斎が腰をかがめて駕籠にのった。

一条《いちじょう》もどり橋の細川藩邸から来た六人の武士が前後を供し、横山大膳や多門はその後ろからつづいた。

大げさなことの嫌いな幽斎だが、八条宮智仁親王の館に出入りするからには、それなりの格式をたもつ必要があった。

「この間から妙だと思っているのだがな」

多門は仙太郎に体を寄せてささやいた。

「その包みには大事の文が入っておるのか？」

「はい」

「ならば何ゆえ後生大事に持ち歩いておるのじゃ」

「ご家老のお申し付けでございます」

「幽斎どのの屋敷に置いていたほうが得策ではないか。それでは取ってくれと言っているようなものではないか」

「それでは伯母上が危険にさらされましょう。先日も伯母上一人を茶屋に残して外出したところ、あやうく奪われそうになったのですから」

「それはそうだろうが」

それではいかにも間が抜けている。多門はそう思ったが、横を歩く大膳をはばかって口にはしなかった。

駕籠は東大路《ひがしおおじ》を北にすすみ、今出川《いまでがわ》通りを西に折れた。

通りの右手には菜の花畑がひろがり、一面に黄色い布を敷きつめたように花が咲き乱れている。

畑の向こうには竹林があり、ところどころに腰をかがめてたけのこを掘る人の姿が見えた。

細川幽斎は駕籠の物見を開けて、ゆるやかに過ぎ去っていく景色をながめていた。

智仁親王への古今伝授は順調に進んでいた。

もともと学問文芸についての教養が高い親王だけに、古今集についての理解も深く呑《の》み込みも早い。伝授を進めながら、幽斎は後進を育て上げる手応《てごた》えと喜びを感じていた。だがそれは歌人としての感慨である。

武人であり政治家でもある幽斎には、古今伝授をさずけることによって智仁親王を利用しようという魂胆があった。

八条殿は今出川通りぞいにあった。賀茂大橋を渡って五、六町先で、吉田からでも半里ばかりの距離である。

古《いにしえ》の寝殿《しんでん》造りにならった瀟洒《しょうしゃ》な御殿で、一町四方ばかりの敷地の中心に主殿を置き、西の対屋《たいのや》にあたる位置に奥御殿、東の対屋に対面所を配していた。対面所から南に渡《わた》殿《どの》が延び、池に面した釣殿《つりどの》とつながっている。

幽斎は多門や供の者を遠侍《とおざむらい》にのこし、いつものように大膳だけをつれて対面所の伝授の間へいった。

智仁親王が古今伝授をうけるために築かせた六畳ばかりの板張りの間で、正面には真新しい神棚がもうけられていた。

道服から白い水干《すいかん》に着がえて伝授の間に入ると、智仁親王が同じ装束でひかえていた。正親町《おおぎまち》天皇の皇子誠仁《さねひと》親王の第六の宮で、ときの後陽成天皇の異母弟にあたる。面長で目鼻立ちのくっきりとした、ひな人形を思わせる顔立ちである。

天正七年（一五七九）の生まれで、当年二十二歳。

幼少のころに豊臣秀吉の猶子《ゆうし》となり、関白《かんぱく》職を約束されていたが、天正十七年に秀吉に長男鶴松《つるまつ》が生まれたために約束は反故《ほご》にされた。

それを気の毒におもったのか、秀吉は同年十二月に智仁親王のために新しい宮家の創立を奏請《そうせい》した。こうして生まれたのが八条宮（桂宮《かつらのみや》）家である。

入口には宮家の家司である大石甚助《おおいしじんすけ》が平服で座している。大膳は音もたてずにその横に座をしめた。

甚助は講釈を筆記するため、大膳は幽斎の愛弟子《まなでし》という資格で同席をゆるされたのだが、たてまえとしてはこの場にいないことになっていた。

幽斎は神棚をうやうやしく拝すると、智仁親王に対した。

「さて、本日は巻第三、夏歌について申し上げます。この巻の冒頭には、題しらず、よみ人しらずとして、次の一首がございます。

わがやどの池の藤波咲きにけり
山時鳥《やまほととぎす》いつか来鳴《きな》かむ」

幽斎が朗々たる声で歌いあげた。

都なまりのやわらかい声で抑揚をつけると、歌にみずみずしい命がふき込まれていく。

「この歌は柿本人麿《かきのもとのひとまろ》の作という伝えもござるが、定かではございませぬ。歌の意はあらためて説くまでもございますまい。藤波とは池や川のほとりに咲く藤のことにて、晩春から初夏にかけての花でござる。それゆえ昨日講じた春歌下のなかにも藤をよんだ歌が三首ござった。ところが時鳥は夏のものゆえ、夏歌にしか出てこぬものでござる。春から夏の歌に変わる境の一首としてこの歌を配した意味は、そこにあります。春が過ぎ夏が来たという時間の推移、すなわち光陰のほどを読み取らねばなりません」

幽斎は背筋をのばし、よどみなく語りつづけた。

古今伝授とは、古今和歌集を伝えることだが、その歴史にはかなり複雑なものがある。

平安時代の中頃、公卿《くぎょう》たちのあいだで歌学《かがく》がさかんになると、六条《ろくじょう》家や御子左《みこひだり》家などの歌学の家があらわれ、古今和歌集の解釈に好んで秘説を立てるようになった。

これは門外不出の秘伝とされ、弟子の中でも限られた者にしか伝授を許さなかった。また伝授を受ける者も、智仁親王が幽斎に差し出したように、秘説をもらさないことを神仏に誓う誓書を出さなければならなかった。

これが古今伝授と呼ばれる形式となった。いわば歌学における家元制度のようなもので、秘伝が成立したのも、家元の権威と神秘性をたもつための手段だったのだろうが、単にそうとばかりも言い切れない面があった。

というのは和歌にはあらゆる隠喩《いんゆ》や比喩《ひゆ》がちりばめられ、常に二重三重の意味にとれるような仕掛けがなされているからだ。

たとえば古今和歌集にもおさめられている、世上に有名な歌がある。

ほのぼのと明石《あかし》の浦の朝霧に
島隠れゆく船をしぞ思ふ

一説には人麿の作というこの歌は、ほのぼのと明けてゆく朝霧のなか、島のかげに姿を消してゆく船を見ていると、旅情もひとしおつのってくる、と常識的には解釈される。

ところが秘伝によれば、この歌は天武《てんむ》天皇の第一皇子であった高市皇子《たけちのおうじ》が崩じたのをなげいて歌ったものだという。

浦とはこの世界と冥界《めいかい》をへだてるものであり、霧もまた物をへだてる。霧は病の、船は皇子の隠喩であり、島隠れゆくとは死んだ皇子が去っていく姿だという。

こうした二重性をつきつめていけば、表面には出すことの出来なかった歌人たちの真の思いに達する。

それは闇《やみ》に葬られたこの国の真の姿を知ることにもつながってくる。

古今伝授が公卿たちの間で熱烈に受け入れられたのは、そうした心情からだろう。

この秘伝はやがて二条《にじょう》家にうけつがれ、二条家が没落したのちには時宗《じしゅう》の僧であった頓阿《とんあ》が正統をついだ。

頓阿から東常縁《とうのつねより》をへて飯尾《いいお》宗祇《そうぎ》にいたり、二条宗祇流が完成する。

宗祇以後、近衛《このえ》尚通《ひさみち》、三条西実隆《さんじょうにしさねたか》、牡丹花肖柏《ぼたんかしょうはく》の三流にわかれるが、やがて三条西家の伝授だけがのこり、細川幽斎にうけつがれた。

およそ五百年の間、この国の一流の歌人たちが秘伝として伝えてきたものが、今や六十七歳の幽斎の頭のなかだけに生きている。

幽斎が天下の大乱をまえに智仁親王への伝授を終えたいと願うのも、古今伝授によって朝廷を動かせると考えたのも、秘伝の価値を知り抜いていたからだった。

「夏と秋と行きかふ空のかよひ路は
　かたへすずしき風や吹くらむ

夏が去り秋がやってくる空の道の片側には、涼しい風が吹いていることだろうという意でござる。秋歌へつながる一首を最後に、この巻はとじられるのでござる」

幽斎はこの歌を最後に講釈をおえた。

智仁親王が深々と頭をさげて礼をのべた。一刻《いっとき》（二時間）ばかりのあいだ正座のまま聞書きをとりつづけていたが、姿勢にわずかの乱れもなかった。

伝授がおわると、次の間で軽い馳走《ちそう》をうけた。智仁親王は白の水干から常の服に着替えるために席を立ち、大石甚助だけが相伴をつとめた。

「おなごり惜しゅうは存じますが、それがしは今日を限りにお暇《いとま》させていただきまする」

大膳が頃合いを見はからって切り出した。

「何ゆえじゃ。冬歌がおわるまでとどまればよいではないか」

伝授の緊張からとかれた幽斎は、のびやかにくつろいでいる。

「ありがたきおおせなれど、国許の政情も切迫しておりますゆえ」

「急《せ》いては事をしそんじるという言葉もある。何事にも時というものが必要じゃ。大石どの、ちと武張った話になりますゆえ」

幽斎は席をはずしてくれるように頼んでから、大膳を間近に呼んだ。

「今度の計略は前田家と細川家が力を合わせるだけでは足りぬ。朝廷の後ろ楯《だて》があってこそ成り立つのじゃ」

「それは重々承知しておりまするが……」

大膳が丸い顔に苦悶《くもん》の表情を浮かべた。

一月前に幽斎が大膳に授けた策は、今度の天下大乱にあたっては徳川方にも豊臣方にも与《くみ》せず、前田家と細川家が結束して独自の勢力を作るというものだった。

両家とも豊臣家に近いが、石田三成に強い反感を持っている。さりとて徳川方が勝ったなら、外様《とざま》大名として冷遇されることはさけられない。

そこで幽斎は両家を中心とした第三の勢力を作り、朝廷の後ろ楯を得て独自の動きをしようと画策していた。

その切り札が二つあった。

ひとつは豊臣秀吉の密書である。もしこれが公《おおや》けになれば豊臣家の威信はたちどころに失墜するほどの秘事が記されているだけに、豊臣家寄りの大名たちを切り崩していくには強力な武器になる。

もうひとつは古今伝授である。幽斎が大乱を目前にして智仁親王への古今伝授を始めたのは、朝廷の後ろ楯を得るためだった。

「それに、たとえそちが芳春院どのの文を持ち帰っても、今のままでは家中の反感は治まるまい。それでは利長どのを動かすことは出来ぬ」

「では、どうすればよいのでございましょうか」

「手みやげを持っていけ」

「手みやげと申しますと……」

「西《にし》の丸《まる》どのじゃ」

「奥方さまが……、西の丸さまが金沢に戻られるのでございますか」

「それゆえ冬歌が終わるまで残れと申しておる」

大膳の驚きをよそに、幽斎は涼しい顔で酒を飲み干した。

前田家中の意見が家康憎しでこり固まっている現状のままでは、大膳が国許に戻っても利長や重臣たちを動かすのは容易ではない。

そこで幽斎は家康と交渉し、芳春院とともに人質になっている利長の正室西の丸を前田家に帰すように求めていたのである。

「しかし、そのようなことを家康どのがお許しになりましょうか」

大膳の丸い頬《ほお》が期待と喜びにうっすらと上気している。

「前田家を大坂方から引き離せば、西国大名の中には追随する者が数多く出よう。西の丸どのを渡しても、家康どのに損はあるまい」

幽斎が盃《さかずき》をかかえたままにやりと笑った。

その顔には歌を語る時とは別人のような凄《すご》みがあった。

二人が次の間で馳走をうけているあいだ、石堂多門らは武士の詰所である遠侍で待っていた。

細川家の供の者は、背筋を伸ばして座ったまま微動だにしなかったが、多門は大の字になって高いびきをかいていた。

それも部屋の真ん中である。はじめは細川家の者をはばかって壁ぎわに寝ていたが、寝返りを打ちながら中央におどり出てきたのだった。

「多門どの、多門どの」

一条仙太郎が起こそうとしたが、多門のいびきはいっこうにやまない。

「目を覚まして下され。多門どの」

仙太郎が手首をつかんで腕を引いた。

「爪なら無用じゃ。伸びてはおらぬ」

多門がそう叫んで身を起こした。四角い顔がひびでも入りそうなほどに強張《こわば》っている。

細川家の面々が、冷やかな動かぬ目で見つめていた。

「爪？　爪がどうかしたのですか」

「いや、何でもない」

多門はきまり悪さをふり切って庭に出た。

「おお、よく眠った。寝る子はかしこい親助けというであろう」

「はあ……」

「武士とて同じじゃ。ひまな時には存分に寝て、いざという時にそなえねばならぬ。あのように用もないのにかしこまっていては、足腰のさわりじゃ」

多門は朱塗りのふくべをかたむけて、目ざましの酒をのんだ。

庭には池をめぐらし、築山《つきやま》や東屋《あずまや》を配してある。東屋の横には藤棚があり、たれさがった花房が藤色に染まりはじめていた。

　多門は両手を空に突き上げてあくびをした。夕暮れの空を仏法僧《ぶっぽうそう》が一羽、比叡山にむかって飛んでいく。

　伸びやかに広げた青緑色のつばさの先に、鮮やかな白斑《しらふ》がある。紅色のくちばしが、いかにも獰猛《どうもう》そうだ。

　と見るまに仏法僧は進路をかえ、鞍馬山《くらまやま》のほうに飛び去っていった。

　何事ならんといぶかっていると、一羽の鷹が空高くまいあがり、大きく旋回をはじめた。

「あれは、わかな丸どのではないか」

　似ているような気がするのだが、けし粒ほどの大きさでは確かなことは言えなかった。

　袴の衣《きぬ》ずれの音がして、幽斎と大膳が奥から出てきた。

　智仁親王と大石甚助は、いつものように式台まで出て見送った。

「それでは明日お目にかかります」

　幽斎が一礼して用意の駕籠に乗りこんだ。

供の者が前後にしたがい、駕籠はゆっくりと今出川御門にむかっていく。

御門を出ようとしたとき、十徳《じっとく》を着て四幅袴《よのばかま》をはいた夢丸が、門番詰所から走り出て平伏した。

「賀茂大橋をわたったところに、小月党が人数を配して待ちかまえております」

下賤の役ゆえに宮殿に入ることが許されない夢丸は、その報告をするために詰所で幽斎が出て来るのを待っていたのだ。

「頭数《あたまかず》は？」

幽斎が駕籠の引き戸を開けた。

「三十ばかりと見えますが、ほかにも伏兵を配しているものと思われます」

「芳春院どのの文をねらってのことでございましょう」

横山大膳は戦う気でいる。おおらかに構えているが、この御家老、けっこう血の気が多い。

「大事のまえじゃ。つまらぬ了見を起こすものではない」

何か策があるらしく、幽斎は駕籠を遠侍まで戻すように命じた。

「夢丸、待ち伏せとはあそこか」

多門が大きな弧を描いて旋回をつづけるわかな丸をさした。

「そうです」

「さすがよのう。能ある鷹は何とやらじゃ」

わかな丸は翼を大きくひろげ、悠然と飛んでいる。

上空から見れば、人の姿は豆つぶほどにしか見えないはずだが、わかな丸は人間の数百倍も鋭い目で、今出川通りの両側にひそむ小月党の者たちをとらえていた。

小月春光は兄宗光や叔父《おじ》高虎らと共に、通りの北側の旅籠《はたご》で幽斎らを待ちかまえていた。

大膳から文を奪うことが出来なければ、警固番組頭の任をとく。石田三成から容赦ない宣告を受けただけに、宗光みずから指揮を取り、小月党の総力をあげて事に当たっていた。

今出川通りの両側にならぶ旅籠には、精鋭五十人を方広寺見物の客に仕立てて泊りこませている。

幽斎らの一行が賀茂大橋をわたって来たところを前後からおしつつみ、芳春院の文を奪う計略だった。

ちょうど通りがせばまったところで、半町ばかりの間路地はないので、前後を囲めば取り逃がすおそれはない。万一の場合にそなえて、鉄砲五挺《ちょう》も用意していた。

「遅い。伊助は何をしておるのじゃ」

宗光が立ち上がって格子窓をのぞいた。

二階の窓からは、賀茂大橋を見下ろすことができる。いつもならそろそろ大膳らが通りかかる時刻だった。

「出立が遅れているのでございましょう」

春光は兄を落ちつかせようとしたが、生来ののんびりとした口調が、かえって宗光の神経を逆なでしたらしい。

「遅れているだと。何を理由にそう申すのじゃ」

「一行が今出川御門を出たなら、伊助が知らせるはずでございます」

事前にそう打ち合わせてある。伊助なら抜かりなくやりとげる仕事である。

「それがあやしいと申しておる。なにか失策をやらかしたかもしれぬ」

「兄者《あにじゃ》は」

自分の配下も信じることが出来ないのか。春光はその言葉を腹に呑んだ。

「言いたいことがあるなら、はっきりと言ったらどうだ」

「近頃気を張りつめすぎておられる。そう思ったまででござる」

「誰《だれ》のためにこのようなことになった。お前が二度もしくじったからではないか」

宗光は焦りにじっとしていられないのか、小刻みに膝をゆすっていた。

「御大将《おんたいしょう》」

伊助とともに見張りに出ていた男が戻って来た。

「一行が今出川御門を出て、こちらに向かっております」

「供の数は？」

「いつもと同じ十人でございます」

「よし」

宗光が通りのむかいの旅籠に合図を送った。合図は旅籠から旅籠へと送りつがれ、五十人の配下全員が戦闘態勢にはいった。

「伊助はどうした」

下がろうとする男を、春光が呼び止めた。

「気がかりなことがあるゆえ、御殿の見張りを続けると申しております」

「あやつ、勝手なまねを」

宗光がたすきをかけながら吐きすてた。

あたりはすでに薄闇につつまれ、賀茂大橋のたもとに立つ二つの常夜灯にも火がともっている。

かすかにゆらめく灯《あか》りの間を、九曜の家紋を染めた駕籠がゆっくりと進んできた。

駕籠の前後を六人の供が警固している。

その後ろを深草色の肩衣《かたぎぬ》をきた横山大膳と、藤色の包みを持った一条仙太郎がならんで歩いていた。

鉈正宗《なたまさむね》をたばさんだ石堂多門は、高山兵部とともに一番後ろにひかえていた。

供立ては昼間八条宮の御殿へむかったときと同じだが、ちがうところがひとつだけあった。大膳が黒い陣笠《じんがさ》をいつもより目深《まぶか》にかぶっている。

春光はそのことが気になったが、はやり立った宗光は足早に階段を下りて行く。鉄砲を持った男が、行灯《あんどん》の火を火縄にうつした。

階下の土間には、十人ばかりが仕度をととのえて飛び出す構えをとっている。

駕籠が旅籠の並びに入ると、宗光が真っ先におどり出て行手をふさいだ。

「無礼者、細川兵部大輔《ひょうぶたいふ》さまと知っての狼藉《ろうぜき》か」

供の武士が一喝した。

「細川家の方々に用はない。そちらの横山大膳どのに遺恨あって、かかる振舞いにおよんだものでござる。兵部大輔どのは疾《と》くお通りなされよ」

道をふさいだ二十人ばかりの配下が、両側に引きわかれた。退路は叔父の高虎が固めている。旅籠の二階から、鉄砲を構えた五人が狙《ねら》いをつけていた。

この陣容を見れば細川家の者たちも手を引くだろうと宗光は考えていたが、幽斎の駕籠は動こうとはしなかった。

「疾く通られよ。大膳どのに合力なされる所存なら、お相手いたすまでござる」

「供のなかにそのような者はおらぬ。お人ちがいでござろう」

先頭の武士が応じた。

「笑止な。そちらの御仁は大膳どのに相違あるまい」

「それがしでござるか」

陣笠のひさしを軽くあげた。大膳の装束を着ているが、別人である。

「こちらは八条宮さまのご家司、大石甚助どのでござる。宮さまへの歌道伝授の帰りゆえ、お供いただいておるところじゃ」

宗光はうっと詰った。待ち伏せに気づいてすり替ったのだ。

「佐和山の方々と存ずるが、お人ちがいと承知いただければそれで結構」

勝ちほこったような武士を先頭にして、駕籠がゆっくりと動き出した。

「待たれい。駕籠を改めさせていただく」

くい下がろうとする宗光を、春光が引き止めた。

相手は石田家の者だと知っている。駕籠の中に大膳がのっていなければ、細川家から三成に難題が持ち込まれることは目に見えていた。

「次郎どの」

青ぶさの伊助がいつの間にか戻っていた。

「行列が八条殿を出た後、西の門から馬で走り出た者がおります」

編笠をかぶっていたので顔を確かめることは出来なかったが、おそらくそれが本物の大膳だろうという。

伊助も大膳の装束を着た男に不審をもって、見張りをつづけていたのだった。

第四章　加賀百万石

佐和山城の搦手口《からめて》は琵琶湖に面していた。

佐和山の西側の斜面を段状に切り開き、三成の常の居館である浜《はま》御殿や島左近、蒲生源兵衛ら重臣たちの屋敷が建ち並んでいた。

屋敷の前には琵琶湖が大きく湾入し、天然の要害をなしている。入江には朱の色も鮮やかに百間橋《ひやっけん》がかかり、対岸の松原へとつづいていた。

名は百間だが実際には三百間（約五百四十メートル）近い長さがある。

橋のたもとには石田水軍の船着場があり、数十挺《ちょう》の艪《ろ》をそなえた大型船がつないであった。

浜御殿の居室で、石田三成は鑿《のみ》をふるっていた。あぐらをかいた足の間に深山桜《みやまざくら》の古木を横たえ、鑿の尻《しり》を木槌《きづち》で叩《たた》いて仕上げていく。

幼な子を腕に抱いた鬼子母神《きしもじん》の像である。母は淀《よど》殿の、子は秀頼《ひでより》の姿を心に描きながら鑿をふるっていく。

昨年の閏《うるう》三月に加藤清正《かとうきよまさ》ら武功派七将に大坂城を追われて以来、はやる心を矯《た》めるために始めたことだが、根が器用な質《たち》だけに一年ばかりの間に仏師も舌を巻くほどに上達していた。

木像の彫刻は三成の気性にぴったりと合っていた。

何の変哲もない木片の木の目を読み、形に合った像の姿を思い描き、鑿で削り取って仕上げていく。削るというより、余分な木片を打ち落としていくといった方が近い。ひと打ちひと打ちが後戻りの出来ない真剣勝負だけに、鑿を打っている間は何もかも忘れることが出来る。精神の修養と気分転換には最適だった。

鬼子母神の像を彫るのは、これが六度目だった。年若い母親が無心に眠る幼な子を慈愛のまなざしで見つめているもので、淀殿と秀頼を念頭においている。

三成にとって二人はそれほどにかけがえのない存在だった。

淀殿が亡き豊臣秀吉の寵愛《ちょうあい》を一身に受けていたからではない。三成は淀殿がまだお茶々《ちゃちゃ》といい、伯父《おじ》信長の元に身を寄せていた頃《ころ》からひそかな想《おも》いを寄せていた。

出会いはただの一度だった。

まだ秀吉の近習をつとめていた天正五年（一五七七）十二月末、三成は秀吉の供をして安土城《あづち》を訪ねた。この年の十一月に右大臣に任ぜられた信長は、秀吉や明智光秀《あけちみつひで》、荒木村重《あらきむらしげ》ら十二人の重臣を招いて新年の茶会を開いた。

中国地方平定の命をおびて播磨《はりま》へおもむいていた秀吉は、姫路《ひめじ》城主の小寺《こでら》（黒田《くろだ》）官兵衛《かんべえ》らの協力によって出兵早々に播磨の大半を平定するという成果を上げていただけに、おびただしい献上品を持参していた。

中でも京や堺《さかい》で手に入れた茶道具は逸品ぞろいで、秀吉自ら信長に献上した。この時三成も秀吉に従っていたのである。

秀吉の働きに満足していた信長は、内輪の酒宴を開いて秀吉の献上品を受けた。この席にお市《いち》の方とともに淀殿もいた。三成は十八歳、淀殿は十一、二歳だったはずだ。

秀吉は信長の御前に出ると、茶道具の由緒をひとつひとつ申し述べて献上した。三成はそのたびに下段の間から折敷《おしき》に乗せた献上品を運んだが、いつになく緊張し動作もぎこちなかった。

何しろ秀吉が神のごとくあがめている信長である。天下布武《てんかふぶ》の旗印をかかげ、日本古来の因習を次々と打ち破り、この国に新しい時代を築こうとしている英傑なのだ。

まだ見ぬ信長に三成も心酔していただけに、初めて御前に出る緊張と興奮に体中が震えていた。

それが思わぬ失敗の原因となった。肩衝《かたつ》き茶入れを折敷に乗せて運ぼうとした時、足がもつれて躓《つまず》きかけたのだ。かろうじて体の平衡を保ったものの、握りこぶしほどの大きさの茶入れは折敷からすべり落ち、信長の間近まで転がった。

信長はこうした粗相を何より嫌う。細く切れ上がった鋭い目に、見る見る不快の色を浮かべて秀吉をにらんだ。

秀吉はとっさの機転も浮かばないのか、喰《く》いつかんばかりの形相で三成をふり返った。三成もどうしていいか分らないまま、凍りついたように立ち尽くすばかりである。

時が止まったような重い沈黙を破ったのは淀殿だった。

「まあ、きれい」

そう言って茶入れを拾い上げたのである。しかも新年の祝いにこの茶入れをもらいたいと信長にねだった。

「だってきれいなんですもの。茶々の茶入れにしていいでしょう」

この一言で信長の表情がゆるみ、事なきを得た。

腹を切って詫《わ》びるしかないとまで思いつめていた三成は、淀殿をちらりと見やって感謝の会釈をした。すると淀殿はふっくらとした頰《ほお》にえくぼを浮かべて、小さくうなずき返したのである。

「私だけはあなたの身方よ」

まるでそう言っているかのように……。

あの時の淀殿の秘密めかした笑顔は、今も三成の脳裡《のうり》に鮮烈に焼き付いている。鬼子母神の母親像が、童女のような笑みを浮かべているのはそのためだった。

「今日は仏師《ぶっし》の真似事《まねごと》でござるか」

背後で声がして、蒲生源兵衛が肩ごしに鬼子母神像をのぞき込んだ。

「訪ねて来る時には取り次ぎの者を通せと、前々から申しておるではないか」

三成は素知らぬふりをして文机《ふづくえ》の陰に仏像を押し込んだ。家康の前でさえかぶり物を取ろうとしなかった豪気な男が、あろうことかかすかに顔を赤らめている。

「取り次ぎの者が見当たらぬゆえ、いたし方がござるまい」

源兵衛は平然としたものである。

「お呼びとうけたまわりましたが、何用でござろうか」

「すぐに金沢に向かってもらいたい」

「利政どのと、同行するつもりでござる」

「西の丸どのが金沢に戻られることになった。もはや一刻の猶予もならぬ」

「西の丸と申されると……」

「利長どのの正室じゃ。織田信長公の第四女に当たられる」

天正九年（一五八一）に前田利長に嫁いだ西の丸は、金沢城の西の丸（後の玉泉院《ぎょくせんいん》丸）に住んだためにこの名で呼ばれるようになった。

「西の丸どのを帰して、徳川方に対する前田家の反感を和らげようとの狙《ねら》いじゃ。横山大膳が西の丸どのと共に金沢に戻れば、利長どのは再び大膳の言に動かされるやもしれぬ。急ぎ金沢に下り、太田但馬守と図って大膳らの動きを封じよ」

「西の丸の一行は、いつ都を発《た》つのでござろうか」

「おそらく四、五日先のことになろう」

「大膳も同行するのでござるな」

「無論そうなる」

「ならば西の丸の一行を襲い、芳春院の文《ふみ》を奪うことといたしましょう」

「ただし当家の仕業と気取《けど》られてはならぬ」

「お任せ下され。毛の先ほども証拠を残したりはいたしませぬ」

「手下の人数はどうする」

「蒲生家の侍を使うまでのこともござらぬ。小月党の者どもを貸していただければ充分でござる」

「もうひとつ、金沢でやってもらわねばならぬことがある」

「何なりと」

「こたびの西の丸どのの帰国は、細川幽斎が家康どのに働きかけて実現したものじゃ。幽斎が大膳を使って何をしようとしているのかを突きとめよ」

「前田家を徳川方に身方させようとしているのでござろう」

「そうとばかりも思えぬふしがあるのだ」

それればかりならあの計算高い幽斎がこれほど深く前田家に関《かか》わるはずがない。三成はそう考えていたが、その先まで見通すことは出来なかった。

慶長五年（一六〇〇）三月二十八日に伏見を出発した西の丸の一行は、北国《ほっこく》街道をゆるゆると北上し、四月五日に加賀の国に足を踏み入れた。

この頃、天下はすでに大乱のきざしをみせている。

会津の上杉景勝は、人夫八万人を動員して新城の建設をすすめ、諸国から名のある牢人《ろうにん》を招いてさかんに戦の備えを固めていた。

これに脅威を感じた隣国越後《えちご》の堀直政《ほりなおまさ》は、上杉家に謀叛《むほん》の疑いありと大坂表に訴えた。

また上杉家の家臣藤田信吉《ふじたのぶよし》も会津を出奔して江戸に至り、景勝が石田三成と結んで謀叛を企てていると注進に及んだ。

豊臣家の大老として政務をとりしきっていた徳川家康は、相国寺《しょうこくじ》の僧承兌《しょうたい》に景勝の上洛《じょうらく》をうながす書状をしたためさせ、伊奈昭綱《いなあきつな》を使者として会津におくった。

四月一日に伏見をたった伊奈昭綱らは、上杉家の行状を糾問する書状を懐《ふところ》に、今頃は東海道《とうかいどう》を東に向けてひた走っているはずである。

だが、一行のなかでこのことを知る者はいない。西の丸の駕籠《かご》を中心にした五十数人は、初夏の北陸路をのんびりと進んでいく。

先頭を先触れの中間《ちゅうげん》四人が歩き、はさみ箱をかついだ者たちが後につづく。駕籠の前後には陣笠《じんがさ》をかぶった二十人ばかりの武士が警固につき、その後ろを西の丸の侍女八人とお千代が歩いていた。

石堂多門は横山大膳らとともに殿《しんがり》をつとめていた。

空は青く澄み渡っている。

道の両側には田植えがおわり満々と水をはった田がつづいている。

横一列に尻をならべて、田植えにせいを出す百姓たちの姿も見える。子供たちが棒きれを持ってあぜ道を走り回っている。水田に青空がうつり、天地が雄大にひろがっている。

心がのびやかになるような美しい景色だが、多門はいささか退屈していた。伏見を出て以来、何の異変もない。

「これでは居候の大飯ぐらいのようで、何やら心苦しゅうござるなあ」

道中さんざんふるまい酒にあずかっていることが、気の毒になっていた。

「何事もなければ何よりだが、問題は手取川をこえてからでござる」

大膳は前方に油断なく目をすえている。

手取川をこえれば前田家の領国で、太田但馬守らが手ぐすね引いて待ちかまえているはずだった。

やがて前方から一頭の馬がかけてきた。物見に出していた高山兵部である。

「ご家老、足止めでございます」

兵部がひらりと馬からおりた。

「小松《こまつ》城下に異変があったとのことで、立ち入りを禁じております」

「異変とは何事だ」

「たずねても答えませぬ。裏街道にまわるようにと申すだけでございます」

「丹羽《にわ》めが、こしゃくなまねを」

大膳が小さく吐きすてた。

昨年の秋に前田家に謀叛の疑いがかけられ、徳川家康が加賀征伐の軍をおこそうとしたとき、小松城主の丹羽長重《ながしげ》はまっさきに先陣をうけたまわりたいと申し出た。それ以来前田家と丹羽家は犬猿の仲になっている。長重が西の丸の一行に城下の通行をゆるさないのは、嫌がらせにちがいなかった。

「西の丸さまにこの旨申し上げる。そなたは裏街道に不審な点がないか確かめてまいれ」

兵部に命じると、大膳は駕籠の脇《わき》に片ひざをついて報告した。

西の丸の承諾をえて、行列は北国街道をはずれて北に向かった。一里ほど行くと前方に松林が広がり、潮のかおりが強くなった。

柵《さく》のように立ちならぶ太い松の幹の向こうに、真っ青な海がひろがっている。さざ波が立つ海の面が陽《ひ》に照らされ、ときおり鏡のようにきらめいている。

「なんと、美しい」

夢丸が感嘆の声をあげた。

わかな丸は上空を悠然と飛び、つかず離れず夢丸の後を追っている。

「わかな丸には、この景色がどのように見えているのでございましょうね」

「さながらお釈迦《しやか》さまが、天上の蓮《はちす》の座から下界を見られるごとくであろうよ」

多門がおつなことを言う。二人は旅のあいだにすっかり打ち解けていた。

海ぞいの松林のあいだを真《ま》っ直《す》ぐにのびる道を通って、一行は安宅《あたか》の関《せき》にさしかかった。

源平争乱の昔、兄頼朝《よりとも》におわれた義経《よしつね》は、弁慶《べんけい》らわずかの供をつれて北国街道を奥州へとむかった。

平泉《ひらいずみ》の藤原秀衡《ふじわらのひでひら》をたよってのことだが、鎌倉《かまくら》からの知らせを受けた加賀の富樫《とがし》氏は、ここに関所をもうけて義経らを捕えようと待ちかまえていた。羽黒山《はぐろさん》へ向かう山伏に姿をかえていた義経主従は、役人の前に引き出されて取り調べをうける。

「そのとき弁慶は、疑いをはらすために義経を打ちすえ、さんざんに罵《ののし》った。富樫もその胸中を哀れに思ったのであろうな。義経主従と知りながら、通行を許したということじゃ」

夢丸に話しているうちに、多門の胸にせり上がってくるものがあった。

多門は安宅の関の事跡を書物で知ったのではない。幼いころに祖父や祖母が、雪にとじこめられた長い冬の夜に囲炉裏《いろり》を囲んで話してくれたのだ。

その語り口を真似《まね》ていると、失われた牛首一族の山里の囲炉裏端の光景が、脳裡にあざやかによみがえってきた。

冬には五尺も六尺も雪が積もる。一年の半分近くを雪に閉ざされる深山の里だが、里の者たちは自然を友として、貧しいながらも平穏に暮らしていた。

春になると根雪を割って草花が芽ぶき、冬の眠りからさめた獣たちが生き生きと動き出す。夏には白山が鮮やかな緑におおわれ、川には岩魚《いわな》や山女《やまめ》があふれかえる。自然の恵みと白山の神々に感謝をささげる祭りが季節ごとに行われ、大人《おとな》も子供も夜を徹して踊りさわぐ。

まるで揺籠《ゆりかご》の中の黄金の夢のような、切なくいとおしい光景である。

だがこの平和な山里も、突然乱入してきた織田信長の軍勢によって、跡形もないほど破壊し尽くされたのだった。

安宅の関から一里ほど離れた小松城下の安宿で、小月春光は青ぶさの伊助を待っていた。

小松は北国街道の宿場町や、加賀絹の産地として栄えたところで、かつては一向一《いっこういっ》揆《き》の拠点でもあった。

天正三年（一五七五）に一向一揆を制圧した信長は、小松城に村上頼勝《むらかみよりかつ》をいれて加賀進出の足がかりとした。

慶長三年（一五九八）、頼勝は越後への国替えを命じられ、かわりに丹羽長秀《ながひで》の子長重が、松任《まっとう》、小松十二万石の領主として入城していた。

庭の植込みでは、鶯《うぐいす》がしきりに鳴いている。街道には人や荷車が行き交い、城下は平穏そのものだった。

（兄上……）

春光は腰の脇差しにそっと手を当てた。

御大将《おんたいしょう》しか持つことを許されぬ小月家重代の家宝である。

数日前に宗光はこの脇差しで割腹し、春光が介錯《かいしゃく》をつとめたのだった。

芳春院の文を奪えなかった宗光は、警固番組頭《くみがしら》の任を解かれて蒲生源兵衛の支配下に入るように命じられた。

宗光は無念をしのんで従ったが、源兵衛と顔を合わせるなり対立した。

年少の頃から石田三成に仕えてきた宗光は、新参者でありながら一万五千石もの高《こう》禄《ろく》で遇され、勝手気ままに振舞っている源兵衛に対して抜きがたい反感をもっている。

源兵衛もそれを感じたのか、宗光を徹底して冷遇することによって屈服させようとした。次々に無理難題を押し付けた上に、

「わしに仕えたくば今日から厩《うまや》で寝泊りしろ」

と命じたのである。

上役の命令とあらば死地にでも飛び込んでいくのが武士の務めである。不服とあらば家中を退去して牢人となる他はない。

だが宗光はどちらの道も取らなかった。

真っ青になって命令を拒むと、絹を裂くような叫びをあげて源兵衛に斬《き》りかかった。

源兵衛は手刀でやすやすと宗光の刀を打ち落とし、頰げたを殴りつけた。宗光は一間《けん》ほども飛ばされて庭に落ち、立ち上がるなり脇差しを抜いて腹に突き立てた。

だが人はそれほどたやすく死ねるものではない。宗光は地べたに座り込んで腹を切り裂こうとしたが、痛みと出血のために腕は萎《な》えていた。

「次郎、介錯を頼む」

あえぎながら訴えるばかりである。

突然のなりゆきに呆然《ぼうぜん》としていた春光は、

「楽にしてやれ」

という源兵衛の一言に背中を押され、全身が粟立《あわだ》つような寒気を覚えながら兄の首を打ち落とした。

それ以来春光が小月党の御大将となり、源兵衛の手足として働くことになったのである――。

「御大将」

いつの間に戻ったのか、伊助が庭先から声をかけた。

「奴《やつ》らは手筈《てはず》通り安宅の関を抜け、手取川へと向かいました」

「異変に気付いた様子はないか」

「何も気付いちゃいねえようです。のんびりと駕籠を進めております」

西の丸の一行に城下の通行を禁じたのは、安宅の関から手取川下流の湊《みなと》に向かわせるためだった。新たに小月党の上役となった蒲生源兵衛が、丹羽長重に申し入れてやらせたことだ。

「源兵衛どのは？」

伊助が声をひそめてあたりを見回した。まるで猫の気配におびえるねずみである。

「仕度があると申されて、先ほど手取川へ向かわれた」

「今度はどのような策を取られるんですかね」

「分らん。我らは指図に従うだけだ」

「十二万石の大名に談判して街道をふさがせるんだから、前の御大将が逆立ちしたってかなわなかったわけだ」

「無駄口はいい。行くぞ」

二人は用意の馬を駆って北国街道を下った。

三里ほど走ると、手取川に行きあたった。白山を源として加賀の国を南北につらぬくこの川が、能美郡《のみぐん》と石川郡を画し、前田領と丹羽領の境界ともなっている。

春光らは川ぞいに下り、河口にちかい湊にむかった。ここが裏街道の渡し場だが、丹羽長重が入国して以来、時期によって船橋をかけていた。

幅二町ばかりの川に麻の大縄を張り、舳先《へさき》を上流に向けた船を縄につないで隙間《すきま》ならべ、船の上に板をはって人馬がとおれるようにしたものだ。

蒲生源兵衛は船橋の三町ばかり上流につないだ船に座って、南蛮渡来のキセルで煙草《たばこ》をふかしていた。

大きな鼻から煙をふき出し、目を細めて船橋をながめている。計略の成功を確信した余裕しゃくしゃくたる態度だった。

春光は馬を下り、源兵衛の前に片膝《かたひざ》をついた。

「おおせの通り、一行は安宅の関をこえてこちらに向かっております」

「さようか」

源兵衛がキセルをたたいて火を落とした。

地におちた燃えのこりが煙をあげているうちに、物見に出ていた小月党の者がもどった。

「一行が四半里に迫ったとの合図がございました」

「手筈は」

「すべてお申し付けの通りに」

「では小月党の力のほどを見せてもらおうか」

源兵衛がにやりと笑って立ち上がった。

安宅の関を通った西の丸の一行は、半刻《はんとき》ほどで手取川の河口にほど近い渡し場にかけられた船橋にさしかかった。

横山大膳は船橋の手前で行列を止めて、異常がないかどうかを調べさせた。

本来なら北国街道の渡し船をつかうはずだったが、丹羽長重の思いがけぬ横槍《よこやり》で進路をかえることになっただけに用心に用心をかさねていた。

大膳の許可を待って、西の丸の駕籠はゆっくりと川を渡りはじめた。

石堂多門は行列の最後尾にいた。いつになく険しい表情で、あたりの気配をうかがっている。

「何かある」

第六感がそう告げていた。

「手取川さえ渡れば、当家の領国でござる」

大膳も緊張している。

駕籠をかつぐ者たちは、足場のわるい船橋を慎重にふみしめてわたっていく。

西の丸の侍女たちは足もとを気にしながらこわごわと歩いているが、お千代ばかりは万一にそなえて懐剣の袋をとき、いつでも左文字の小太刀《こだち》を抜く構えをとっているのだから頼もしい。

「ここはそれがし一人で充分でござる。大膳どのは西の丸さまのお側《そば》に」

多門は行列が渡り終えるまで橋の口にとどまるつもりだった。

「かたじけない。では」

大膳が駕籠のあとを追おうとしたとき、背後でどっと喚声があがった。

葦《あし》の茂みにひそんでいた忍び装束の二十人ばかりが、直刀をふりかざして駆け寄ってくる。走るたびに陽の光を反射して刀がきらめいていた。

「小月党か」

多門は梨地《なしじ》銀覆輪《ぎんぷくりん》の鞘《さや》から、鉈正宗《なたまさむね》をすっぱ抜いた。

「ならば目当てはこのわしだな」

大膳はすばやく刀の下げ緒をといてたすきにかけた。

小月党は芳春院の文をねらっている。ここで食い止めてさえいれば、西の丸の駕籠に危害がおよぶおそれはない。二人ともそう判断した。

「久々に我流火車の太刀《たち》でもご披露いたそうか」

多門は鉈正宗を右八双《はっそう》にとり、切っ先を倒して肩にかついだ。

かつぎ八双と呼ばれる無雑作な構えから、満身の力をこめて鉈正宗をふりおろす。技と言えるほどのものではない。命と力のつづくかぎり、斬って斬って斬りまくる。戦場での命がけの体験からあみだした刀法ゆえに、我流火車の太刀である。

小月党の者たちは多門の気迫におされたのか、直刀をつき出して丸く取り囲んだまま、容易には打ちかかろうとはしなかった。

「かかれ、かからぬか」

青ぶさの伊助が包囲陣の後ろで叫んだ。

「おし包んで串刺《くしざ》しにしろ」

「そんなところで御託をならべずに、差しの勝負といこうじゃないか」

多門は銑正宗を構えたまま、悠然と伊助に歩み寄った。

十人ばかりがいっせいに突きかかった。多門は二人の刀を一刀ではね上げ、一人の腹にひじ打ちを入れて包囲陣の外に飛び出した。

後を追って突きかかる二人を、豪快な太刀さばきで斬り伏せる。

太刀が下がった一瞬の隙をついて、伊助が手槍を投げた。短い穂先のついた一尺五寸ばかりの槍が、多門の胸板めがけてまっすぐに飛ぶ。

多門は逆袈裟《ぎゃくげさ》に太刀をふるって手槍をはね上げた。柄《え》に鉄をまいた槍が、金属音をたてて宙に舞った。

伊助が紐《ひも》で素早くたぐり寄せ、次の一撃を狙ってひじを立てた。ひじと手首の返しをきかせて投げる伊助得意の回転打ちである。

大膳は船橋の口に立ちはだかって、西の丸の駕籠を追撃させない構えを取っていた。

一条仙太郎と夢丸が、左右の守りについている。

仙太郎はおよび腰で正眼《せいがん》のかまえを取り、夢丸は棒手裏剣を左右に持って、敵が打ちかかる瞬間を狙っている。

異変に気付いた西の丸の警固の武士たちが、抜刀して船橋を引き返してきた。

「ならぬ。西の丸さまをお守りせよ」

大膳のひと声に武士たちの足がぴたりと止まり、あわてて取って返そうとした。

その時、上流から一艘《そう》の船が船橋にちかづいてきた。

長さ三間ばかりの川船で、笠をかぶった長身の男が艪《ろ》をあやつっている。舳先には莫蓙《ござ》のすだれを水面までたらしている。

何事ならんと見守るうちに、船は川の流れに乗って西の丸の駕籠に向かって行った。

「その者、止まれ。舳先を直せ」

警固の武士が制止しようとしたが、川船はほぼ直角に船橋に突き当たった。

かすかな衝撃とにぶい音があがり、船橋をつないだ麻の綱が真っ二つに切れた。麻縄をより合わせた径四寸ばかりの綱が、やすやすと切れたのだ。

そのはずだった。船の舳先の水押《みよし》に、鋭い刃が仕込まれている。刃は船と船をつないだ板までも切り裂き、長さ二町ばかりの船橋のまん中を両断した。

と見る間に、船底に伏せていた深編笠の大男が船橋に飛びうつった。

あわてふためく西の丸の侍女たちを次々に川に叩《たた》き落とし、まっすぐにお千代にせまる。

「無礼者、下がりおろう」

お千代が気丈に左文字の懐剣を逆手にかまえた。

若苗色に藤《ふじ》の花を染めた袂《たもと》がはらりと揺れ、肉付きのいい白い腕がのぞいた。

「ほう、上玉だな」

深編笠の蒲生源兵衛が歯をむいて笑った。

お千代はまなじりを決して斬りかかった。中条流免許の腕だが、源兵衛はやすやすと手首をつかんでみぞおちに当て身を入れた。

お千代は短いうめき声をもらし、気を失って源兵衛にもたれかかった。

「勝ち戦じゃ。もろうていくぞ」

源兵衛がお千代を小脇にかかえ上げた。

「おのれ」

警固の武士が斬りかかろうとすると、お千代をかかえて楯《たて》にする。

しかも人形でもあつかうように軽々とふり回し、お千代のふくよかな足で武士たちをなぎ払った。

武士たちは斬りかかることもできずに、川にはたき落とされていく。

その間にも船橋は川の流れにおし流され、扉でも開けるようにゆっくりと両側に引き分れていく。

片側に取り残された者たちは、歯ぎしりして見守るほかはない。

「あわてて粗相いたすな。そちらのお方に用はない」

よろめきながら逃げ去っていく駕籠に向かって吠《ほ》えると、源兵衛はお千代を抱えて船に飛びうつった。

小月春光が船橋にさした竿《さお》を抜くと、船はゆっくりと川下に流れ出した。

上首尾をたしかめた伊助が、配下に引きあげを命じた。

橋口を襲ったのは、多門らの注意を引きつけておくためだったのである。

「仙太郎、船じゃ。伯母上を取りもどすぞ」

多門は葦の生い茂る河原《かわら》に船をさがしたが、繋《つな》いである船にはすべて穴があけられていた。

船橋の船を切りはなそうとしたが、径四寸の麻の綱を切り落とすのは容易ではない。その間にも敵の船は遠ざかっていく。気ばかりあせるが、打つ手はなかった。

夢丸が指笛をならした。

海ぞいの松林で羽を休めていたわかな丸が、一直線に飛んで来て夢丸の肩にとまった。

「お千代さまがどこへ連れて行かれるか、見届けておくれ」

夢丸は残された履物を近づけてお千代の臭《にお》いを覚えさせると、わかな丸を腕にのせて思い切り空にほうり上げた。


源兵衛らの船は、手取川を下り、河口にさしかかっていた。

気を失ったお千代は、船底にぐったりと横になっている。色白の丸い頰にほつれ毛がかかり、寝乱れたような風情《ふぜい》である。

「どれ」

源兵衛は無雑作にあお向けにすると、ふくよかな胸の合わせに手を入れた。

芳春院の文をお千代が持っていることは、影のように一行を尾行していた伊助がつきとめていた。

源兵衛はお千代の懐から、紫色の袱紗《ふくさ》に包んだ文を引き抜いた。

「ふん」

一読するなり鼻で笑った。

時候の挨拶《あいさつ》と前田利長への短い励まし、母の身を案ずるには及ばぬことが記されているばかりである。

小月春光も読んでみたが、これが利長の気持を動かすほど重大な文だとは思えなかった。

「これは囮《おとり》じゃ。馬鹿《ばか》な奴らが、こんな子供だましの手にかかる」

源兵衛は辛辣《しんらつ》である。

「しかし、芳春院どのはたしかに……」

利長を説得する文をしたためて横山大膳に渡したと、芳春院の身辺に送り込んだ手の者が知らせてきたのである。

「ならばその者の正体も見破られておったのじゃ。もし文があったとすれば、大膳は別の方法で金沢に送ったのであろう」

春光には返す言葉もなかった。確かに大事の文を持ち歩き、わざと危険にさらすような真似をする者はいない。

「おぬしらとちごうて、このわしの目は節穴ではない。このお局《つぼね》どのを責めたてて、じっくりと聞き出してくれようて」

源兵衛が節くれ立った大きな手で、お千代の首すじをそろりとなでた。

湊という地名が示すように、手取川の河口には港があり、近海を往来する船がもやっていた。

百石積みほどの帆船に川船をよせると、甲板から縄梯子《なわばしご》が投げ下ろされた。源兵衛は気を失ったままのお千代を小脇にひっ下げ、身軽に梯子を登っていく。春光も川船を捨てて後にしたがった。

船はすぐに錨《いかり》をあげ、沖に漕《こ》ぎ出して帆を張った。折からの西風を満帆に受け、まっすぐな海岸線を右手に見ながら、半刻ばかりで宮腰《みやのこし》の港に入った。

宮腰は犀《さい》川の河口にある加賀藩第一の港で、金沢城下とは一里ばかりの道でむすばれていた。のちに宮腰往還として整備された、金沢城下の暮らしを支える幹線道路である。

源兵衛と春光はこの道を馬で城下へと向かった。

疾走する馬の揺れに、お千代が正気づいた。

「無礼者、はなせ、はなさぬか」

お千代が丸太のような腕をふりほどこうとする。源兵衛が後ろから抱きかかえた手をはなすと、あおむけに落馬しそうになった。

「そなたは捕われたのだ。無駄にあがくな」

源兵衛が帯をつかみ、手荒く引きずり上げた。

その頃、石堂多門は横山大膳や夢丸らとともに金沢に向かって北国街道をひた走っていた。

賊に襲われて肝をつぶしたのか、西の丸の駕籠は大膳らを待つことなく金沢へと向かっている。

西の丸が金沢城に着く前に追いつかなければ、利長を説得するために西の丸の帰国を勝ち取った細川幽斎の努力は水の泡になる。

そればかりか横山大膳は道中警固の不手際を追及され、いっそう苦しい立場に追い込まれることになる。

多門らは焦りに焦って後を追ったが、敵の手回しは周到だった。船に穴をあけて渡河をはばんだばかりか、対岸の宿場の馬方から馬をすべて借り上げていた。

やむなく大膳が懇意にしている旅籠《はたご》でようやく五頭の馬を揃《そろ》えてもらったが、金沢城下に入るまでに西の丸の一行に追い着くことは出来なかった。

犀川にかかる橋を渡った多門らは、香林坊《こうりんぼう》の桝形《ますがた》門にさしかかった。

北国街道を北上して来る敵にそなえて築かれた虎口《ここう》で、城下に出入りする者を改めるための関所が設けてある。

「前田家家老、横山大膳じゃ。まかり通る」

大膳が先頭に立って馬を乗り入れようとしたが、警固の兵たちは槍を構えて行手をふさいだ。

「無礼者、道を開けい」

「手形を見せていただかねば、我ら端役《はやく》の者にはまことにご家老さまかどうか分りかねまする」

組頭らしい男が馬の鼻先に立ちはだかった。

大膳が手形を渡すと、妙に落ちつき払ってためつすがめつしている。

「確かにご家老さまと得心いたしましたが、ご城下への馬の乗り入れはご遠慮願いとう存じます」

「そのような定めはあるまい」

「定めはござらぬ。されど本日は西の丸さまが国許《くにもと》にお戻りになられるゆえ、ご無礼なきよう牛馬の通行は差し止めよとの触れが出ておるのでござる」

五十がらみの組頭が強情に言い張った。

大膳は観念して馬を下りた。これほど二重三重に手を打たれては、もはや西の丸に追いつけるはずがなかった。

「多門どの、申しわけござらぬが」

腹のすわったさばさばした顔でふり返った。

「都に戻られるついでに、借り受けた馬を手取川の旅籠に届けては下さるまいか」

「戻る？　拙者が何ゆえ戻るのでござるか」

「貴殿の仕事は我らを金沢まで警固することじゃ。これ以上関わり合うことはござらぬ」

「お千代どのを奪われたままでは、無事に送り届けたことにはなりませぬ」

「それがしは道中警固の不備により処罰をこうむりましょう。このまま城下に入られては、貴殿にもどのような災難がふりかかるか分りませぬぞ」

「災い転じて福となすでござる。大いに結構」

多門は朱色のふくべを肩にかけ、真っ先に虎口に足を踏み入れた。

「ならば仙太郎、無理に借り受けたものゆえそちが返しておいてくれ」

大膳は馬の手綱を渡しながら何事かを耳打ちした。

仙太郎は二、三度しっかりとうなずくと、五頭の馬を一列に従えて手取川の方へ引き返していった。

「わかな丸どのは、大丈夫かの」

金沢城に向かって歩きながら、多門は夢丸に体を寄せてささやいた。

やがて遅咲きの桜の森の向こうに、小高い丘に築かれた金沢城が姿をあらわした。高々と積み上げた石垣の上に、白壁の多聞櫓《たもんやぐら》をめぐらしている。櫓の屋根の向こうに、五層の天守閣と、二の丸、三の丸の三層の櫓が、折り重なってそびえていた。多聞櫓には横一列に鉄砲狭間《はざま》をあけ、狭間から下は鉛瓦《なまりがわら》をはりつけた海鼠塀《なまこべい》にしてある。黒光りする戸室石《とむろいし》の石垣と海鼠塀、真っ白な白壁が鮮やかな色彩の妙をなし、城全体を華やかに彩っていた。

金沢城は小立野《こだつの》台地の先端に築かれた平山城で、一向一揆の拠点であった金沢御坊の跡地を、前田利家が本格的な城郭に改修したものである。

初めは小立野台地に通じる石川門《いしかわ》を大手門としていたが、昨年の十二月から今年の一月にかけて高山右近《たかやまうこん》が城の改修工事をおこない、二の丸、三の丸を内濠《うちぼり》で囲い、その外側に新丸を築き、尾坂《おさか》門を大手門とした。

徳川家康の加賀征伐にそなえて金沢城の守りを盤石にするためである。

小立野台地と城との間には広く深い堀切があり、敵の侵入を妨げる空濠の役目を果たしている。切り残された幅三間ばかりの地面が城への通路となり、その先に石川門がそびえていた。

「多門どの」

大膳が呼び止めた。

「この先は許しを得た者しか入ることは出来ませぬ。貴殿らはこのまま当家の下屋敷を訪ねて、連絡を待っていただきたい」

「承知いたした。吉報を待っております」

どんな運命が城中で大膳と高山兵部を待ち受けているか想像はつく。だが番所の前で見送るほかに、多門らにはなす術《すべ》はなかった。

金沢城二の丸の太田但馬守の館《やかた》にいた蒲生源兵衛は、横山大膳が着いたと聞くと小月春光を連れて二の丸櫓に登った。

三階の格子窓からは三の丸と石川門の様子が手に取るように見渡せる。門の右手が鶴《つる》の丸で、その奥が前田利長の館がある東の丸、天守がそびえる本丸である。門の左手には重臣たちの館が並んでいる。

眼下では石川門をくぐった大膳と兵部が、太田但馬守の家臣に取り囲まれていた。

「この先へ通ることはなりませぬ」

「わしは芳春院さまのお申し付けに従って戻ったのだ。但馬守どのに登城を差し止められるいわれはない」

声高な押し問答がつづき両者が激しくもみ合う所に、太田但馬守長知《ながとも》が鶴の丸から姿を現わした。

「差し止めておるのはわしではない」

三の丸へつづく石段を下りながら、但馬守は利長の上意書を突きつけた。

「西の丸さま警固の重責を担いながら、賊に襲われて遅れをとるとは士道不覚悟である。追って沙汰《さた》あるまで閉門謹慎を申し付けるとの、利長公のご下命じゃ」

利長直筆の書状を見せられてはどうしようもない。大膳と兵部は腰の大小を奪われ、三の丸の大膳の屋敷に連行された。

すべて源兵衛が仕組んだことである。手取川の船橋を両断したのは、お千代から文を奪うばかりでなく、国許での大膳の動きを封じるという狙いがあった。

「要はここの働きひとつじゃ」

源兵衛は僧形に剃《そ》り上げた頭を指差して満足気につぶやいた。

「あと三人、連れがおったな」

「一条仙太郎と石堂多門、夢丸という細川家の鳥見役でございます」

「その者たちはどうした」

「仙太郎は旅籠から借りた馬を返すために手取川へ引き返し、多門と夢丸は横山大膳の下屋敷に向かいました」

春光が答えた。青ぶさの伊助が手取川から大膳らの後を尾《つ》け、つぶさに様子をさぐっていた。

「ならば引きつづきその二人を監視せよ。大膳の家臣とはかって事を起こすに相違あるまい」

そこを待ち構えて一網打尽にし、横山大膳派の命脈を断つ。源兵衛はすでにそこまで考えていた。

二の丸の館に戻ると、太田但馬守が上機嫌で出迎えた。

源兵衛に劣らぬ偉丈夫で、年も同じく四十半ばである。

「源兵衛、ようやってくれた。お陰でうるさいねずみを籠《かご》に閉じ込めることが出来たわ」

但馬守の顔は異様に長い。馬に乗ると馬の顔が二つあるようだと言われたほどだ。それが悔しいのか、わざと大たぶさを高々と結って顔をさらに長く見せている。

槍を取っては家中一と評された使い手で、戦場での軍勢の采配《さいはい》も際立っている。源兵衛とは豊臣秀吉の小田原征伐で共に戦った時に義兄弟の盃《さかずき》を交わした仲だった。

「そなたがおる限り前田家の心配はいらぬと思っておったが、大膳には手こずっておるようだな」

「大膳ごときは恐るるに足りぬが、背後に叔母上《おばうえ》がおられる。利長公も叔母上にだけは頭が上がらぬのでな」

但馬守は芳春院の姉の子で、利長の従兄《いとこ》に当たる。前田家の筆頭家老として厳然たる勢力を持っているのは、そうした縁故のゆえでもあった。

「前田家は我らの身方となってもらわねば困る。たとえ人質となられた芳春院どのを捨ててもな」

「無論じゃ。昨年来家康どのにはいわれなき言いがかりをつけられ、腸《はらわた》が煮えくり返る思いをさせられておる。先代さまのご遺言もある。徳川方に付くことは絶対にない」

「それを聞いて安心した。治部どのも案じておられるでな」

「伏見の様子はどうじゃ」

「家康は会津に糾問の使者を送った。この使者が戻れば、面白いことになろう」

「上杉家は家康どのに戦を仕掛けるのだな」

「徳川勢を奥州におびき出し、治部どのが西国の軍勢をまとめて背後を襲う。東西からはさみ討ちにされては、いかに家康とて逃れる術はあるまい」

源兵衛が大きな拳《こぶし》を胸の前で打ち合わせた。

かつては直江兼続に三万石の高禄で召し抱えられていただけに、兼続と三成が申し合わせた計略をつぶさに知っていた。

「我らも戦の仕度を急がねばならぬな」

前田家の軍勢三万を率いて家康軍に挑みかかる己れの姿を思い描いたのだろう、但馬守が小さく武者震いした。

「ところで但馬、お千代とかいう局《つぼね》から、二、三聞き出さねばならぬことがある。扱いはわしに任せてくれような」

「任せはするが、千代どのは叔母上の侍女じゃ。この屋敷において手荒なことをしてもらっては困る」

「安心せい。あの女をここに連れ込んだことを知る者はおらぬ。それに芳春院どのは大膳に同意しておられるのじゃ。我らにとって今や敵ではないか」

源兵衛は案じ顔の但馬守を残して座敷牢《ろう》へ向かった。

太田但馬守の屋敷には、数ヵ所に武者隠しがあった。

外からは分らないところに隠し部屋を作り、敵に攻めこまれたときに兵を隠して不意討ちするためのものだが、戦国時代が終わり、前田家の領国支配が安定してからはこうした用心も不用になっている。

但馬守はこうした武者隠しのひとつに格子をはって座敷牢とし、奥女中などを処罰するさいに押しこめていた。

蒲生源兵衛は隠し戸を開けて中に入った。天井近くの小さな明り窓から光が入るばかりで、部屋はうす暗い。

目が暗さになれると、格子を立てた板張りの部屋に、お千代が座ったまま壁によりかかっているのが見えた。

手を膝の上にのせ、眠ったようにうつむいている。

源兵衛は鍵《かぎ》をあけて格子戸をくぐった。

お千代はほつれた髪のかかった顔をものうげに上げた。

「横山大膳が捕われたぞ」

「…………」

「西の丸どの警固の手抜かりの責任を問われて、蟄居《ちっきょ》を申しつけられた。どの道切腹はまぬがれまい」

「あなたは何者です。何ゆえかような狼藉《ろうぜき》をなされるのです」

「たずねるのはわしの方じゃ。生きてここを出たいのなら、強情を張らぬことだな」

源兵衛はお千代の顎《あご》を指でつまんで息をふきかけた。

「芳春院の文はどこにある」

「先ほどあなたが奪われたではありませぬか」

「あれは囮じゃ。大膳はもう一通をどこかに隠し持っておろう」

「そのような物はございません」

お千代は目を吊《つ》り上げて顔をそむけた。

「見えすいた空言《そらごと》を申すな。その方らが芳春院の屋敷にいる小月党の密偵を罠《わな》にはめ、囮の文を仕立てたことは分っておるのだ」

「…………」

「あやつらの目を細川幽斎の屋敷に引きつけている間に、大膳は幽斎とはかって西の丸を帰国させる策を講じたはずじゃ。言え、このことに幽斎はどう関わっておる。家康が急に帰国を許したのは何ゆえじゃ」

「存じませぬ。わたくしは芳春院さまの文をたずさえて国許にもどるようにと、申し付けられたばかりでございます」

源兵衛はいきなり頬を殴りつけた。

お千代は後ろに大きくのけぞり、壁に頭を打ち当てて横に突っ伏した。口の中を切ったらしく、唇のはしから血が流れている。

「女子《おなご》をいたぶるのがわしの道楽でな。口がかたければ楽しみも増えるというものじゃ」

衝撃に体を起こすことも出来ないお千代を、源兵衛は冷やかに見下ろした。

第五章　牛首一族

石川門の外で大膳らと別れた石堂多門と夢丸は、小立野台地を東にくだって横山家の下屋敷へむかった。

「多門さま」

夢丸が空を指さした。金沢城の上空をわかな丸がゆっくりと旋回している。

「そうか。お千代どのは城の中に捕われておられるのか」

「あれは二の丸あたりです」

「どうして分る」

「都を発《た》つとき、ご隠居さまから城の縄張り図を見せていただきました」

それが頭に入っているという。若年とはいえ、さすがに探索を業《わざ》とする家に生まれただけのことはあった。

「城中とあらば手出しはできぬ。この先どうしたものかのう」

多門は途方にくれている。鉈正宗《なたまさむね》をとっての戦いなら人後におちぬという自信があるが、百万石の前田家が相手となるといささか荷が重い。

「居場所が分っただけでも安心です」

夢丸が指笛を鳴らすと、わかな丸はいずこへともなく姿を消した。

教えられた通りの道順をたどっていくと、前方に武家屋敷の並びがあり、横山家の下屋敷があった。

門番に名を告げると、すぐに通された。

いぶかりながら玄関まで進むと、馬を届けに手取川へ引き返したはずの一条仙太郎が待ち受けていた。

「おぬしが、どうして」

「話はのちほど。急いで下さい」

仙太郎はそのまま庭を突っ切って裏口に出た。外には空の荷車がまっていた。

「窮屈でしょうが、ここに横になって下さい」

言われるままに寝そべると、上からむしろをかけられ、あわただしく動き出した。

多門は仕方なくなりゆきにまかせている。夢丸は腕枕《うでまくら》をして振動から頭をかばい、無言のまま目をつぶっていた。

どこをどのように進んだのか、荷車は大きな武家屋敷の庭につけられた。

「お疲れさまでした。こちらへどうぞ」

待ちかまえていたのは、またしても仙太郎である。

「ここはどこじゃ」

「一条家の屋敷でございます」

仙太郎は二人を奥に案内した。離れの縁側からは、金沢城の石川門が正面に見える。距離にして三町と離れていない。

夢丸が指笛を吹くと、わかな丸が西の空から翼を大きくひろげてすべるように舞いおりてきた。

「これはどういうことだ」

多門には解《げ》せぬことばかりである。

「わかな丸どのを使って連絡をとるよう、大膳どのが申し付けられたのです」

大膳は西の丸の一行と切り放されたときから、蟄居《ちっきょ》に処されることを覚悟していた。そこで仙太郎に後事をたくし、馬を返しに行くふりを装って大膳の下屋敷に先回りするように命じたという。

「では、わしに馬を返しに行けと申されたのは、本心ではなかったのだな」

「申しわけございませぬ」

仙太郎が急にひれ伏した。

「どこに密偵の目が光っておるか分りませぬゆえ、心ならずもあのように申されたのでございます」

「夢丸、お前はこのことを知っていたのか」

「手取川をわたる舟の中で、わかな丸に連絡役を頼めるかとたずねられました」

「大膳どのの屋敷を、どうやって見分けるのだ」

「私の籠手《こて》を渡してあります」

鷹《たか》を乗せる時に腕に巻く籠手を、屋敷の軒先に吊《つ》るして目印にするという。

翌日の明け方、夢丸はわかな丸を腕にのせて中庭にでた。

鳥は夜は苦手だが朝には強い。城中がまだ眠っているうちに、大膳の屋敷まで飛ばすのである。

「いいかい。これだよ」

夢丸が大膳にわたしたのと同じ籠手を示した。

鋭い目をしたわかな丸が、任せておけというように二、三度くちばしを当てた。

「なら、行っといで」

わかな丸を腕にのせたまま助走し、西の空に向かってほうり上げた。

わかな丸はいったん犀川に向かって飛び、大きく旋回して大手門のほうから三の丸に侵入した。

夢丸は思い詰めたような表情で、じっと石川門の彼方《かなた》を見つめている。多門が声をかけても、塀のそばから動こうとはしなかった。

「皆さま、茶をお召し上がりくださいませ」

三十ばかりの上品ななりをした女が襖《ふすま》を開けた。

顔といい体格といい、お千代と瓜《うり》ふたつである。

「母でございます」

仙太郎が気恥ずかしげに紹介した。

「このたびはいろいろとお力ぞえをいただき、かたじけのうございました。大膳どのと姉上のこと、何とぞよろしくお願い申し上げます」

事情を聞いているのか、不安が眉根《まゆね》にあらわれている。

「後は私がやります。母上はさがっていて下さい」

仙太郎が迷惑そうに追い払った。

固唾《かたず》をのんで見守っていると、石川門の向こうから一羽の鳥が飛び立ち、真《ま》っ直《す》ぐにこちらにやって来た。

「帰ってきた」

夢丸が安堵《あんど》の声をあげて庭に飛び出し、左腕を空に向かって差し出した。

わかな丸はいったん上空を通過し、城とは反対の方から戻ってきた。

足には鳥の子紙の料紙が、細く丸めて結びつけられている。

多門があわただしく紙をひろげた。

「帰参早々、蟄居申し付けられ候《さうらふ》。家中の者退去命じられ候へども、我身に危害の及ぶおそれ御座《ござ》なく候」

屋敷には高山兵部と数人の家臣が残っているばかりで、屋敷の周囲を厳しく監視されている。殿に対面さえ出来れば活路もひらけるが、今のままでは如何《いかん》ともしがたい。

そこで殿の外出をねらい、上訴におよぼうと思う。城中からの脱出の手立ては当方でするので、外出の日取りと場所をつきとめてもらいたい。

大膳は几帳面《きちょうめん》な字でそう記していた。

「藩主どのの外出か」

多門は腕組みしてうなった。

「仙太郎、手立てはあるか」

「大膳どのに近い方々は、東の丸からも西の丸からも遠ざけられております。藩公のご予定を知る術《すべ》はございませぬ」

東の丸には利長が、西の丸には奥方が住んでいる。そこに入れるのは、太田但馬守の息のかかった者だけだという。

「とすれば、大膳どのの家臣と連絡をとって、どうにかするほかあるまい」

「横山家の下屋敷には、常に密偵の目が光っております」

昨日仙太郎がわざわざ多門らを下屋敷に入れ、裏口から抜け出させたのは、密偵の目をあざむくためだった。

「その上、万一家臣の方々が利長公の身辺をさぐろうとして捕えられるようなことがあれば、大膳どのは謀叛《むほん》の罪で即座に切腹を申し付けられるでしょう」

「まさか、わしらだけでやれと申すのではあるまいな」

「ご足労をおかけしますが」

前髪姿の仙太郎が、妙に分別くさい表情をした。

「ご足労と言ってもだな。知り合いもなく、右も左も分らぬこの金沢で……」

多門はそう言いかけて口をつぐんだ。

知り合いならいる。白山麓の牛首谷に、榊一心斎が住んでいる。一心斎に頼みこんで牛首一族の力をかりることができれば、何とかなる。

「要は銭じゃ。百両や二百両ではどうにもならぬ」

「大膳どのから、これを預かっております」

仙太郎が床の間のちがい棚から、千両箱を引き出した。

事は一刻を争う。

一条家の馬をかりた石堂多門と夢丸は、城下の木戸が開くのを待って牛首谷へと向かった。

白山比咩《しらやまひめ》神社のある鶴来《つるぎ》をすぎ、手取川ぞいの道をさかのぼると、前方に小高い山がそびえていた。

手取川と大日川にはさまれた山の頂きには、かつて鳥越城があった。

一向一揆《いっこういっき》の拠点となった城だが、天正十年（一五八二）三月、織田信長の軍勢に攻められて陥落した。

織田軍は城にたてこもる一揆勢を皆殺しにしただけではあきたらず、手取川流域の七ヵ村に住む者たちをなで斬《ぎ》りにした。

村を焼きつくし、老若男女をとわず皆殺しにする冷酷非情の戦法である。

手取川は赤く血にそまり、川ぞいには見せしめの磔柱《はりつけばしら》が延々と並んだ。その数は三百をこえたという。

多門は川ぞいの道を通りながら、背筋が粟立《あわだ》つほどの怒りをおぼえていた。

十八年前の惨状を多門は知らない。だが、牛首一族の里も同じような悲惨をなめているだけに、この場所に立っただけで体に感じるものがある。

たとえ村は復興され、人々は過去の歴史を忘れ去ったとしても、無体に殺されていった者たちの怒りと哀《かな》しみは、木に宿り岩に宿り、大地にしみこんで後世にのこる。その声なき声が、多門の体を怒りにふるわせるのだ。

「夢丸、待て」

多門は馬から飛びおりると、道ぎわに立つ山桜の枝を切りおとした。

七分咲きの花をつけたひと握りほどもある枝を、鎮魂の祈りをこめて力任せに地面に突き立てた。

さらにさかのぼると、川は二つに分れていた。

東に向かえば尾添《おぞう》である。加賀方面から白山に参詣《さんけい》する禅定道《ぜんじょう》（登山道）で、道も整備されている。だが手取川ぞいの道は、上流に住む杣人《そまびと》たちが時折利用する以外には通る者もない。岩だらけの河原《かわら》にどうにか人が踏みしめたあとがあるばかり。

多門と夢丸は道ぞいの旅籠《はたご》に馬をあずけ、木々がおおいかぶさるようにつづく渓流の道をひたすら歩いた。

一刻《いっとき》（二時間）ばかりも休みなく歩くと、川の両側に切り立った岩壁がつづいていた。

「牛首谷までは、あと半里ばかりじゃ」

遅れがちになる夢丸を励まして先を急いだ。

岩壁の谷を抜けると、思いがけないほど広々とした土地が広がっていた。

手取川と支流の大道谷川《おおみちだにがわ》が合流するあたりにひらけた扇状地に、萱《かや》ぶき屋根が五十ばかり並んでいる。

一段高い所に建てられた寺の屋根がひときわ大きい。

旧牛首村、現在の白山市《はくさんし》白峰《しらみね》の中心部である。

同じ牛首の名で呼ばれるが、白山神社直属の戦闘集団であった牛首一族の里は、さらに二里ほどさかのぼった所にあった。

扇状地に住むのは炭焼きや焼畑農業、狩猟によって暮らす人々で、代々加藤藤兵衛《かとうとうべえ》を名のる加藤家の支配下にあった。

この里の者たちに対して、多門は今でも抜き難い不信感を持っている。

天正八年八月、織田信長の軍勢が鳥越城の背後をつくために越前から侵攻してきたとき、加藤藤兵衛は所領の安堵《あんど》を条件に織田軍に降伏した。

上流に住む牛首一族がなで斬りにされるのを目《ま》の当たりにした藤兵衛は、鳥越城の陥落とその後の惨劇を予見したのだろう。だから牛首一族を見殺しにしてでも、村人の生活と安全を守ったのだ。

石堂多門も頭ではそれが分っている。だが、一揆を組んだ仲間でありながら、牛首一族が亡《ほろ》ぼされるのを傍観していた者たちに対する反感を、ぬぐい去ることはできなかった。

「この先にいい所がある」

村をぬけて半刻ほど歩いたとき、多門が急にわき道にそれた。

細い谷川が湯気をたてて流れている。上流に広々とした湯だまりがあった。

「一族の湯治場だったところでな。汗を流すにはうってつけじゃ」

多門は鉈正宗を木に立てかけ、天下布武《てんかふぶ》のぬい取りをした袖《そで》なし羽織を脱ぎはじめた。

夢丸は長い睫毛《まつげ》を伏せて、困りきったように顔をそむけている。

「どうした。入らぬのか」

下帯ひとつになった多門が、いぶかしげにたずねた。

「私はここで待っています」

「遠慮するな。ここの湯は万病に効く」

「そろそろわかな丸に餌《えさ》を与えなければなりませんので」

夢丸は逃げるように走り去った。

どうもおかしい。あの年頃《としごろ》には人に裸をみられるのを嫌がるものだが、夢丸の嫌がりようは尋常ではなかった。


その頃、小月春光は一枝の桜の前で立ち止っていた。

道端の山桜から切り取った枝が、立花《りっか》のように地中に深々と突き立ててある。

春光は桜の木に歩み寄って切り口を改めた。大人《おとな》の腕ほどもある枝が一刀で両断され、樹液がしたたるように瑞々《みずみず》しい断面をみせている。切り落とされてからそれほど時間がたっていない証拠だった。

「これは奴《やつ》の仕業にちがいねえ。やっぱりこの道を通ったんだ」

伊助が桜の枝を抜こうとしたが、どうしたことか枝は根が生えたように動かなかった。

「何か手がかりがあるかもしれぬ。そのままにしておけ」

春光はこの桜が殺された一揆衆の鎮魂のためのものだとは知らない。何かの目印か身方への連絡のためではないかと、周囲を詳細に調べ始めた。

昨日石堂多門と夢丸が浅野川《あさの》ぞいの横山家の下屋敷に入ったことは、後を尾《つ》けていた伊助が確かめていた。

報告を受けた春光は屋敷の周囲に人を配して監視をつづけさせたが、今朝《けさ》になって犀川大橋に配していた者が、多門と夢丸らしい二人連れが馬で西に向かったと知らせてきた。

多門らは横山家の下屋敷に留《とど》まると見せかけて、何らかの方法で抜け出したのだ。

そのことに気付いた春光は、伊助と共に二人の後を追い、わずかな手がかりを頼りに手取川ぞいの道をさかのぼってきたのだった。

「この先は山ばかりだろうに、いったいどこへ行ってやがるんでしょうかね」

「ここは白山への参詣道だ。上流にも人里があるのだろう」

春光の見込み通り、上流には百戸ばかりの集落があった。

通りがかりの者にたずねると、この先の道を左に折れれば尾添、真っ直ぐに進めば牛首に着くが、牛首への道は馬では通れないと教えてくれた。

やむなく旅籠に馬を預けに行くと、つい一刻ほど前にも馬を預けて牛首に向かった二人連れがいたという。

多門と夢丸にちがいない。二人は勇み立って後を追ったが、岩場だらけの渓流の道は険しかった。

時には頭上におおいかぶさる木々の枝をかき分け、時には腰まで川につからなければ進めない。まだ雪におおわれている白山から流れ出す水は、腰骨が凍りつくほど冷たかった。

琵琶湖の島で生まれ育った二人には、何とも手強《てごわ》い相手である。

「本当に奴らはこんな道を通ったんでしょうかねえ」

目の前に立ちはだかる苔《こけ》むした巨岩を見上げて、伊助がため息をついた。

高さ三丈ばかりもある岩が、川をせき止めるようにしてそびえている。表面はなめらかで、登ろうにも手足をかける所がない。左右には岩より高い絶壁がそびえていた。

悪戦苦闘の末に牛首村にたどりつき、土地の支配者である加藤藤兵衛の館《やかた》を訪ねた。

前田家の探索方が使う手形を出すと、応対に出た家臣の横柄な態度が一変した。

「こちらで、しばらくお待ち下され」

広々とした客間で待っていると、背の高い細面の五十がらみの武士が入ってきた。

公達《きんだち》のように気品のある顔立ちで、立ち居振舞いに一点の乱れもない。加藤家は藤原氏の一門の出だけに、長年このような山里にあっても格式や仕来たりは厳格に守りつづけているのだった。

「当家の主《あるじ》でございます。いかなるご用でございましょうか」

声の抑揚にもどこか都のなまりがある。春光は襟元をただし、多門と夢丸を追って来たいきさつを語った。

「その二人がこの里に逃げ込んでおると申されますか」

「あの者たちは誰《だれ》かを訪ねているものと思われます。お心当たりはございませぬか」

「この里には、そのような不穏な者はおりませぬ」

「これより上流にも、人里があるのでしょうか」

「昔はございましたが、今は誰も住んではおりませぬ」

「昔と申されると」

「天正八年のことでございます。柴田三左衛門さまの軍勢が越前から乱入し、上に住む者たちをなで斬りにいたしました」

「一向一揆でござるか」

「一揆とは申しましても、あの者たちは白山神社の神人《じにん》でございます。この里の衆のように、心底から阿弥陀仏《あみだぶつ》に帰依《きえ》しているわけではございません」

藤兵衛の口調が急に冷やかになった。まるでなで斬りにされるのが当たり前だと言わんばかりである。

「その里までは遠いのでしょうか」

「二里ばかりですが、今は何もありませぬ。何しろ二十年も前のことでございますゆえ」

「石堂という姓に心当たりは」

「いいえ、この里にはそのような者はおりませぬ」

酒肴《しゅこう》のもてなしをしたいという申し出を辞して、春光は牛首一族が住んでいたという里に向かった。

手取川ぞいのなだらかな道をさかのぼると、半刻たらずで市の瀬《いちせ》に着いた。越前からの参詣者は小原峠を越えて市の瀬に至り、ここの宿坊で一泊するという。

越前禅定道の最後の中継地で、参詣者は翌日の夜明けとともに市の瀬を発ち、白山の最高峰である御前峰《ごぜんみね》（標高二千七百二メートル）を目ざす。屈強の男でも片道二刻はかかる道のりである。

だが春光と伊助がたどったのは禅定道ではなく、白山釈迦《しゃか》岳《だけ》へとつづく谷の道だった。石ころだらけの細い道を半里ほど進むと、左右に山裾《やますそ》がおり重なっていくつもの谷を作っている。

藤兵衛の話では牛首一族は七つの家に分れ、谷ごとに住み分けていたという。

春光は谷のひとつに踏み込んでみた。水の涸《か》れた谷川があるばかりで、あたりは雑木林におおわれている。地面には腐り果てた落葉がおり重なって積もっていた。

「こんな所に、本当に人が住んでいたんでしょうかね」

伊助は不気味そうにあたりを見回している。

「見ろ、あそこに石垣が残っている」

春光は急な斜面をよじ登った。

雑木林の中に石垣の残骸《ざんがい》があった。大半が崩れ落ちたり土砂に埋まったりしているが、高さ一間《けん》ばかりの石垣が谷ぞいに築かれ、その上に数軒の家があったことをうかがわせる。同じような石垣が上流にいくつかつづいていた。

春光は石垣の根方の腐植土をかき分け、錆《さ》びついた鉄片を拾い上げた。折れた刀である。注意深くさぐってみると、どんぐりの実ほどの大きさの黒く錆びた鉛弾《なまりだま》も落ちている。牛首一族と織田の軍勢が戦った時の物らしい。

春光はふとこの谷に住んでいた者たちの身の上を思った。

彼らはこの里で穏やかな暮らしを営んでいたはずである。先祖代々の仕来たりを守り、他の者たちから干渉されることもなく、狭いながらも一個の独立した世界を築いていたにちがいない。

それがある日突然、織田の軍勢に攻め亡ぼされたのだ。服従するか滅亡か。織田信長が突き付けた要求は一方的で理不尽だった。だが織田軍の力は強大なだけに、誰もその要求から逃れることは出来なかったのである。

琵琶湖の湖族《こぞく》であった小月党も同じだった。信長の軍勢に屈し、勢力下に組込まれたために、すべての自由を奪われたのだ。それは領主が石田三成になった今も少しも変わらなかった。

兄宗光が死んだのもそのためだった。

兄は屈服した者の道を必死で生きようとしたが、源兵衛の横暴に耐えきれるほど卑屈にはなれなかったのだ。敵《かな》わぬと知りながら斬りかかり、自ら生きる道を閉ざしたのである。

強い者が勝つ世の中とは、何と残酷だろう。

その残酷さの中で小月党の御大将《おんたいしょう》として生き抜いていかねばならないわが身を思うと、春光は暗澹《あんたん》たる気持になった。

春光たちより一刻ばかり早く牛首一族の里の跡を抜けた石堂多門と夢丸は、白山釈迦岳の中腹にさしかかっていた。

一族の新しい里がどこにあるかは多門も知らない。前に榊一心斎の使者から聞いた記憶だけが頼りだった。

「もうじき一族の結界にはいるはずじゃ。用心いたせ」

多門は手ごろな枝を切り払って杖《つえ》をつくり、先に立って獣道を歩いた。

頭上は鬱蒼《うっそう》たる木々におおわれ、空はまったく見えない。先に飛ばしたわかな丸の姿をとらえることも出来なかった。

進むにつれて険しさをます道を半里ほど歩いたとき、前方にかすかに葉ずれの音がした。

多門がはっと足を止めた瞬間、岩の陰から黒く塗った数本の矢が射かけられた。

「上だ。伏せろ」

手にした杖で矢をはたき落とし、そう叫んだときには遅かった。

頭上から落ちかかる投げ縄が夢丸をとらえ、あっという間に宙に吊りあげた。

「やめろ」

多門は鈍正宗をほうり出して、抵抗するつもりのないことを示した。

「わしは三の谷の石堂多門じゃ。榊一心斎どのに願いの筋があって戻った」

「三の谷には何がある」

木の上の男がたずねた。

「岩根に咲く百合《ゆり》の花」

符牒《ふちよう》を口にすると、前方の岩陰から三人の男があらわれた。

「どうやら同胞《なかま》らしいが、このまま通すわけにはいかぬ」

一人が多門に目かくしをし、別の一人が鈨正宗を拾い上げた。

「連れをおろしてくれ。わしの配下じゃ」

「この先はよそ者は通さぬ。用がすむまで人質としてあずかっておく」

「二十年ぶりにもどったというのに、大歓迎というわけにはいかぬようだな」

どこをどう歩いたのか、四半刻ほど引きずり回された後でようやく目かくしを取られた。三方をそそり立つ岩壁に囲まれた半町四方ばかりの土地に、門構えもいかめしく一軒の武家屋敷が建っていた。

(これは……)

多門は唖然《あぜん》として棒立ちになった。

屋敷のまわりに巡らした白壁の築地《ついじ》塀《べい》も黒塗りの棟門《むなもん》も、牛首谷にあった榊家の屋敷そのままである。一瞬二十年前に戻ったような錯覚をおぼえたほどだ。

ぴたりと閉ざされた門扉の左右に、槍《やり》を手にした門番が立っていた。多門を案内した三人は、門の前で片膝《かたひざ》をついて用件を告げた。

門扉がにぶくきしみながら内側に開けられ、裃《かみしも》姿の二人が多門を引き取った。

「どうぞ、こちらに」

みちびかれるままに館に入った。

広々とした廊下の両側には、杜行灯《あんどん》が点《とも》されている。

奥には広々とした中庭があり、池には水が流れている。庭を巡る廻《まわ》り廊下を歩き、畳を敷きつめた部屋に案内された。

襖には狩野《かのう》派の筆とおぼしき山水花鳥の図が描かれ、柱も長押《なげし》も天井も黒漆で塗ってある。天井の格子には、鮮やかな金箔《きんぱく》をほどこしてあった。

下座についた多門は、落ちつきなくあたりを見回した。

屋敷の豪華な作りよりも、第八十四代の大社《おおやしろ》さまである榊一心斎に初めて対面する緊張に胃袋がせり上がっている。

子供の頃、大社さまは神の化身だと教えられた。信仰に生きる人々を守るために、白山の神が人の姿をかりて地上に下り立たれた。その末裔《まつえい》が榊家の人々だという。

だから大社さまには常ならぬ力がある。白山の頂きまで瞬時に登り、自在に天気をあやつることができる。国中で何が起こっているかも、この先何が起こるかも、すべてお見通しである。

黙っていても心の中まで見透かされるので、邪《よこしま》なる心をもった者は大社さまの姿を見ただけで息が詰って悶《もだ》え死ぬ。

館の前を通るときでさえ、一度拝礼してからでなければならぬ。

多門はそうした話を山ほど聞いて育ったものだ。

一族の者たちが大社さまに寄せる尊崇の思いはそれほど強く、牛首七家の主以外には対面することさえ出来なかった。

だが、今の多門はそうした話を信じていない。もし大社さまに本当にそんな力があるのなら、牛首一族が織田の軍勢に壊滅させられることはなかっただろう。

そう思っていたが、実際に対面するとなると、子供の頃の教えが思い出されて、自然と厳粛な気持になっていた。

しばらく待たされた後で、裃姿の二人が上座の襖をうやうやしく引き開けた。

一段高くなった奥の部屋に、水干《すいかん》を着た六十がらみの大柄な男が座っていた。

「その方が、三の谷の石堂多門か」

よく響く声である。行灯のあかりに照らされた顔は、天狗《てんぐ》のように猛々《たけだけ》しい。

「さようでございます」

「わしは一の谷の翁《おきな》じゃ」

一の谷は榊家の分家で、代々剣技を相伝する家柄である。翁とは家の主のことだった。

「遠路の帰参、大儀である。願いの筋を申すがよい」

「大社さまに、直《じか》に申し上げとう存じます」

「取り次ぐべき事かどうかわしが決める。異存があるなら早々に立ち去れ」

おそろしく高飛車である。多門は仕方なく金沢での出来事を語り、横山大膳をたすけるために一族の力を借りたいと申し出た。

「謝礼は前金で五百両、後金五百両でございます」

多門は胸を張って申し出た。大名家に一族の手足《てだ》れを貸し付けることを稼業としている榊一心斎にとって、千両という金は決して小さくないはずだった。

一の谷の翁の合図で襖が閉じられ、十ばかり数える間があって再び開けられた。

「大社さまが目通り許すとおおせられておる。平伏して待て」

命じられた通りに両手をついて頭を下げた。翁が席をうつす衣《きぬ》ずれの音がして、鈴が軽やかに鳴った。初めはかすかに、やがて次第に大きくなってぴたりと止《や》んだ。

「面を上げよ」

多門はゆっくりと顔を上げた。上段の間の襖が開き、すだれが下がっている。その奥にさらに一段高くなった御座の間があった。

「大社さまじゃ」

翁も神妙にひれ伏している。

部屋の両側に並べた灯明皿《とうみょうざら》の炎がゆらめき、烏帽子《えぼし》をかぶった榊一心斎の姿が影のように浮かび上がった。

あたりは暗いのに、壁や天井が炎に照らされて黄金色に輝いている。どうやら厚い金箔がほどこされているらしい。

「そちの名は存じておる。息災で何よりじゃ」

すだれの奥からしわがれたか細い声がした。

「有難き幸せに存じまする」

「願いのおもむきは聞いたが、手を貸すことは出来ぬ」

「何ゆえでございましょうか」

「これじゃ」

一心斎が多門に向かって手をかざした。

水干の袖がゆれたと見る間に、多門の額の裏側に熱い衝撃がはしり、眠りにさそわれるように意識がうすれていく。

と、どうしたことだろう。目の前に三の谷の景色があらわれた。

多門は夢かうつつか判然としないまま、遠い記憶のなかに旅立っていった。

二十年前、十四歳の多門は、三の谷の見張り台で不寝番《ねずばん》についていた。

谷川ぞいの道を、黒ずくめの鎧《よろい》をまとった織田信長の軍勢が、足音もたてずに攻め上ってくるのに気付いたのは、あたりがほんのりと明るくなった頃である。

多門はわけが分らず、しばらく立ち尽くしたまま見とれていた。

少年の目には、最新の武具をまとい、一糸乱れぬ隊形で行軍してくる織田軍の姿が美しいとさえ映った。

だが彼らの槍が血に濡《ぬ》れているのに気づいた瞬間、多門は見張り台を飛び下り、里に向かって駆け出していた。

三の谷の翁に急を告げ、武器をとって持場につくように触れまわったが、大人たちの反応は鈍かった。

この日は第八十三代の大社さまである榊玄斎《げんさい》の死後七日目にあたり、一族の者たちは御魂《みたま》送りのために一昼夜家にこもって沐浴潔斎《もくよくけっさい》をしていた。御魂送りの日には一切の殺生《せっしょう》が禁じられていたので、武器を取ることをためらう者が多かった。

織田軍は事前にそのことをつかんでいたのだろう。牛首一族がすべて里に集まり、無防備にちかい状態になったこの日を狙《ねら》って攻め込んできたのである。

それでも女や子供を含めた二百人ばかりが、谷川ぞいに築いた木戸を固く閉ざして迎え討つ態勢をかためた。

白山神社直属の戦闘集団であった牛首七家には、それぞれに家の技とされた武術があり、厳しい鍛練によって相伝していた。

石堂家の家の技は長巻《ながまき》で、女や子供といえども武士を相手にするほどの腕は持っている。

だが織田軍はこれまで彼らが戦ってきた相手とはまったくちがっていた。戦というのに喚声ひとつあげない。木戸の近くまで迫ったかと思うと、数十挺《ちょう》の鉄砲を間断なく撃ちつづけ、備えを打ちくずした後で長槍の兵が突っ込んでくる。

石堂家の者たちは果敢に立ち向かったが、牛首一族には鉄砲の備えがなかった。しかも一騎討ちにはなれていても、大軍相手の集団戦は不得手である。

石垣や土塁をつらねた守備陣は次々と打ち破られ、半数近くを失って屋敷まで退却した。

追撃した織田軍は、萱ぶき屋根に火矢を射かけて焼き払う。火に追われて外に飛び出すところを鉄砲で撃ち殺す。

時を合わせて襲いかかったらしく、牛首一族の七つの谷から爆竹を鳴らすような鉄砲の音と、家を焼く煙がいっせいに上がった。

生き残った者たちは四方に散って山の中に逃げ込んだが、行く先々で伏兵にあい、抵抗することも出来ずに鉄砲や槍の餌食《えじき》になった。

織田軍の戦法は巻狩と同じだった。狩場を四方から取り巻いて獣を追いつめるように、七つの谷を完全に包囲し、逃げ道を断った上で襲いかかった。

普通の軍勢なら敵国に侵入した時には掠奪《りゃくだつ》や暴行をはたらく。それが戦意高揚のための手段になっているほどだが、織田軍にはそうした乱れがいっさいなかった。

兵たちはまるで訓練を忠実になぞっているような沈着さで、女も子供も老人も、情容赦なく殺していった。

左の肩口を鉄砲で撃ち抜かれた多門は、無我夢中で逃げた。あまりに惨憺《さんたん》たる敗北に、踏みとどまって戦おうという気力は根こそぎ奪われていた。

逃げようとさえ考えなかった。四方を猛火に囲まれ、恐怖に我を忘れてやみくもに走った。

いつの間にか、三の谷の上流にある二の谷に逃げ込んでいた。ここも織田軍の急襲をうけていたが、様子はかなりちがっていた。

二の谷に住むのは御子神《みこがみ》家の者たちだった。

白山の神は人の姿をかりて地上に下り立った後、一人の旅の女を見そめて妻とし、二の谷に住まわせて子をなした。

女の末裔が御子神家の者たちで、榊家の当主の正室は、代々この家から迎えることに定められていた。

御子神家は女系の家で、忍術を相伝していた。男よりも女のほうが位が高く、諸国を放浪する芸人や巫女《みこ》に姿を変えて探索にあたる者が多かった。

代々美形の者が多く、都で白拍子《しらびょうし》として名をなした者や、帝《みかど》の寵愛《ちょうあい》を受けて御子を産んだ者さえいた。

御子神家の主である媼《おうな》は、織田軍が侵入するといち早く降伏した。そうして女たちに最上の着物に身をつつんで供応に出るように命じた。

女の武器で猛《たけ》り立つ男どもを懐柔しようとしたのだ。生きてさえいれば、やがて天下の形勢は変わる。子を産んで一族を再興することもできる。

そう考えての窮余の一策だったが、なで斬りの命令を受けた織田軍はこの降伏を受け入れなかった。

官女のようにあでやかに着かざった女たちを、切り立った崖《がけ》の上に一列に並べると、一斉射撃で撃ち落とした。

女たちは赤や黄色や紫色の袖を宙にひらめかせながら、深い谷川の底へと折り重なって落ちていった。

多門は木陰にうずくまり、傷の痛みと出血に朦朧《もうろう》となりながら、美しい鳥のように落ちていく女たちを眺めていた。

やがて上流から喚声があがり、弾よけの竹束を押したてた百人ばかりが、織田の軍勢に突撃していった。

禁を守って沐浴潔斎をしていた者たちが、武器をとって捨て身の反撃に出たのだ。

その勢いに織田軍の主力は四、五町ばかりも押し戻され、前方の者から次々に討ち取られていった。

牛首一族の強さをまざまざと見せつけるすさまじい戦いぶりである。

いつもの多門なら、この者たちに合流して戦ったかもしれない。だが傷をおいながら地獄のなかをくぐり抜けてきた今では、もはやその気力も失《う》せていた。

身方の反撃によってくずれた織田軍の包囲網をかいくぐって、落ちのびるのが精一杯だった——。


はっと我に返ると、目の前にすだれが下がり、榊一心斎の姿が影のようにゆらめいている。

いつの間にか居眠りをして夢を見ていたらしい。多門はそう思ったが、織田軍が撃ちかける鉄砲の音が、つい今しがた聞いたように生々しく耳に残っていた。

何かの幻術を用いて、あの日の記憶を呼びさましたらしい。冷たさに気付いて手を当てると、涙で頬《ほお》がぬれていた。

「断わると申したわけが、分ったであろう」

一心斎がしわがれた重々しい声で問いかけた。

多門は答えなかった。かつて牛首一族が織田軍に攻め亡ぼされたように、どちらかの勢力に加担すれば同じ悲劇をくり返すことになる。一心斎がそう言いたいのは分っていたが、牛のように黙り込んだままだった。

あの日の記憶は、多門にとって生涯消すことの出来ない心の傷である。一族が蹂躙《じゅうりん》されたばかりでなく、織田軍に捨て身の反撃をした者たちに加わらなかったという後ろ暗い思いがある。

いかに大社さまとはいえ、断わりもなくその古傷をあばき出すとは何事だ。返答のかわりにそう怒鳴りたくなった。

「どうした。分ったであろうと申されているのだ」

一の谷の翁が返答を迫った。

「よい。この者は分っておる。こたびは力になれぬが、以後も一族の再興のために力を尽くしてくれ」

一心斎が鈴を振ると御座の間の襖が閉ざされ、次第に音が遠ざかっていった。

双肌《もろはだ》ぬぎになった蒲生源兵衛は、金沢城二の丸の太田但馬守の屋敷の庭で朱柄《あかえ》の槍をふるっていた。

鋭い気合いとともに槍を突き、素早くしごき、大車輪にふり回す。三間の十文字槍が空を切るたびに、あたりに風が巻き起こった。

六尺豊かな源兵衛の体は、鍛えぬかれた筋肉におおわれている。肩の肉はこぶになって盛り上がり、腕は松の根のようだ。

これまで二十数度の合戦に出たというのに、赤銅色《しやくどう》の肌には傷跡ひとつない。鬼神のごとき形相をおそれて、矢弾もよけて通るらしい。

源兵衛は苛立《いらだ》っていた。

横山大膳を蟄居に追い込みお千代を座敷牢《ろう》に監禁したものの、五日が過ぎても何の進展もない。予想に反して大膳派は動かず、お千代は強情に口を閉ざしている。

根が性急なだけに、相手の出方をじっと待つことに耐えられなくなっていた。

「蒲生さま、ただ今戻りました」

小月春光が庭の入口で片膝をついていた。

「ずいぶんと遠出をしておったようじゃな」

「多門らの後を追い、手取川上流の牛首谷まで出向いておりました」

「首尾は」

「多門らの行方を突き止めることは出来ませんでしたが、里の者の話では白山神社の神人たちが、山中に結界を張って住んでいるとのことでございます。おそらくその者たちを訪ねたのではないかと」

春光と伊助は牛首谷の廃墟《はいきよ》を見た後、里の者たちに牛首一族のことをたずね回った。

里の者たちの重い口を開かせ、織田の軍勢に亡ぼされた一族の生き残りが山中に住んでいることは聞き出したが、隠れ里を捜し当てることはついに出来なかった。

「そうか。仕舞っておけ」

源兵衛は十文字槍を差し出した。柄に鉛が埋め込んであるずしりと重い槍だった。

「但馬守どのから頂戴《ちょうだい》したものじゃ。粗末にいたすな」

ほとばしる汗を丹念にぬぐうと、太田但馬守の居間をたずねた。

「見事な得物、かたじけない。久々に汗をかいて気が晴れたわ」

「裂帛《れっぱく》の気合いが、ここまで聞こえた。さすがは源兵衛じゃ。家中の者にもよい手本となろう」

太田但馬守は寝そべって近習の若侍に腰をもませていた。

「いやいや、そなたには及びもつかぬが、次の合戦の折に使わせてもらうとしよう」

先代前田利家は「槍の又左」と異名をとったほどの使い手だったが、但馬守も利家直々に朱柄の槍を許されたほどの剛の者だった。

「ところで、牛首谷に住む者たちのことを知っておるか」

「加藤藤兵衛のことか？」

「いや、さらに奥に何者かが結界を張って住んでおるというが」

源兵衛は春光からの報告をくわしく伝えた。

「はるか昔から白山のふもとに住みつき、白山神社の社領をまもってきた者たちがいる」

前田家の領内のことだけに、但馬守も牛首一族については知っていた。

「武器を持って生まれ落ちたような輩《やから》でな。一向一揆との戦のさいには、手取川流域に攻め入った織田の軍勢も大いに悩まされたそうじゃ。天正八年の戦でなで斬りにされたと聞いたが、あるいは落ちのびた者どもがひそかに舞いもどっておるのかもしれぬ」

「とすると、石堂多門とかいう男は、その者たちに会いに行ったのであろうか」

「石堂？　その男は石堂というのか」

「配下の者がそう申しておった」

「石堂とは牛首七家のひとつじゃ。たしか長巻を家の芸としておったはずだ」

「なるほど。そういうことか」

多門が牛首谷をたずねたのは、横山大膳を救う助力を求めてのことなのだ。

あの身幅の広い大太刀《おおだち》も、長巻を模したものにちがいなかった。

「のう但馬。このさい大膳の蟄居を解いたらどうであろうか」

「何ゆえじゃ」

但馬守がむくりと体を起こした。のしかかるように腰をもんでいた若侍が、はね飛ばされて尻《しり》もちをついた。

「大膳を自由にすれば、必ず一味と連絡をとって行動を起こすであろう。そこを待ち構えて一網打尽にすれば、奴らを根絶やしに出来るではないか」

「うーむ、それはどうであろうか」

但馬守が馬より長いと言われる顔を傾けて考え込んだ。

「弱年とはいえ、横山大膳の力はあなどりがたい。また芳春院さまが奴の身方をされるとあらば、いかなる策をもって利長公のお考えをくつがえすか分らぬ」

「まるで虎《とら》を野に放つがごとき恐れようだな」

源兵衛が苦笑した。

「笑うな。大膳は家康どのと掛け合って、一歩も引かなかった男だぞ」

「しかし檻《おり》にとじこめておくだけでは、何も変わらぬ。わしがここにいる意味もあるまい」

源兵衛は大膳を泳がせて、どうやって前田利長を翻意させようとするのか確かめてみたかった。その動きから大膳の背後にいる細川幽斎の戦略を見きわめたいのだ。

「そう急《せ》くな。もうじき能登守どのが七尾《ななお》城に戻られる。途中金沢に立ち寄り、ご兄弟そろって野田山《のだやま》の先代さまの御廟《ごびょう》にもうで、豊臣家を守るために家康どのと戦う誓いをなされる。それによって利長公の腹も家中の意見も、治部どのにお身方と定まるであろう。その後で大膳に腹を切らせればよい」

「なるほど。それこそ一石二鳥の妙手かもしれぬな」

「先代さまはご自身の死後三年間は当家の軍勢の半分を大坂にとどめ、豊臣家を守り抜けと遺言なされた。にもかかわらず、利長公は半年もしないうちに国許《くにもと》にもどられた。しかも昨年は家康どのから無理難題を押し付けられながら、負け犬のごとく媚《こ》びへつらい、芳春院さまを人質にとられる体《てい》たらくじゃ。このまま家康どのに屈しては、あの世で先代さまに会わす顔がないと思っておるのはわしだけではない。先代さまと共に戦場を駆けた者なら、ひとしく無念の臍《ほぞ》をかんでおる。野田山の御廟にもうでたときに前田武士の赤心が明らかになるゆえ、しかと見届けてくれ」

但馬守は気持の高ぶりのあまり、目に涙さえ浮かべていた。

「それを聞けば、石田治部どのもさぞお喜びになられよう」

「会津からの返書がとどけば、家康どのはまちがいなく上杉征伐に出られるのであろうな」

「家康はこのまま豊臣家の大老におさまっているつもりはない。たとえ上杉家の挑発が罠《わな》だと分っていても、豊臣家を二つに割った戦をするために出兵するはずじゃ」

「その時の陣立てはどうなる」

「加賀征伐を企てた時と同じじゃ。豊臣恩顧の大名を先陣に立て、己れの腹が痛まぬようにするであろう。すでに加藤や福島《ふくしま》らは、家康の家来も同然だからな」

「治部どのが秀頼公を奉じて挙兵されても、あの方々は家康どのに身方されるであろうか」

「さよう。相手にとって不足はあるまい」

「しかしいずれも歴戦の猛将《つわもの》ばかりじゃ。なかなか手強いこととなろう」

「懸念は無用じゃ。治部どのはすでに上杉、毛利、宇喜多の三大老の同意をえておられる。これに前田家が加われば、西国大名はことごとく身方になろう。西国十五万の軍勢が、秀頼公をいただいて戦うのじゃ。加藤や福島など恐れるに足らぬ」

「それはそうかもしれぬが」

「治部どのは、先手の総大将を利長どのに任せたいと申しておられる」

「まことか」

「亡き太閤《たいこう》殿下は、利家どのに豊臣家の後事を託されたと聞く。先手の総大将として利長どののほどの適任はあるまい」

「ありがたい。さすれば昨年の恥辱をすすぎ、先代さまのご遺言を果たすこともできる」

「そなたと轡《くつわ》を並べて戦場を駆けることもできよう。十文字槍の冴《さ》えを見せてもらうのが楽しみじゃ」

源兵衛は体をゆすって腰を上げた。

「また座敷牢か」

「あのお局《つぼね》さまから聞き出さねばならぬことがあるのでな」

「そのことだがな。源兵衛」

但馬守が言いにくそうに太い眉をひそめた。

「奥女中のなかには、不審を抱いている者もいるようじゃ。そろそろ解き放つなりよそに移すなりしてもらえまいか」

「これはまた気弱な」

「お千代どのは叔母上《おばうえ》の侍女じゃ。まんざら知らぬ間柄でもない。いかに天下のためとはいえ、牢に入れて責めにかけるのはしのびないのだ」

「まあ、わしに任せておけ。但馬は何も知らなかったことにすればよい」

源兵衛は居間を出ると、納戸《なんど》の奥の座敷牢をたずねた。

格子の向こうの薄暗がりに、お千代がぺたりと座っていた。さし入れた夜具は昨日と同じようにきちんとたたんであるが、いくぶんふくらみが失せているので昨夜は使ったのだろう。折敷《おしき》にのせた食事にも手をつけていた。

「どうやら物を食べる元気が出たようじゃな」

源兵衛は牢の鍵《かぎ》をあけてなかに入った。

お千代は険しい目でにらんだだけで口をきこうとはしない。監禁五日目なのでふくよかな頬にもやつれの陰がさし、色白の肌がすき通るように冴えている。

「そなたの芳春院どのへの忠義立ては見事なものだが、もはやどうなるものでもない。すべてを有体《ありてい》に話して、ここを出たいとは思わぬか」

お千代は答えない。ここに連れ込まれた時に口をきいて以来、頑《かたく》なに黙り込んでいた。

「これはそなたからの預り物じゃ」

源兵衛は袋に包んだ左文字の脇差《わきざ》しをお千代の前に置いた。手取川で襲った時に奪い取ったものである。

「わしはこの通り丸腰じゃ。身に寸鉄もおびてはおらぬ。もしそなたが堪忍ならぬとあらば、この脇差しでわしを刺すがよい」

お千代は何の反応も示さなかった。敵意と不信にこり固まった目で、じっと脇差しを見つめるばかりである。

源兵衛は戦機を計るような冷静さで、お千代の反応をうかがった。

「惜しいのう。女子《おなご》にしておくには惜しいほどの気丈夫じゃ。男に生まれておったなら、さぞや見事な武将になっておったであろう」

「…………」

「昨日わしは十四歳の初陣《ういじん》に三つの兜首《かぶとくび》をあげ、一番槍の功名をなしたと申したが、それはわしの腕が人に勝っていたからではない。要は気性じゃ。命などいらぬと敵に突きかかる気性の激しさが、敵に勝つ道を開いてくれる。わしは生まれながらにこうした気性を持っておった。そのために子供の頃には随分と嫌われてな。危ない目にもおうたものじゃ」

お千代の口を開かせようとするうちに、源兵衛はいつしか己れの生い立ちについて語り始めていた。

源兵衛は近江の日野《ひの》城主だった蒲生家の下級武士の家に生まれた。

父は槍組の足軽をつとめて組頭《くみがしら》まで立身したというが、源兵衛が物心ついた時には、太股《ふともも》に受けた槍傷のために歩行が不自由になり、わずかの捨て扶持《ぶち》と鎧《よろい》の修理の内職で一家の生活を支えていた。

源兵衛は三人兄弟の末っ子だったが、五、六歳の頃から人並みはずれて体も大きく力も強かった。十歳の時にはすでに五尺ちかい上背があり、大人と相撲を取っても互角に戦えるほどだった。

当然子供の中では一頭地を抜けていて、元服前の子供で源兵衛にかなう者は蒲生家中には一人もいなかった。

その上気性は人一倍激しい。相手が目上であろうと重臣の子であろうと、気にいらぬとあればすぐに喧嘩《けんか》を吹っ掛けて足腰立たぬ目に遭わせた。

そのために親兄弟の迷惑はひと通りではなかった。家中に残りたければ源兵衛の首を差し出せと上役から迫られた父は、二人の兄と計って源兵衛を葬ろうとしたほどである。

寝込みを襲われた源兵衛は、長兄の目をかまどの灰でつぶし、次兄の太股に金火箸《かなひばし》を突き刺した。不穏な気配に気付き、夜具の側《そば》に灰と火箸を用意していた。

足の不自由な父は思わぬ反撃に動揺したのか、自慢の槍の狙いも定まらなかった。

源兵衛が横っ飛びに穂先をかわし、槍の柄をつかんで引き寄せると、哀れなほどあっ気なく床につんのめった。

源兵衛は背中に馬乗りになり、脇差しを抜いて首をかこうとした。父とはいえ敵である。殺すのが当然だと思っていたが、母に泣きすがられて思い止《とど》まった。

これを聞いた蒲生源左衛門《げんざえもん》が我家に養子としてもらいたいと申し入れてきた。源左衛門は蒲生家の侍大将で、勇猛をもって聞こえた男である。源兵衛をひと目見るなり、かならずわしが蒲生家一の武将に育ててみせると確約した。

源兵衛は十二歳にして一躍三千石の重臣の子となったが、素行は一向に改まらなかった。身分が高く金回りが良くなった分だけ行動も派手になり、日野城下のならず者たちから大将にまつり上げられるようになった。

それでもなお治まらぬ狂暴な血が、体の中に渦巻いていた。

この世のどこにも居場所がないという苛立ちに駆られ、したり顔で日々を送っている者たちが憎くてたまらなかった。

そんな鬼っ子を戦場が変えた。十四歳で戦場に出て、源兵衛は初めて自分の居場所を見出《みいだ》したのである。

多くの武士たちは戦場が恐ろしいと言うが、源兵衛は戦場に出て安らぎを覚えた。強い者が勝ち、負けた者は殺される。

これほど公平に人を遇し、狂暴な血を狂暴なままに解き放つことを許される場所はこの世のどこにもなかった。

「以来二十年間、わしは二十数度の合戦に出た。この手でかいた兜首は二百を下るまい。こうして僧形になったのも、討ち取った者たちの供養にでもなればと考えてのことじゃ」

源兵衛が剃《そ》り上げた頭をつるりとなでた。

「そなたが男に生まれておれば、わしのような武将になったであろう。なぜだかそう思えてならぬわ」

源兵衛は左文字の脇差しを抜いてお千代の手に握らせ、あぐらをかいた膝の上に抱き上げた。

「わしが憎ければ、この脇差しで刺すがよい。中条流免許皆伝の腕なら雑作もなかろう。だが刺さぬとあらば、横山大膳を助けるためにわしと取り引きをせぬか」

お千代は抱きすくめられたまま身じろぎひとつしなかった。髪油と汗の匂《にお》いが鼻をつく。硝煙と血の匂いに似た懐かしく甘美な匂いだった。

「もうじき前田利政どのが利長どのと共に野田山に参詣なされる。利家公の遺言に従って家康を討つことを、墓前に誓うためじゃ。太田但馬守ら重臣一同も署名血判してこれに従うことを誓う。その日のうちに横山大膳は浅野河原に引き出されて斬首《ざんしゅ》に処されるであろう」

お千代は表情ひとつ変えなかったが、体が無意識に強張《こわば》るのを源兵衛の腕ははっきりと感じ取っていた。

「利長どのは徳川方の大膳を血祭りに上げて、家中の結束を固められるおつもりじゃ」

「それは……、いつのことでございましょうか」

お千代が五日ぶりに口を開いた。

「わしにも分らぬ。二、三日内かもしれぬし十日後かもしれぬ。いずれにしても大膳の命もその日までじゃ。だがな、助ける手立てがひとつだけある」

「…………」

「そなたがわしに身方することじゃ。芳春院どのの文のありかと細川幽斎のたくらみを教えてくれ。大膳の助命を、わしが利長どのに進言しようではないか」

「あなた様が……」

お千代が上目遣いに見やった。やつれてはいるが、富士額の丸い顔にはぞくりとするほどの熟れきった色気がある。

「信用出来ぬか」

「どこの誰とも分らぬ方を、信じろというほうが無理でございましょう」

「これでもわしは蒲生氏郷どのにつかえた男じゃ。但馬守とも昵懇《じっこん》の仲でな。そうでなければここに出入り出来るはずがあるまい」

「名を、御名を聞かせて下されませ」

「蒲生郷舎《さといえ》じゃ。約束はかならず守る。一晩ゆっくり考えてみることだな」

源兵衛はお千代の頰に手を当てて唇を吸った。

お千代の手から左文字の脇差しがこぼれ、薄闇《うすやみ》の中でことりと音をたてた。

第六章　前田利長

八条殿の庭の池には中島があった。

敷地の半分ばかりを当てて作った池の中ほどに、高さ一丈（約三メートル）ばかりの山を築き、朱塗りの小さな橋をかけている。池の東側には釣殿《つりどの》を配していた。

四月も半ばを過ぎ、京の都は夏を思わせる熱い陽射《ひざ》しに照らされている。しかも湿気が多く風がない。対面所の蒸し暑さをいとった八条宮智仁《としひと》親王と細川幽斎は、釣殿に席を移して古今伝授をつづけていた。

古今和歌集すべてを空で覚えている幽斎は、歌集に目をやることもなく淡々と講義を進めていく。智仁親王と大石甚助は一言一句も書きもらすまいと、無言のまま懸命に聞書きをつづけていた。

三月十九日に始めた親王への古今伝授は順調に進行していた。

二十日から二十二日、春歌。

二十三日、夏歌。

二十四日から二十七日、秋歌。

以下、冬歌、賀歌、離別の歌、羇旅《きりょ》の歌と進み、四月七日から始めた恋歌が、十六日の五回目の講義にしていよいよ終ろうとしていた。

「流れては妹背《いもせ》の山の中に落つる
　吉野《よしの》の川のよしや世の中
吉野川は妹背山の真ん中を流れておりますので、古来男女の仲に水をさす川と詠まれております。人の世に永らえて暮らしていると、さまざまの騒がしい中傷が二人の仲を裂くことになる。これがどうしようもない世の中というものであろうか。こうした嘆きと哀《かな》しみが、巻第十六の哀傷歌へと引きつがれていくのでございます」

幽斎がぱたりと歌集を閉ざすと、親王はほっとしたように筆を擱いた。

伝授の間は沐浴潔斎《もくよくけっさい》をつづけ、房事を断ち、魚肉を口にすることも出来ない。しかも講義の間は膝《ひざ》をくつろげることもなく筆記をつづけなければならないので、智仁親王にとっては苦行に等しいはずである。

だが一度たりとも弱音を吐かず、初日と同じ真剣さで講義にのぞんでいる。

侍女にかしずかれて何不自由なく育った親王が、いつこのような激しい情熱と不屈の精神を養ったのかと目を見張るばかりの打ち込みようだった。

「近頃《ちかごろ》禁中でも、世上物騒との噂《うわさ》がささやかれておる」

白の水干《すいかん》から常の服に着替えると、親王はめずらしく近頃の政情を話題にした。

「内府は近々会津征伐に出向くと聞いたが、まことか」

「会津の上杉中納言《ちゅうなごん》どのに謀叛《むほん》の企てがあるという訴えがあり、ただ今糾問の使者を発しておられます。中納言どのが内府どのの求めに応じて上洛《じょうらく》なされば、事は丸く治まるでしょう」

「上杉中納言は西国のさる大名としめし合わせて、内府を討とうとしているというではないか」

「さまざまな雑説がなされていることは聞き及んでおりますが、それがしなどにはとても事の真相は分りかねます」

幽斎は話に深入りすることを避けた。迂闊《うかつ》なことを言えば、親王を通じて帝《みかど》や准后《じゅごう》の耳にまで達するおそれがあった。

「万一内府が出兵し、西国大名が会津と呼応して兵を挙げた時には、細川家はどうする」

「それがしは隠居の身で、家のことはすべて嫡男忠興《ちゃくなんただおき》に任せております。たとえどうなろうと倅《せがれ》の命に従うばかりでございます」

「ならば戦に出なくともいいのだな」

「すでに足腰も弱っておりますゆえ、戦があったとしても城の留守役くらいしか務まりますまい」

「丹後に戻るか」

「倅が出陣すれば、そうなるやもしれません」

「私は戦のために古今伝授が中断するのではないかと案じている。もう少し日毎《ひごと》の講義を長くすることは出来まいか」

「伝授の日数は古《いにしえ》より定められております。これを変えれば伝授そのものの意味が失われかねませぬ」

「そうか」

親王が気落ちしたようにうつむいた。

「ご懸念には及びませぬ。たとえ内府どのが会津征伐に出られるとしても、まだ一月や二月の間はありましょう」

「それまでには伝授を終えてもらえような」

「無論、そのつもりでございます」

幽斎の胸にかすかな痛みが走った。家康が会津征伐に出るまでに伝授を終えるつもりなど、初めからなかったからである。

いつものように駕籠《かご》で吉田の別邸に戻ると、長岡右京大夫《ながおかうきょうだいぶ》が待ち受けていた。大坂屋敷の留守役を命じている初老の男である。

幽斎は田舎家風《いなかや》の茶室に右京大夫を招じ入れた。

「大坂城下の様子はどうじゃ」

「不穏な噂が流れてはおりますが、さしたる動きはございませぬ」

「喉《のど》が渇いておろう。何か飲むか」

「ならば、白湯《さゆ》を」

右京大夫は茶も酒も決して口にしようとはしなかった。

もともとは明智光秀の家臣で、名を明智左馬助《あけちさまのすけ》といった。天正六年（一五七八）に光秀の娘玉子《たまこ》が細川忠興に輿入《こしい》れしたときに、供をして細川家に入った。

ところが光秀は天正十年に本能寺《ほんのうじ》で織田信長を討ち果たしたものの、山崎《やまざき》の合戦で秀吉に敗れて亡《ほろ》ぼされた。

そのために右京大夫は、細川家に迷惑がかかることをはばかって牢人《ろうにん》となった。

かねてから左馬助の才覚を見込んでいた幽斎は、ほとぼりが冷めるのを待って細川家に呼びもどし、由緒ある長岡右京大夫の名を与えて大坂屋敷の留守居役に任じたのである。

茶も酒も断っているのは、非業の死をとげた主君光秀の鎮魂のためだった。

「来月の半ばに、芳春院どのが江戸におもむかれる。その前に一目千世《ちよ》姫に会いたいと申されてな。そちにわざわざ来てもらったのは、それが可能かどうかたずねたかったからじゃ」

前田利家と芳春院の第七女として生まれた千世姫は、忠興の嫡男忠隆《ただたか》に嫁し、大坂屋敷で暮らしていた。まだ十三歳になったばかりである。

「大殿が申し出られても、越中守《えっちゅうのかみ》どのはお許しになりますまい」

右京大夫がぼそりと答えた。

「わしはそれほど嫌われたか」

「近頃では河北石見守《かわきたいわみのかみ》どのに、千世姫さまの監視を命じておられるほどでございます」

「千世姫は何も知らぬ。監視など無駄なことじゃ」

「すべて大殿がまかれた種でございましょう」

「細川家を守ろうと汲々《きゆうきゆう》としておる忠興に、百万遍説いたところでわしの考えなど分りはせぬ」

幽斎は芳春院を通じて前田家を動かし、朝廷をも巻き込んだ遠大な計略を立てている。だが忠興はそのことに薄々気付いたらしく、腹心の河北石見守に千世姫を見張るように命じていた。

前田家と細川家をつなぐ絆《きずな》である千世姫の動きから、幽斎の計略をさぐり出そうとしていたのである。

「隠居とは不自由なものじゃ。我家ひとつ自由にすることが出来ぬ」

「どうあってもご対面なさりたいとあらば、方法はひとつしかございませぬ」

千世姫と芳春院を対面させるように、家康から忠興に申し入れてもらうことだ。

「大殿は決して表に出られてはなりませぬ。万一越中守どのが大殿の関与を察知されれば、家康どののお申し付けとあっても拒み通されるでしょう」

「どうやらわしは黒子に徹するのが似合いのようじゃな」

幽斎は自嘲《じちよう》の笑みを浮かべた。

人には天運というものがある。華やかな表舞台に出て天下を動かす運が己れにないのなら、舞台裏で暗躍してでも志を遂げる他はなかった。

「ご隠居さま、ただいま加賀からの飛脚がまいりました」

初老の下僕が厳重に封じられた立《た》て文《ぶみ》を差し出した。金沢に戻ったお千代からのものである。

幽斎は素早く文に目を通した。

文には大意次のように記されていた。

西の丸の供をして金沢に下る途中、手取川で賊に襲われ、金沢城二の丸の太田但馬守の館《やかた》に囚《とら》われの身となった。

襲ったのは石田三成の家臣蒲生源兵衛郷舎で、どうやら但馬守としめし合わせていたようだ。

横山大膳は西の丸の警固に手抜かりがあったとの理由で、城中の屋敷に蟄居《ちっきょ》を申し付けられている。自分は数日座敷牢《ろう》に入れられていたが、策を弄《ろう》して城外に出た。

来《きた》る四月二十三日に、前田能登守利政が金沢を訪ねる。

利政は四月十八日の豊国祭《ほうこくさい》に参列した後、豊臣秀頼直筆の豊国《とよくに》大明神の神号を持参するので、先代利家の墓所がある野田山に豊国神社を作って分霊することになった。

四月二十三日には利長、利政兄弟そろって野田山に詣《もう》で、豊国神社の分霊をした後に、利家の墓前で豊臣家を守るために徳川家を討つとの誓いを立てる。重臣一同もこの場に立ち会い、誓紙に署名血判して墓前にささげるとのことである。

おそらく横山大膳はその後に打ち首となり、家中の徳川派を粛清するための見せしめにされるだろう。このままでは芳春院の申し付けを果たせそうにないので、幽斎自ら金沢に下って利長を説得してほしい。

字体の乱れた走り書きの文字が、お千代が切迫した状況に置かれていることを、何より雄弁に物語っていた。

「やはり、能登守どのか」

大膳の言葉通り利政は石田三成に与《くみ》し、前田家を石田方に引き込もうとしていたのだ。豊国大明神の神号を持参して野田山に分霊するという策は、三成が授けた智恵《ちえ》にちがいなかった。

「金沢に参られますか」

右京大夫は文を読み終えると、囲炉裏《いろり》の熾《おき》にかざした。自在鉤《かぎ》に吊《つ》るした鍋《なべ》の下で、文がじりじりと炎になめられて灰になっていく。

「前田家が身方についてくれねば、わしの計略は成り立たぬ。これまでの苦労は水の泡じゃ」

「されど今大殿が動かれれば、石田方ばかりか越中守どのにまで計略を悟られましょう」

「宮さまへの古今伝授も中断せねばならぬ。何とも難儀なことになったものじゃ」

そうぼやきながらも、幽斎は金沢に行く腹を固めていた。

石川門の白壁の櫓《やぐら》が、夕陽を受けて朱色に輝いている。

多聞《たもん》櫓の向こうに見える桜も花を散らし、緑の若葉におおわれている。

一条家の離れでそれをながめながら、石堂多門はふくべの酒を傾けている。

お千代が二の丸に捕われていることは分っている。横山大膳からも前田利長の外出の予定をさぐってくれと頼まれていたが、牛首一族の助力を得られなかったために、何ひとつ進展していなかった。

「頼む木の下に雨が漏るか」

多門はすっかり意気消沈して鼻毛などを抜いている。

一条仙太郎と夢丸は、若い背中を並べて石川門を凝視していた。利長の近臣が城を下がるのを見張り、多門と夢丸が後を尾《つ》けるのだ。

彼らの動きから利長の外出の予定をさぐり出そうと、金沢に戻って十日ばかりも監視をつづけていたが、未《いま》だに何の成果も上げられなかった。

多門が落ち込んでいるのは、そのためばかりではなかった。二十年ぶりに訪ねた故郷に失望していたのである。

榊一心斎が一族を再興すると聞き、牛首谷の光景がわずかなりともよみがえるのではないかと期待していた。そう思うからこそ、一心斎に命じられるままに傭兵《ようへい》稼業をつづけてきたのである。

ところが期待は無残なばかりに裏切られた。

榊家の館だけは昔と寸分変わらず再建されていたが、夢にまで見た牛首谷の光景はどこにもなかった。一族の者たちの気質も変わり果てていた。

こんなことなら行かなければ良かったという後悔を、多門は苦い酒とともに飲み干していた。

「あれです。お供衆の神谷《かみや》さま、岡島《おかじま》さま、奥村《おくむら》さま」

仙太郎が石川門を出てくる三人の武士の名を告げた。いずれも重臣の息子たちで、利長の近習をつとめているという。

「多門さま」

町人姿の夢丸がうながした。

「どうせまた下屋敷にでも行くのであろう」

多門は不平をならべながらも深編笠《ふかあみがさ》をかぶった。

二人は密偵の目がないことを確かめてから表と裏の門から抜け出し、二手に分れて三人の後をつけていった。

二十五、六歳とおぼしき三人組は、香林坊の桝形《ますがた》門を出て犀川大橋をわたり、北国街道をしばらく上って、とある路地に入りこんだ。

幅二間《けん》ほどの道の両側には茶屋の大屋根がならび、灯の入った華やかな提灯《ちょうちん》が列をなしている。

格子戸の奥には、美しく着かざった女たちが緋毛氈《ひもうせん》にすわって客を招いている。女たちの嬌声《きょうせい》や笑いに、三味線や太鼓の音がまじり合ってさんざめき、男たちの心をそぞろに浮き立たせる。

後に西の廓《くるわ》とよばれた一画である。

三人組はためらいのない足取りで踏み込むと、鐘を描いた提灯をかかげた大きな茶屋に入っていった。

廓の入口で夢丸と落ち合った多門は、懐《ふところ》をさぐってみた。三両に少し足りない。夢丸は二両持っていた。

「わしが行く。お前はどこかこのあたりにひそんで出て来るのを見張れ」

多門は夢丸から一両受け取ると、吊鐘《つりがね》屋という屋号をかかげた店に入った。

「金を吊るとはめでたい屋号じゃ。気に入った」

差配の年増《としま》に素早く金を握らせると、適当な理由をならべて三人組の隣に部屋をとった。

聞き耳を立てなくても、声高に話す三人の様子は手に取るように分った。それぞれに女を呼んで、酒宴の真っ最中である。

利長の外出の話題が出ないかと心待ちにしながら酒を呑《の》んでいると、静かに襖《ふすま》が開いて二十歳ばかりの女が入ってきた。

「ようこそ、お出《い》で下されました」

三つ指をついて挨拶《あいさつ》をする。色白の小柄な娘で、紅色に白百合《しらゆり》の花をあしらった小《こ》袖《そで》をきていた。

多門は女の酌で呑みながら、一言も口をきかない。話せば隣の声を聞きもらすおそれがあるからだが、女は気詰りらしく、どうしていいか分らずにいる。

「どうも聞き覚えのある声がするのでな」

多門は女に顔をよせてささやいた。

「あれはご家老奥村どののご子息であろう」

女がこくりとうなずく。肉づきのいい顎《あご》が二重になった。

「今夜も泊りか？」

再びうなずいたが、臆病《おくびょう》な鳥のように警戒をあらわにしている。多門は困りきった顔でいよいよ声を低くした。

「わしは奥村さまに仕える者でな。こんな所で顔を合わせたとあっては、これものじゃ」

腹を切るおどけたしぐさをすると、女はようやく肩の力を抜いた。

秘密めかした顔を付き合わせてしばらく酒を呑んでいると、隣が急に静かになった。三人組はそれぞれの相方と部屋に引き上げたのである。

「いやはや、命も縮む思いじゃ」

多門は厠《かわや》に立つふりをして表に出た。

外の見張りについていた夢丸に泊りになることを告げると、草もちを買って部屋にもどった。

「厠のみやげだ」

女の膝に竹の皮につつんだ草もちをおしつけた。作りたてで、まだほんのりとあたたかい。

女はぽっちゃりとした頬《ほお》にえくぼを浮かべると、両手で大事そうに食べた。

「全部食え。わしはこれをやる」

酒を呑みながら話をした。女はおふねといい、この店に来て一年になるという。出身は手取川ぞいの吉野《よしの》村だった。

「すると手取川で産湯をつかった仲じゃな。とても他人とは思えぬわい」

調子のいいことをのたまいながら、膝をさすってみたりする。

女と酒が大好きな上に、同郷と聞いていよいよ親しみを深めているだけに、おふねもすっかりくつろいで、惚《ほ》れた同士が再会したようないい塩梅《あんばい》である。

床入りの儀もとどこおりなく済んで、二人はほどよい倦怠《けんたい》感につつまれながら横になった。

「お侍さんは、どちらのお生まれですか」

おふねが薄闇《うすやみ》の底から丸い目をむけている。

「手取川のどんづまりじゃ」

「では牛首？」

「もう里は消え失《う》せたがな」

「私の父と母も殺されました」

おふねがふいに多門の腕をにぎりしめてささやいた。

「三つのときです。母が芋床《いもどこ》に投げ入れてくれたので、一人だけ助かりました」

織田信長の軍勢が一向一揆《いっこういっき》の拠点だった鳥越城を攻めおとし、手取川流域の七ヵ村に住む者たちをなで斬《ぎ》りにしたのは、十八年前のことである。

「あの日のことは今でも夢にみます。鉄砲の音がこわくて耳をおさえてうずくまっていると、芋床のふたの間から雨だれのように血がしたたり落ちてきて、髪がぐっしょりぬれて……」

おふねは多門の腕をつかんですすり泣いた。

「言うな」

多門はおふねをやわらかく腕につつみ込んだ。

「口にすれば、余計に辛《つら》くなる」

「人になんか言いやしません。お侍さんだから、なんだか、聞いてもらいたくなって」

「実を申すとなあ。わしは奥村家の者ではないのだ」

「それくらい分っていました。前田さまも織田とおなじです。侍なんか、みんな同じけだものです」

前田利家も利長も、一向一揆のなで斬りに加わっている。一揆衆の屍《しかばね》のうえに国を築いたと言っても過言ではない。

そのために一向衆徒の反乱を極端なまでに恐れ、今でも弾圧をつづけていた。

「それなのにお殿さまは、外に出るたびにここに立ち寄られるんですからねえ。ここにいるのはたいてい一揆の村の娘だと知りながら来なさるんだから、おかしいじゃありませんか」

「利長どのが、ここに来るとな」

「先月の野田山参詣《さんけい》の帰りにも、お立ち寄りになられました。もちろんお忍びですが」

三月三日は先代利家の一周忌で、利長は野田山にある利家の墓にもうでた。その帰りに、厄落としと称して泊っていったという。

犀川東岸の台地には、城下の防衛もかねて多くの寺が建ちならんでいる。その中には前田家ゆかりの寺もあり、参籠《さんろう》するという口実をもうけて、秘密の通路から抜け出してくるのだという。

「男とはそういうものでな。殿さまだろうが何だろうが、ここが恋しいのよ」

多門はおふねの隠し所をなでながら、利長が外出のたびに立ち寄るのなら、次の機会に横山大膳をここに手引きすればいいと考えていた。

翌朝、隣の三人組が帰るのを待って吊鐘屋を出ると、ほどなく背後から呼び止められた。

「もし、天下さま」

自信なげなか細い声にふり返ると、紫色の頭巾《ずきん》をかぶった女が神社の鳥居の陰に立っていた。

「伯母上《おばうえ》どの」

多門は一瞬わが目と耳をうたがった。

二の丸に捕えられているはずのお千代が、どうしてここにいるのか……。

「お殿さまは、今月の二十三日に野田山に詣でられます。豊国神社の分霊を行い、先代さまの墓前で徳川さまを討つ誓いをなされるのでございます」

「二十三日といえば、明後日ではないか」

「参詣が済み次第、大膳さまの首を打つ手筈《てはず》でございます。このことを、大膳さまにお伝え下さいまし」

「伯母上どのは、今どちらに」

「申せません。わたくしのことは、ご案じ下さいますな」

お千代は顔を隠すようにうつむいて、境内の奥に向かって走りだした。

「お待ち下され。仙太郎らが待ちかねておりますぞ」

多門は前に回って立ちはだかった。

「お願いでございます。今は何も」

紫色の頭巾をかぶった顔は、肌のつやがまして十ばかりも若がえったようである。あまりの変わりように胸をつかれて立ちつくす多門を、お千代は突きとばすようにして走り去った。


金沢城の石川門の半里ほど南に、火除《ひよ》け地と果実生産をかねた広大な柿《かき》の木畑があった。

瑞々《みずみず》しい緑の葉が、むせかえるばかりの匂《にお》いを放っている。

柿の木に埋もれるようにして建てられた館の母屋《おもや》で、蒲生源兵衛は酒を呑んでいた。大あぐらをかいて、毛むくじゃらの脛《すね》をむき出しにしている。折敷《おしき》の皿には、今しがたお千代が買ってきたばかりの鹿《しか》の生肉が山のように盛ってあった。

源兵衛は薄切りにした肉をたまり醤油《じょうゆ》にひたして生のまま食べる。鹿の肉は歯応《はごた》えのいい弾力とほんのりとした甘みがあり、精をつけるのには最適である。

ここに移って十日ばかりの間、夜毎《よごと》にお千代と睦《むつ》み合っている源兵衛にとって、何より頼もしい身方だった。

太田但馬守の館の座敷牢で身を許したお千代は、横山大膳の命を助けることと引き替えに何もかも白状した。

芳春院の文は西の丸の調度の中に忍ばせてあるが、文を運ぶために西の丸を利用したことが知れれば芳春院の体面にも関《かか》わるので、誰《だれ》にも知られないうちに自分の手で抜き取って来たいという。

また細川幽斎が芳春院と計って利長を石田方から引き離そうとしているのは、前田家を徳川方の身方につけることによって家康に恩を売り、前田家と細川家の安泰を図るためだ。

お千代は源兵衛の腕に抱かれたまま、なめらかにそう語った。

源兵衛は手放しでそれを信じたわけではなかったが、お千代をこの館に移して自由にさせていた。

泳がせることで横山大膳派の動きと、見失ったままの石堂多門らの行方を突き止めようと考えてのことである。

「これ、酒を持て」

声をかけると、奥からすかさずお千代が銚子《ちょうし》を運んで酌をする。夜毎の交わりで磨きがかかった色白の頬が、うっすらと上気している。

背中に垂らした髪の先までがしっとりと潤い、濡《ぬ》れたように艶《つや》やかだった。

「そなたも、一献どうじゃ」

「厨《くりや》で煮物をしておりますゆえ」

恥じらうような仕草をして、そそくさと奥へ引き下がった。

まるで新妻のような風情《ふぜい》である。いまだにお千代の心底を疑ってはいるものの、源兵衛も決して悪い気はしなかった。

「ただいま戻りました」

柿の葉陰の薄暗い庭に、小月春光がひざまずいた。

「近う」

源兵衛は春光を間近に呼び寄せて盃《さかずき》を渡した。

「やはりお千代どのは、石堂多門と連絡を取っておられました」

春光は声を落とし、お千代が吊鐘屋という茶屋の近くで多門と会ったことを告げた。

今朝《けさ》鹿肉を買いに出たのは、そのための口実だったのである。

「多門の後を尾けたところ、石川門の向かいの一条家の屋敷に入りました。程なく屋敷から一羽の鷹《たか》が飛び立ち城中へと向かいましたので、おそらく夢丸とかいう鷹匠が横山大膳と連絡を取ったものと思われます」

「あのような下賤《げせん》の輩《やから》が、何ゆえ一条家に忍ぶことが出来たのじゃ」

「一条家の奥方は、お千代どのの妹でございます」

「なるほど、そういうことか」

源兵衛は鹿肉を口の中にほうり込んだ。お千代は妹と連絡をとり、多門らの居所を聞き出したのだろう。

「いかがいたしましょうか」

「奴《やつ》らが動くのは、野田山参詣の日じゃ。それまで伊助に見張らせておけ」

襖の向こうにお千代の足音がした。

源兵衛は目で春光に合図をして急に声の調子をあげた。

「そうか。横山大膳の処刑は見送りとなったか」

「そうではございませぬ。野田山参詣当日に斬首《ざんしゅ》に処するは不吉ゆえ、日延べと定まったのでございます」

春光も打ち合わせた通りに応じた。

「いつになった。翌日か、翌々日か」

「そこまではまだ決っておらぬようでございます」

しばらく立ち聞きする気配があって、お千代が襖を開けた。酒と煮物を乗せた折敷を抱えている。

「喜べ千代。大膳の処刑は日延べになったそうじゃ」

「ありがとう存じます。西の丸さまのお側《そば》には、いつになったら行かせていただけるのでございましょうか」

お千代がたずねた。その約束で座敷牢から出しておきながら、源兵衛はいつまでたっても城に行かせようとはしなかった。

「参詣には西の丸どのもお出かけじゃ。斬首も日延べと決ったゆえ、その日に取り出してくればよい」

「さようでございますね」

お千代は曖昧《あいまい》な笑みを浮かべて、与えられた部屋へ引き下がった。

しばらくして様子を見に行くと、じっと鏡をのぞき込んでいた。うすく剃《そ》った眉根《まゆね》を険しくよせ、左文字の小太刀《こだち》を両手で握りしめている。

（自害か）

源兵衛ははっとしたが、お千代は鏡の中の自分に切っ先を突きつけたまま、静かに泣いているのだった。

四月二十三日はあいにくの曇り空だった。

黒灰色の雲が陰鬱《いんうつ》に空をおおい、季節はずれの冷たい風が日本海から吹きつけてくる。

巳《み》の刻（午前十時）に金沢城の大手門を出た前田利長の一行は、北国街道を南にくだって先代利家の墳墓の地である野田山へと向かった。

利長も弟利政も、梅鉢の家紋を入れた駕籠を用いている。その後ろに西の丸の駕籠がつづく。同行の武士はすべて裃《かみしも》姿で、道の両側には長槍《ながやり》を手にした警固の兵がつらなっていた。

大手門の外で一行を見送った蒲生源兵衛と小月春光、お千代の三人は、勝手知ったる石川門から城内にはいった。

「本丸や西の丸には、わしらは入れぬ。但馬守どのの屋敷で待っておるゆえ、一人で行ってくるがよい」

鶴の丸の入口でお千代と別れると、源兵衛は春光をつれて二の丸櫓に上ってお千代の動きを追った。

お千代は但馬守の書き付けを示して鶴の丸に入ったが、程なくあたりの様子をうかがいながら門を出てきた。

やはり西の丸の調度に芳春院の文をしのばせているというのは嘘《うそ》だったのである。

お千代は何かをするためにそんな方便をつかい、体まで許して座敷牢を出たのだ。

源兵衛もそのことには気づいている。西の丸に直訴されるおそれのない今日を選んで泳がせてみたのは、城に入って何をするかを確かめるためだった。

お千代は三の丸に出ると、何のためらいもなく正面の三輪志摩守《みわしまのかみ》の屋敷に駆けこんだ。横山大膳の屋敷とは、塀ひとつをへだてたばかりである。

志摩守の屋敷の玄関脇《わき》には、藤《ふじ》の巨木が植えられていた。長さ一尺ばかりもある花房が、今をさかりと花をつけている。上下におり重なって垂れ下がる様は、薄紫色の滝のようだ。

やがて玄関先に駕籠がつけられ、あわただしく門を出て行った。前後に陣笠をかぶった六人の供がついている。

志摩守が野田山参詣に出かけるにしては遅過ぎるが……。そう思って駕籠を注視しているうちに、供の一人の差料《さしりょう》に見覚えがある気がした。

「春光、駕籠の脇を歩く男を見よ。左側の紺の裃を着た奴じゃ」

「あれは、横山大膳の供をしていた高山兵部でございます」

春光が即座にこたえた。

「そうか。抜け穴じゃ」

大膳と志摩守の屋敷の間には、敵に踏みこまれたときにそなえて秘密の抜け穴が通じているのだ。

お千代はそれを知っていて、大膳の脱出を助けようと屋敷に駆けこんだにちがいない。

「あの駕籠に乗っておるのは大膳じゃ。すぐに後をつけよ」

春光にそう命じると、但馬守の屋敷で馬を借り受け、裃を着込んで野田山へ向かった。

周囲に石垣と空濠《からぼり》をめぐらした前田利家の廟《びょう》の前には、利長、利政をはじめ、太田但馬守、高畠石見守《たかばたけいわみのかみ》、青山佐渡守《あおやまさどのかみ》、篠原出羽守《しのはらでわのかみ》ら前田家の重臣たちがつらなっていた。西の丸や重臣たちの奥方も居並んでいる。

紫の衣を着た僧が経を誦《ず》したあと、利長が進み出て焼香をした。

背がすらりと高く、鼻筋が細くとおった端正な顔立ちをしている。武将というより公家《くげ》のような、感情を内に包み込んだ穏やかな表情である。細い眉や目許《めもと》に、神経質で気弱そうな性格が現われていた。

次に弟利政が立ち、西の丸と重臣たちがこれにつづいた。

仏事がとどこおりなく済むと、廟所の横に建つ二間四方ほどの社の前に席をうつした。豊国神社とするために新たに造営した白木の神殿である。

利政が都の豊国神社からともなってきた神官が、神殿のまえで祝詞《のりと》をあげ、豊臣秀頼直筆の豊国大明神の神号をかかげた。

生前利家は、一命をかけて豊臣家を守ると秀吉に誓った。利長は父の墓の横に豊国大明神を祭ることで、遺言に従って徳川家康と戦うことを家臣たちに示したのだ。家臣たちもこれに応えて、終生利長の命令に従うと署名血判した起請文《きしょうもん》を神社に奉納していた。

あたりは静まりかえっている。野田山をわたる風が木々の梢《こずえ》をざわめかせ、社の左右に張られた幔幕《まんまく》の裾《すそ》をはためかせるばかりだった。

利長も利政も、三百人ばかりの家臣たちも身動きひとつしない。だが、無言のうちにも前田家の者たちの胸が白熱していくのを、源兵衛は感じ取っていた。

一人一人の体から命をかけて利家の遺言を果たすという気迫がほとばしり、ひとつにとけ合ってあたりの空気をおおっていった。

犀川ぞいの船小屋で待っていると、一艘《そう》の小舟が上流から漕《こ》ぎ寄せて来た。

笠を目深《まぶか》にかぶった二人の男が乗っている。石堂多門は同じように笠をかぶって迎えに出た。

「お待ちしておりました」

手鉤《てかぎ》で舳先《へさき》を岸に引き寄せると、二人が相次いで舟を下りた。

百姓姿に身を変えた横山大膳と高山兵部である。二人はお千代の手引きで金沢城を抜け出した後、警戒の厳重な犀川大橋をさけて舟で川を渡ったのだった。

「かたじけない。何もかも多門どののお陰でござる」

大膳が丁重に頭を下げた。袢を入れた包みと大小を巻いた茣蓙《ござ》を両手に持っている。

「礼など無用でござる。お急ぎ下され」

多門は二人に用意の薪《まき》を背負わせ、吊鐘屋まで案内した。

薄紅色の打掛けを着たおふねが裏口で待ち受け、裏庭の物置小屋に連れて行った。

薪や炭をたくわえておくためのものである。

「お殿さまは先ほど寺に入られました。あと半刻《はんとき》ほどで、ここに着かれるそうでございます」

おふねは髪を結い上げ簪《かんざし》を差している。前田利長がやって来るというので、店中の者たちが晴れ姿をしていた。

「何だか見ちがえたなあ。いつもとは別人のようだ」

多門は場所柄もわきまえずに見惚《みと》れている。色白のおふねには薄紅色の打掛けがよく似合っていた。

「お殿さまは東の館に入られます。どうかご無事で」

あわただしく立ち去ろうとするおふねの手に、多門は巾着《きんちゃく》を握らせた。路銀全部が入ったずしりと重い袋である。

「こんな物、いただけません。お銭《あし》が欲しくてしたことではありませんから」

「分っておる。だが今日の企てが成れば、わしは山のように褒美《ほうび》をもらえる。成らなければ三途《さんず》の川を渡るばかりだ。こんな物を持っていたところで仕方があるまい」

この銭で自由になってもらいたいという思いがある。おふねはそれを察したのか、両手で押しいただいて懐におさめた。

大膳と兵部は真新しい白帷子《かたびら》と白袴に着替え、脇差しだけを腰にたばさんだ。

大膳は袱紗《ふくさ》に包んだ芳春院の文をじっと見つめている。前田利長を諫《いさ》めるための密書は、大膳らが伏見を発《た》つ前に別の便で金沢に送っていたのである。

「お千代どのには、気の毒なことをした」

誰にともなくつぶやいた。敵の目をあざむこうと、もう一通の文をことさら目立つようにして持ち歩いたために、お千代は蒲生源兵衛に拉致《らち》されたのである。

「囮《おとり》だとは知らせていなかったのですか」

多門がたずねた。

「敵をあざむくには、まず身方からと申す。この文を守るためには致し方なかったのでござる」

「野田山参詣の日を知らせてくれたのは、お千代どのでした」

「存じております。先ほども三の丸の屋敷を抜け出す手助けをしていただいたばかりです」

「お千代どのが、三の丸に」

「それがしの隣に住まう三輪志摩守は、お千代どのの縁者でしてな。抜け穴があることも承知しておられた」

大膳が前田利長に直訴できるのは、野田山参詣の日以外にない。そう考えたお千代は、蒲生源兵衛に取り入って参詣の日を聞き出し、多門から大膳に伝わるようにしたのである。

「ここで直訴することを告げると、たとえどんなことがあっても最後まで諦《あきら》めぬようにと申された。この身を賭《と》して殿をお諫めすることだけが、お千代どののご尽力にむくいる道でござる」

大膳がそう呟《つぶや》いて目をつぶった。

戸を小さく叩《たた》く音がして、夢丸がすべり込んできた。

「もうじき前田さまが参られます」

その言葉を裏付けるように、吊鐘屋の者たちがあわただしく動きはじめた。

吊鐘屋は二つの棟に分れていた。

北国街道にちかい西の館と、新たに建てられた東の館で、間を長さ八間ばかりの渡り廊下でむすんでいた。

廊下の南側には池を中心とした見事な庭園がひろがり、北側には何軒かの物置小屋が建っている。

吊鐘屋についた前田利長らは、玄関のある西の館から入り、渡り廊下をわたって東の館にうつった。

警固の者は西の館に残したらしく、供をするのは太田但馬守ら四、五人の近臣ばかりである。

山の上の寺から酉《とり》の刻（午後六時）を知らせる鐘がおごそかに鳴った。

店の提灯に次々と灯が点《とも》されていく。

利長たちの部屋の障子も、行灯《あんどん》の火に照らされて色をおびた。

どうやら酒宴がはじまったらしい。

「参るぞ」

横山大膳は兵部に目くばせをした。

懐をおさえて芳春院の文があることをもう一度確かめると、大膳は小屋を抜け出し、渡り廊下をこえて池のほとりに端座した。

「おそれながら、殿に申し上げたき儀あって推参つかまつりました」

低く穏やかな声だが、腹の底から発しているためか不思議なほどによく透《とお》った。

障子が開き、太田但馬守が縁側に立ちはだかった。

「これは異な物を見ることよな。城中に蟄居しておられるはずの御仁が、かような所におられようとは」

「西の丸さまを襲った張本人が、殿のお側におられることに比ぶれば、さして不思議なことではござるまい」

「主命にそむく不届き者が。根も葉もないことを申すでない」

「それがしは芳春院さまから殿に宛《あ》てた文を渡すようにと命じられております。それを奸物《かんぶつ》の妨害によって果たせぬとあらば、芳春院さまにも殿に対しても申しわけが立ちませせぬ。それゆえあえて蟄居のお申し付けを破り、ここに持参した次第でござる。

何とぞお改めいただきたい」

「ならば早々に渡すがよい」

「殿に直《じか》に手渡すようにとのお申し付けでござる」

「殿への書状は、すべてわしが取り次ぐことになっておる」

「よい。余に渡せば気がすむのであろう」

苛立《いらだ》たしげに縁側に出てきた前田利長は、白装束の大膳を見ると気を呑まれたように立ち尽くした。

「万やむをえず、かかる無礼をいたしました。芳春院さまの文をお渡しした後には、この庭先を拝借つかまつる所存にござりまする」

大膳はひれ伏しながらも、利長をしっかりと見据えた。

「これへ」

利長が顔をそむけたまま手を差し出した。

大膳がのび上がって文をわたすと、一度押しいただいてから読みはじめた。

長さ半間ばかりの折り文を読みすすむに従って、利長の公家風のふっくらとした顔が険しくなった。

かき乱された気持が、眉根に深いしわとなって表われている。

「このようなことが、まさか……」

文を読み終えた時には、月代《さかやき》まで真っ青になっていた。

「いかなる知らせでございまするか」

太田但馬守が文を受け取ろうとした。

「ならぬ」

利長は甲高い声で叫び、両手で文を握りつぶした。

母への孝心では人後におちぬと評された利長が、文を乱暴に丸め、細かく引き裂いて握りつぶした。

「わしは信じぬ。いかに母上の書状とはいえ、かようなことがあるはずがない」

狂おしげに叫ぶと、丸めた文を池に投げ入れた。

文の破片が少しずつ散らばり、水茎の跡がにじんで消え失せていく。

「但馬、即刻両名を斬りすてい。生きてここから出してはならぬ」

利長はそう命じると、障子を閉ざして引きこもった。

西の館から股立《ももだ》ちをとってたすきをかけた十人ばかりが飛び出してきた。富田《とだ》流の使い手で、名人越後《えちご》と称される富田越後守《えちごのかみ》重政《しげまさ》の門弟たちである。

「どうじゃな。同門の者たちに囲まれて死ぬのも悪くはあるまい」

太田但馬守も刀を取って庭に下りた。

「殿も我らも、家康どのを討つと先代さまの御魂《みたま》に誓ってきたばかりじゃ。そなたを斬って、戦神のいけにえとしてくれよう」

「ならば是非もござるまい」

大膳は落ちつき払って脇差しを抜き、高山兵部と背中を合わせて迎撃の構えを取った。

小屋のなかから様子をうかがっていた多門は、夢丸の制止をふり切って助太刀《すけだち》に飛び出したが、渡り廊下を越えようとしたとき僧形の大きな男が立ちはだかった。

「お前の相手は、このわしじゃ」

蒲生源兵衛が足袋《たび》はだしで庭に下りてきた。

「あの女がお前らと連絡を取ったことは、先刻承知しておったわ。まんまと策に落ちるとは、愚かなことよの」

「さあて、どうかな」

「ここに忍び入った時から、お前らの運は尽きていたのじゃ。悪あがきはせぬことよ」

源兵衛が三尺ちかい大太刀を正眼《せいがん》にかまえた。あまたの戦場を戦い抜いてきた男だけに、全身に殺気がみなぎっている。

多門は八双《はっそう》の構えを取った。

勝負はひと太刀で決る。互いにそう感じているだけに、間合いをはかりながら相手の呼吸をうかがった。

多門は源兵衛の左の拳《こぶし》を見ていた。

太刀は左手の握りで動かす。剣尖《けんさき》が動くまえに左手が動く。戦いのなかからつかみとった、多門流の見切りだった。

だが、源兵衛は多門の挙措からそれを読み取ったらしい。大きく足を送って間境《まざか》いに踏み込むと、左手を囮にして右手一本で突きを放った。

多門の反応が一瞬おくれた。刀で払うことも、体《たい》を開いてかわすこともできない。とっさに真後ろに倒れながら下から払った。

右手一本で持った源兵衛の刀は、あえなく上にはね上げられた。

多門はその隙《すき》に横に転がって体勢をたて直した。

「こしゃくな」

源兵衛が大上段から斬りつけた。

多門は八双から渾身《こんしん》の力をこめて相手の太刀の地をたたいた。

鋭い金属音がして、源兵衛の刀が鍔元《つばもと》から折れた。

多門は刀を返して胴を払おうとしたが、源兵衛はとっさに刀を投げすて、思いがけぬほどの速さで手首をつかんだ。

腰をおとして両方の手首をつかみ、おそろしいばかりの力で押し上げながら刀の柄《つか》から引きはなそうとする。

多門は鉈正宗《なたまさむね》の柄を握りしめ、全体重をかけて源兵衛の首を押し切ろうとした。

二人は歯をくいしばり、真っ赤な顔をつき合わせてもみ合った。

上背は源兵衛が三寸ばかり高い。腕力も恐ろしいほど強い。多門の手は白蠟《はくろう》色にかわり、しびれて感覚を失っていった。

その時、東の館の障子が開いた。

「静まれ。者ども、刀をおさめよ」

前田利長が縁側に出て叫んだ。

真っ先に太田但馬守と横山大膳が刀をおさめた。

源兵衛と多門も相手を突き飛ばすようにして引き分れた。

庭が静まるのを見計らって、西の館から道服《どうぶく》姿の細川幽斎があらわれた。

しかも御殿女中姿のお千代を従えている。

「幽斎どの」

多門は半信半疑で声をかけた。

「おう、無事で何より」

渡り廊下を歩きながら、幽斎がひらひらと手をふった。

「どうして、ここに……」

「金沢の藤が見頃じゃと、お千代どのが知らせてくれたのでな」

お千代は座敷牢から出されると、真っ先に都の幽斎に窮状を知らせる文を書いた。

文を受け取った幽斎は、智仁親王への古今伝授を中断して駆け付けたのである。

「郷舎《さといえ》とやら、蒲生氏郷どのは情理そなえた名将であられた。太閤《たいこう》殿下が天下の差配をまかせてみたいと申されたほどのお方じゃ。家来とはいえ蒲生の姓をたまわったからには、氏郷どのの名を辱《はずか》しめる真似《まね》はせぬことだな」

幽斎が鋭くにらんだ。

源兵衛は歯がみしたが、利長の御前だけにどうすることもできなかった。

前田利長は縁側に片膝をついて幽斎をむかえた。

家格も豊臣家における役職も、利長のほうがはるかに上である。

だが幽斎は父利家の盟友であり、茶道、歌道、作法万端、そして何より諸大名との折衝についての有力な助言者だけに、臣下の礼を取ったのだった。

「このような所におしかける不粋はしとうなかったが、何分急ぎの用があったものでな。勘弁して下され」

「滅相もないことでございます。知らせていただければ、迎えの者を遣わしましたものを」

「こたびは忍びでな。そうも参らなんだ」

「お疲れでございましょう。こちらで酒などお召し上がり下され」

「その前にこの者たちの手当てをしてやって下され」

大膳は肩口と腕に傷を負っている。

高山兵部は背中を斬られ、虫の息で倒れ伏していた。

「お師匠さま、面目ございませぬ」

大膳は失血のために蒼白《そうはく》になっている。

「すべてはお千代どのから聞いた。後はわしに任せて、ゆっくりと養生するがよい」

「あいや、待たれい」

太田但馬守が野太い声をあげた。

返り血をあびているが、一ヵ所も傷を負ってはいない。

「この者は主命に反した咎《とが》により、手討ちと定まっており申す。いかに細川どのとて、当家の仕置きに口をさしはさむのは控えていただきたい」

「ほう、ならば芳春院どのの使者を屋敷に監禁した罪はいかがじゃ。主命に反するも同じと思うが」

「但馬、まことか」

利長がたずねたが、但馬守は黙り込んだままだった。

「答えぬか、但馬守」

利長が顔色を変えて迫った。側近が但馬守の配下で固められていたために、但馬守に不都合なことは何ひとつ利長の耳に入っていなかったのである。

「まことでござる。されどこれも先代さまのご遺言を果たさんがため。お叱《しか》りとあらば、いかなる処罰もお受け申す」

但馬守が開き直って座りこんだ。

利長は源兵衛ともども二の丸屋敷に押し込めておくように命じた。

「かような所をお目にかけ、申しわけございませぬ」

「まずは別室にて茶をいただこう。折り入って聞いていただきたいこともござるでな」

幽斎は利長をうながして、西の館にある茶室に入った。

「昨年の八月に伏見で会うて以来じゃな」

幽斎は自ら点前《てまえ》をつとめた。

前田利長は意外な事のなりゆきに取り乱している。心気の揺れがしずまるのを待つために、充分に間合いをとって茶をたてた。

「あれからまだ一年もたたぬというのに、ずいぶんといろいろな事があった」

「すべては徳川どのの野心より起こったことでございます」

「その通りじゃ」

赤さび色の茶碗《ちゃわん》についだ茶をすっとさし出した。

利長は幽斎の返答に気が楽になったのか、愁眉《しゅうび》をひらいて茶を呑みほした。

「今日は利家どのの墓参にまいられたそうじゃの」

「利政が豊国大明神のご神号を持ち来たりましたゆえ、野田山の父の墓所の横に分霊社を造営いたしました」

「それは結構なことをなされた。利家どのもさぞお喜びでござろう。わしも明日にでも参拝させていただきたいが、よろしいかな」

「無論でござる。されどその前に金沢に参られたわけをお聞かせいただきたい」

「利長どのに、是が非でも聞き届けていただきたいことがござってな」

「徳川どのに身方せよとのことであれば、お断わり申す」

「何ゆえかな」

「父が豊臣家を守れと遺言したことは、幽斎どのもご存知でございましょう」

「むろん存じておる。だが石田治部に身方することが、はたして豊臣家を守ることになるであろうか」

「………」

「治部は豊臣家を守るために家康どのを除くと申しておるが、それは家康どのを除かなければ奉行に返り咲くことも、天下に腕をふるうことも出来ないからじゃ」

「されど徳川どのは太閤殿下の置目《おきめ》にそむき、伊達どのや蜂須賀《はちすか》どのとの縁組みを取り決めておられます。その上昨年は当家にいわれなき言いがかりをつけ、兵を向けようとなされた。これほど天下への野心をむき出しにされている方に、どうして身方することができましょうや」

「天下への野心においては、治部も変わるところはない」

「されど治部どのは、豊臣家を亡ぼそうとはなされますまい」

「さし寄りはな。だが家康どのを除き、豊臣家の実権を握ったのちにはどうなるかは分らぬ。秀吉どのが織田家になされたことを、治部がせぬとも限るまい」

尾張《おわり》の清洲《きよす》城で織田信長の後継者をきめる会議がひらかれた時、秀吉は信長の嫡孫で三歳になる三法師《さんぼうし》秀信《ひでのぶ》を後継者とし、自らは後見人となって織田家の実権をにぎった。

これに対して信長の三男信孝《のぶたか》は、柴田勝家とむすんで秀吉を除こうとしたが、勝家の滅亡によって自刃《じじん》を余儀なくされたのである。

織田家の継承者となったはずの秀信は、今では岐阜城にあって十三万石を領する小大名と化している。

石田三成が豊臣家の支配者となった時、六歳になる秀頼を同じように扱わないという保証はどこにもなかった。

「こたびの上杉どのの企ては、石田治部と示しあわせてのことじゃ。真に豊臣家の安泰をねがう者であれば、この時期に戦を起こすようなまねはするまい」

「何と申されようと無益でござる。徳川どのに身方することなど出来ませぬ」

利長は強情だった。利家の墓前に遺言を果たすと誓ってきた直後だけに、今さら方針を変えるわけにはいかないのである。

「わしは徳川方に身方せよと申しておるのではない。芳春院どのも記されていたごとく、豊臣家を見捨てて前田家の安泰を図られよと申し上げているのじゃ」

「母上にあの文を書くように勧められたのは、幽斎どのですか」

「いつぞや芳春院どのから前田家安泰の道を問われたゆえ、考えるところを申し述べたのじゃ」

「しかし、まさかあのようなことが……」

「すべて事実じゃ。それを証《あか》す秀吉公の密書もある。それゆえわしは前田家と細川家を中心とした勢力を作り、結束して事に当たろうとしておる。前田家の主家はもともと織田家じゃ。秀吉公の不義が明らかになったからには、利家どののご遺言にそむいたとしても忠義の道にそむくことにはなるまい」

利長は追い詰められた獣のような目をして黙り込んだ。

「お疑いとあらば、証拠の密書もあるが」

「拝見できますか」

「無論じゃ。ただし披見の上得心がいったならば、連判状に署名血判して我らに一身同心することを誓っていただかねばならぬが、よろしいかな」

幽斎は憎いほど的確に利長の心の動きを読み取っている。

「分りました。すべておおせに従いまする」

「ならば、ご覧いただこう」

幽斎は懐から藤色の巻物を取り出し、利長の前に広げた。

本紙に貼《は》りつけた豊臣秀吉の書状の後に、同心を誓う足利家ゆかりの大名たちの署名血判がある。

利長はくい入るように書状を見つめていたが、やがて観念したように筆を取った。

これで幽斎は所領にして百万石、三万余の兵力を動員出来る勢力を身方にしたのである。

第七章　幽斎帰国

小気味のいい音がして、矢が的の中黒に立った。

石田三成はしばらく射の構えをとったまま、的を見据えた。

片肌ぬぎになった白い肩がうっすらと汗ばんでいる。肩甲骨が浮き出るほどにやせてはいるが、肩口も胸も鍛え抜かれた筋肉におおわれている。

額が広く眉《まゆ》がひいで、形のいい口ひげをたくわえている。

顎《あご》の引き締った顔立ちで、黒い瞳《ひとみ》が聡明《そうめい》そうな強い光を放っていた。

三成は二本目の矢をつがえると、弓を立ててゆっくりと引き絞った。

性格そのままに背筋が真《ま》っ直《す》ぐに伸びた美しい姿勢である。

「そのような大きな構えでは、戦場での役には立ち申さぬ」

家臣たちに何度も忠告されたが、三成は改めようとはしなかった。

大将たる者が戦場で弓を使わなければならなくなった時は負け戦である。自分の仕事は戦場に立つ前に終わっていなければならぬ。弓は武士のたしなみであり、精神を集中させるための手段に過ぎなかった。

弓手《ゆんで》の手首を伸ばし、弓束《ゆづか》を押し込みながら的に意識を集中した時、ふいに徳川家康の顔が浮かんだ。

昨年の閏《うるう》三月に佐和山城に引きこもって以来夢にまで見た宿敵が、肉のたるんだ四角い顔に勝ち誇った笑みを浮かべている。

三成は眉間《みけん》を狙《ねら》って矢を放った。矢は再び小気味のいい音とともに的の真ん中に突き立った。

対決の火ぶたは切られようとしていた。

新たな城を築き、天下の牢人《ろうにん》を召し抱えて戦の仕度を整えていく会津の上杉景勝に対して、家康は四月一日に詰問《きつもん》の使者を送り、上洛《じょうらく》して釈明するように求めた。

これに対して上杉家の家老である直江山城守兼続は、糾問につぶさに反駁《はんばく》する書状をしたためて使者に与えた。

上洛にも応ぜず、城の新築や牢人の召し抱えをやめるつもりもない。文句があるなら家康か秀忠《ひでただ》が出馬してくればよかろうと明言したもので、事実上の宣戦布告である。

世に「直江状」と呼ばれるこの書状を受け取った家康は、五月三日に諸大名を大坂城に集めて上杉征伐の仕度にかかるように命じ、自ら福島正則《まさのり》や黒田《くろだ》長政《ながまさ》ら武功派の武将を率いて会津に向かうと宣言したのである。

すべては三成の思惑通りだった。

家康が天下を取るために豊臣家を二つに割った戦を起こそうとしていることは、昨年加賀征伐の軍を起こそうとしたことからも明らかである。

そこで三成は直江兼続と図って上杉家に挙兵の動きをさせ、家康を会津におびき寄せようとした。家康の留守中に西国の大名を糾合して挙兵し、東西からはさみ討ちにするためである。

家康もこれが罠《わな》であることは百も承知のはずである。

だがあえて三成の策に乗って出陣するのは、新たな戦を起こして豊臣家の支配体制を突き崩さなければ、天下の覇者となることは出来ないからだ。

事情は三成もまったく同じだった。

昨年の閏三月に武功派の七将に追われて佐和山城に退去したために、豊臣家の奉行職を失っている。再びこの職に復帰して天下に腕をふるうためには、何としてでも七将を除かなければならない。

家康が彼らを引き連れて会津に向かってくれるならまさに一石二鳥だが、ここに来て思いがけない不都合が起こった。加賀の前田利長が離反したのだ。

そのことを三成は金沢につかわしていた蒲生源兵衛からの文《ふみ》で知った。

利長は弟利政や重臣たちとともに野田山に参詣《さんけい》し、父利家の墓前で徳川家康を討つことを誓ったが、その帰りに立ち寄った茶屋で細川幽斎と会って方針を一転した。

三成派だった太田但馬守に蟄居《ちっきょ》を命じ、家康との和睦《わぼく》に功のあった横山大膳を筆頭家老にしたばかりか、他の重職にもすべて大膳派を配し、利家の墓の側《そば》に造営した豊国神社さえ他に移したという。

利長がなぜこうも急に方針を変えたのか分らないと源兵衛は記していたが、三成には思い当たることがあった。

生前豊臣秀吉は細川幽斎に内密の書状を出したことがあると言い、生涯最大の汚点であると嘆いていた。その密書に何が記されているかについては、三成にさえ口を閉ざしたままこの世を去った。

おそらく幽斎はこの密書を利長に見せ、豊臣家に忠誠を尽くすことの無益を説いたのだろう。そうでなければ、利長が造営したばかりの豊国神社を、汚ないものでも扱うように父の墓前から撤去するはずがなかった。

「蒲生どのが戻られ、遠侍《とおざむらい》でお待ちでございます」

近習が告げた。

三成は引き絞った矢を放ち、弓をほうり投げるようにして遠侍へ急いだ。

前田利長の勘気をこうむった蒲生源兵衛が金沢城中に幽閉されたという知らせを受けた三成は、越前敦賀《つるが》城主である大谷吉継《おおたによしつぐ》に仲介に立ってもらい、身柄を申し受けたのである。

失態を恥じてさぞや恐縮しているだろうと思いきや、源兵衛はいつものように大あぐらをかいて悠然と鼻毛をむしっていた。

「ただいま戻りました」

深々と平伏したものの、悪びれた様子もなく顔を上げた。

「わしの家臣にもいろいろな者がおるが、大別すれば二種類しかない。分るか」

「さあて、分り申さぬ」

「命令を果たせる者と、果たせぬ者じゃ。役にも立たぬ者を扶持《ふち》するほど、わしの心は広くはない」

「そのようでござるな」

「金沢での不首尾はどうしたことじゃ。日頃《ひごろ》の口吻《こうふん》にも似ぬ失態ではないか」

「すべては先日の文にしたためた通りでござる。吊鐘屋という茶屋で横山大膳らが直訴に及ぶことを突き止め、待ち構えて討ち果たそうとした時、細川幽斎が現われて利長公を意のままにしたのでござる」

「その茶屋で何があった。事の子細をつまびらかに語ってみよ」

「されば、このような次第でござった」

野田山参詣の後に前田利長が吊鐘屋に立ち寄った時、横山大膳が芳春院の文をたずさえて直訴に及んだことや、芳春院の文を読んだ利長が蒼白《そうはく》になって大膳らを斬《き》れと命じたこと、大膳らを討とうとした時に幽斎が現われたことなどを、源兵衛は克明に語った。

「利長どのは芳春院どのの文を読まれた後、大膳を斬るよう命じられたと申すか」

「さようでござる。意外なばかりに取り乱し、芳春院の文を引き裂いて池に投じられました」

「その時に、何か申されたか」

「いかに母上の書状とはいえ、かようなことがあるはずがない。わしは信じぬと」

「幽斎どのが参られた時、利長どのはどのようなご様子であった」

「どのようなと申されますと」

「喜んで迎えられたか、それとも迷惑そうであったか」

「斬り合いの最中でござったゆえ、しかとは分り申さん。ただ幽斎が断わりもなく押しかけて来たことは確かでござる」

（やはり、そうか）

芳春院の文には秀吉の密書のことが記されていたにちがいない。だから利長は取り乱し、秘密を守るために大膳を斬れと命じたのだ。

幽斎は大膳では利長を説得出来ぬと見極め、証拠の密書を持参して自ら金沢に駆け付けたのだろう。

かくなる上は、利長を殺して弟利政を立てる以外に前田家を身方に引き戻す手立てはない。三成は平静を装いながらも、めまぐるしく考えを巡らしていた。

「ひとつたずねてもよろしゅうござるか」

「申せ」

「細川幽斎は、何か豊臣家の大事に関《かか》わる秘密を握っておるのでござろうか」

「何ゆえじゃ」

「父上の墓前で徳川を討つと誓われた利長公が、何ゆえ急に方針を変えられたのか、どうしても解《げ》せぬのでござる」

三成は答えない。密書の一件は源兵衛にも明かすことは出来なかった。

「解せぬことは今ひとつござる」

利長が徳川方に身方すると決したのなら、会津征伐に出るために出陣の仕度にかかるはずである。ところが前田家では金沢城の守りを固め、道路や橋を整備して、加賀一国にたてこもる構えを取っているという。

「いったい利長公と幽斎は何を企《たくら》んでいるのでござるか」

「それは金沢に行ったそちが、突き止めて来なければならなかったことじゃ」

「まことに、おおせの通りでござる」

「以後幽斎どのの扱いを任せるゆえ、腑《ふ》に落ちぬとあらば、己れの手でさぐってみるがよい」

「治部どの」

源兵衛がにやりと笑って謎《なぞ》をかけた。

「敗者にも二種類あることをご存知でござろうか」

「過ちをくり返す者と、くり返さぬ者じゃ」

「さよう。幽斎には借りがござる。金沢での汚名をそそぐためにも、この源兵衛、身命を賭《と》して働きまする」

「頼むぞ。そなたは直江山城守どの直々の勧めによって召し抱えた者じゃ。山城守どのの目が確かであったと証《あか》して、わしを安堵《あんど》させてくれ」

三成は急に源兵衛が手の内に入ってきたことを感じながら、幽斎のいる大坂へと送り出した。

空には鉛色の雲が低くたれこめ、海から生温かい湿った風が吹きつけてくる。

今にもひと雨来そうな空模様だ。まだ申《さる》の刻（午後四時）を過ぎたばかりだというのに、大坂の街は夕暮れのような闇《やみ》に包まれていた。

編笠《あみがさ》をかぶり牢人のような形《なり》をした細川幽斎は、大坂城玉造《たまつくり》口にある細川家の上屋敷に着くと、長岡右京大夫への面会を求めた。供をしているのは石堂多門と夢丸の二人だけである。

越中守忠興にちなんで越中町の名がつけられた一画で、まわりには宇喜多秀家や浅《あさ》野《の》長政《ながまさ》ら豊臣家の有力大名の屋敷が連なっていた。

北をあおげば大坂城の壮大な天守閣が間近にそびえている。鮮やかな青い瓦《かわら》で屋根をふき、外壁は黒漆で塗られている。天守の高欄の下には、向かいあう二匹の虎《とら》が金《きん》泥《でい》で描かれていた。

(愚かなことだ)

この異様なほど巨大な城を見るたびに、幽斎には秀吉の愚かしさが透けて見えた。

武力と経済力によって天下人にまでのし上がった秀吉には、結局この城と城中に蓄えた何百万両とも知れぬ金銀に頼る他に、豊臣家安泰の道を見《み》出《いだ》すことは出来なかったのだ。

諸大名や下々の者の心を引き付けておくことこそ重要なのに、天下の覇者となった秀吉は朝鮮出兵などにうつつを抜かし、この国の民を困窮のどん底に突き落としたのである。

(所詮《しょせん》は運と要領が良かっただけの男だ)

幽斎は足利義昭を織田信長に引き合わせるために、永禄《えいろく》十一年(一五六八)に岐阜を訪ねた。秀吉とはその頃からの知り合いだが、あの百姓生まれの山猿のような男に、親しみを感じたことは一度もなかった。

「太閤《たいこう》どのも罪なことをなされたものでござるなあ」

多門がふくべの酒を傾けながら呟《つぶや》いた。

「何ゆえじゃ」

「才覚なき者が過分の宝を持てば、身を亡《ほろ》ぼす元となりましょう。駿馬《しゅんめ》に赤子を乗せても、振り落とされるばかりでござる」

「どうやらそちは、秀吉よりは智恵者《ちえしゃ》のようじゃ」

三人は屋敷の大書院に通され、長岡右京大夫と対面した。幽斎は隠居の身であり、倅《せがれ》忠興ともいがみ合っているので、表御殿に入ることを遠慮したのである。

「お出迎えにも出ず、ご無礼をいたしました」

右京大夫は丁重に頭を下げ、下の間に控えている多門と夢丸を怪訝《けげん》そうに見つめた。

「この者たちはわしの従者でな。金沢まで大膳らを警固してくれた石堂多門と、鳥見役組頭《くみがしら》の夢丸じゃ」

「何やら鬼ヶ島《おにしま》に出かけるような供ぞろえでござるな」

右京大夫が無遠慮な皮肉を言った。

犬と雉子《きじ》をつれた桃太郎のようだという意味である。

「退治せねばならぬ鬼がおるでな。忠興はいかがいたした」

「会津征伐について話し合うため、黒田どのや福島どのと寄り合っておられます」

「あの者たちが先陣を承わったか」

「まだ何の沙汰《さた》もございませぬ」

家康が出陣したなら三成が挙兵することは、今や誰《だれ》の目にも明らかである。

武功派の七将たちはそれを避けるために、会津へは自分たちが行くので家康は大坂城を動かぬように申し入れている。会合はその後の対応を話し合うためのものだった。

「お玉《たま》や千世姫も出かけておるのか」

「いえ、奥御殿におられます」

「ならば顔を出すよう伝えてくれ。久々に千丸《せんまる》やお市《いち》とも会うてみたい」

千丸もお市も忠興が側室に産ませた子だが、ガラシア夫人玉子は我子同様に育てていた。

「ご対面はなりませぬ」

「何ゆえじゃ。この間千丸は和歌の手ほどきをして欲しいと申しておった。今宵《こよい》はまたとない機会ではないか」

「越中守どのが禁じておられるのでござる。河北石見守どのの配下が、奥御殿の出入口を厳重に固めております」

「馬鹿《ばか》め、何を考えておるのだ」

猜疑心《さいぎしん》に凝り固まった忠興の無愛想な顔を思い出し、幽斎は舌打ちしたいような苛《いら》立《だ》ちに駆られた。

その夜は旅の疲れもあって早目に床についたが、孫たちに会えなかった失望や忠興に対する怒りに気持が高ぶって、なかなか寝入ることが出来なかった。

雨が降り始めたらしい。池に浮かんだ蓮《はす》の葉を、雨が叩《たた》く音がひっきりなしに聞こえた。

更《ふ》けにけりゆきき絶えたる夜の雨
　くらはし河の波も音して

そんな歌がふいに浮かんだ。

ふけたのは夜ばかりではない。我身も同じである。後継者である忠興との行き来も絶えているのに、時代の波は激しい音をたてている。戦へと向かってもみ合いながら流れていく波の音が、幽斎の耳にははっきりと聞こえていた。

雨の音に混じって琴の音が聞こえてきた。玉子が徒然《つれづれ》をまぎらわすために爪弾《つまび》いているらしい。澄んではいるがどこか哀調をおびた音色である。

幽斎は目を閉じて耳をすました。

玉子の父明智光秀は、幽斎が織田家中でもっとも信頼していた武将だった。足利幕府で重きを成した美濃《みの》土岐《とき》氏の出だけに、同族的な親近感さえ抱いていた。

学問や教養においても通じる所が多く、丹後、丹波《たんば》平定ではともに戦った盟友である。

だが本能寺の変の後、幽斎は光秀とたもとを分った。

信長を討ち果たした光秀は、秀吉との決戦を前にして再三出陣を求めたが、幽斎は頭を丸めて出家し、ついに応じなかった。

そのために光秀は山崎の戦いで大敗し、玉子は身寄りをことごとく失ったのだ。

あれから十八年が過ぎたとはいえ、淋《さみ》しげな琴の音を聞くと、手を合わせて詫《わ》びたいような思いに駆られるのだった。

翌五月十日の午後、幽斎は久々に大坂城に登城した。

秀頼や淀殿、徳川家康らに朝廷から香袋の下賜《かし》があり、勅使が下向する。幽斎はその接待役に任じられていた。

勅使は右大弁勧修寺光豊《かじゆうじみつとよ》で、後陽成天皇や智仁《としひと》親王の母勧修寺晴子《はれこ》の甥《おい》に当たる。

会津征伐を期に天下が再び乱れることを危ぶんだ朝廷では、香袋下賜を口実として上杉家への穏便な対応を求めてきたのだ。

勅使の供応を無事に終えた後、幽斎は家康に招かれて西の丸御殿を訪ねた。

「本日は勅使供応の大役をお務めいただき、かたじけのうござった」

家康が間近に寄って礼をのべた。

幽斎より八歳年下の五十九歳である。髪にもひげにも白いものが目立っていたが、下ぶくれの顔は艶《つや》やかで、体中から精気がみなぎっていた。

「また、前田家との和睦に際しては、ひとかたならぬお骨折りをいただいた。お陰で大事に到らずに済み申した」

「西の丸どのを国許《くにもと》に帰していただいたことで、内府さまのご真情が利長どのに通じたのでございましょう。和睦が成ったのは、ひとえに内府さまのご深慮のたまものでござる」

「渡来物の酒などいかがかな」

家康は近習にぶどう酒を運ばせると、手ずからギヤマンの器に注いだ。

「たまには茶よりもこちらの方が気が晴れるものでござる」

一つの器についだぶどう酒を二つに分けて幽斎に差し出すと、手元に残した物を先に飲んで毒味をした。自分で調合した薬しか飲まないほど用心深い男だけに、他人に対する配慮も行き届いている。

「本日はお聞き届けいただきたいことがございます」

幽斎はぶどう酒をひと口飲んで器を置いた。

「何なりと申されるが良い」

「伏見を発《た》つ前に千世姫に会いたいと、芳春院どのが申しておられます。対面の儀、お許しいただけましょうや」

「遠慮は無用でござる。いつでも伏見城を訪ねられるがよい」

「かたじけのうござる。されどそれがしの一存で姫を外出させることは出来ませぬ。内府さまから倅にお申し付けいただけますまいか」

「幽斎どのも気苦労の多いことでござるな」

「面目なき次第でござるが、隠居後は家中のことには口を出さぬと申し合わせておりましてな」

「承知いたした。さっそく越中守に申し付けましょう」

家康は半分ほど残った酒をひと口で飲み干した。

「ところで、古今伝授の進み具合はいかがかな」

「お陰さまで、とどこおりなく進んでおります」

八条宮智仁親王が古今伝授を受けることには、朝廷内に強い反対意見があった。それを押し切って伝授にこぎつけることが出来たのは、家康の後押しがあったからだった。

「宮さまは会津との戦が始まる前に伝授を終えたいと望んでおられるようじゃが、いかがなものでござろうか」

「それは内府さまがいつ出陣なされるかにかかっておりまする。あと一月もあれば、終えるものとは存じまするが」

「わしも迷っておる。いったんは上杉を征伐すると決めたものの、朝廷からは自制をうながされ、諸大名の中にも反対する者があってな」

家康は懐《ふところ》から一通の書状を取り出して幽斎に渡した。

五月七日に長束正家《なつかまさいえ》、増田長盛ら二奉行、三中老の連名で出したもので、家康の会津出陣をとりやめるように求めている。家康が出陣すれば天下の大事となりかねないので、征伐には別の者をつかわすようにという主旨だった。

「貴殿はどう思われる。この者たちの真意は奈辺《なへん》にあるのでござろうか」

幽斎が読み終えるのを待って家康がたずねた。酒のせいか脂が浮いた額が艶やかに光っている。

「臆病風《おくびょうかぜ》に吹かれてのことと見受けます。気になさることはござるまい」

「ところがそうではない。この者たちはどうやら謀叛《むほん》を企てているらしいのじゃ」

「謀叛でござるか」

「さよう」

「そのつもりであれば、何ゆえ内府さまのご出陣を引き止めるのでござろうか」

「それがこの者たちの侮《あなど》れぬところでな。諫めをふり切ってわしが出陣すれば、秀頼公を見捨てたと言いふらすことが出来ると算盤《そろばん》を弾《はじ》いておる。どうやら後ろで糸を引いている智恵者がおるようなのじゃ」

家康が困りきったような渋面をつくった。石田三成の企てなど百も承知していながらこんな演技をしてみせるあたりが、家康の抜かりのない所である。

「会津の直江山城は、悪口雑言のかぎりを尽くして攻めて来いと迫っておる。今さら出陣を取りやめては武士の一分《いちぶん》が立たぬばかりか、豊臣家の大老としての鼎《かなえ》の軽重を問われることになろう。どうしたものかと思いあぐねておるところでな」

「出陣なさるべきと存じまする」

「謀叛は起こらぬと申すか」

「起こったところで、さしたることはござるまい」

「いやいや、直江山城の書状といい、この書状といい、互いに結託してのこととしか思えぬ。会津に出陣した隙《すき》に、西国の軍勢が背後から襲いかかって来るかと思うと、夜も眠れぬほどじゃ」

「これはまた気弱なことを」

「この企ての張本人は誰か、どれほどの大名が加担しているのかを突き止めぬ限り、うかつに動くことは出来ぬ」

「ならば早々に出陣の陣触れをなされるがよろしゅうござる。それに従うか否《いな》かによって、おのずと敵と身方がはっきりして参りましょう」

「なるほど、さすがは幽斎どのじゃ」

家康が音を立てて膝《ひざ》を打った。

「この先出陣の人選や朝廷との交渉においても、智恵を貸してもらいたい。何とぞお願い申す」

家康は幽斎を取り込もうとして西の丸に呼んだのだ。

そのことを百も承知していながら幽斎があえて話に乗ったのは、今度の計略を実現するためには家康と好《よしみ》を通じておく必要があったからだった。

石堂多門と夢丸は細川家上屋敷の中間《ちゅうげん》長屋にいた。

表門の両脇《りょうわき》に作られた長屋の一室で、敵が攻め寄せて来た場合には格子窓を銃眼のかわりにして応戦する。ひときわ頑丈な格子を、間隔を狭くしてはめ込んであるのはそのためで、長屋の中は昼でも薄暗いほどだった。

「九、十、十一……」

多門はあぐらをかいて板壁によりかかり、指を折って日数を数えた。

五月九日にここに来てからすでに七日が過ぎている。その間何もすることがなかったが、勝手な外出は禁じられているために、薄暗い長屋で日を過ごすほかはなかった。

「武家勤めとは何とも窮屈なものじゃな」

多門はふくべを振ってみた。酒はとうに切れているが買いに行くこともままならない。

「夢丸、表の戸板を閉めよ」

「どうなされるのですか」

夢丸は土間にあぐらをかいて草鞋《わらじ》を編んでいた。

「ほど良き暗さゆえ、衆道《しゅどう》の手ほどきでもしてやろう」

「い、いえ。結構でございます」

「遠慮をするな。戦場では当たり前のことじゃ」

多門が立ち上がろうとすると、夢丸は草鞋を投げ捨てて長屋の外に逃げ出そうとした。

「ざれ言じゃ。あまり退屈したゆえ、からかってみただけじゃ」

笑い飛ばしたものの、夢丸は容易には警戒を解こうとはしない。こうした面では呆《あき》れるほどに頑《かたく》なだった。

「わしは女子《おなご》でなければ相手にせぬ。安心して草鞋を編め」

多門がごろりと横になると、夢丸はようやく元の位置に戻った。

「幽斎どのは、近々丹後に戻られるのか」

「そのようでございます」

「お前はどうする」

「お供をすることになりましょう。多門どのはどうなされますか」

「そうさなあ。思案仕覚《しがく》というところじゃ」

金沢での仕事のけりがついたら、後金の五十両を受け取り、榊一心斎に命じられるまま次の雇い主のところへ行くつもりだった。これまでそれが己れの生き方だと割り切ってきたが、今度ばかりはそういう気にはなれなかった。

ひとつは牛首一族の再興が幻影にすぎぬと分ったためである。今までは一族再興と牛首谷の再建のためなら、生涯傭兵《ようへい》稼業をつづけてもいいと思っていた。だが一族を再興したところで牛首谷の光景は二度とよみがえらないと気付いたことが、一心斎に従う意欲を失わせていた。

それに幽斎の許にしばらく留《とど》まってみたいという思いもあった。今後とも力を貸してくれと頼まれたし、危うい所を助けられた恩義もある。

それ以上に幽斎が何をしようとしているのか見届けてみたかった。

「幽斎どのが丹後へ来いと申されるなら、行ってみるのも面白いかもしれぬ」

「丹後は海の美しい所です。有名な天《あま》の橋立《はしだて》もございます」

「しかしこのように退屈な勤めならとてもやり通せぬ。気楽に流れ歩く暮らしが骨身にしみついておるでな」

「多門どのは幸せですね」

夢丸が長い睫毛《まつげ》を伏せて呟いた。

「幸せ？　わしのどこが幸せなのだ」

「この先どのようにでも生きられるではありませんか。鳥見役という家柄に縛られて一生を終える者もいるのですよ」

「なるほど。貧乏人に恐れなしというが、こいつはひと理屈だな」

多門は手放しで笑った。

この言葉に夢丸の生い立ちの不幸が隠されていようとは、想像すら出来なかったのである。

翌五月十六日、多門は千世姫の供をして伏見城へと向かった。

明日、芳春院が人質として江戸へおもむくので、千世姫は別れの挨拶《あいさつ》に行くのだが、世情物騒の折柄道中にどのような変事が起こるか分らない。そこで長岡右京大夫らとともに警固に当たることになったのだった。

一行は谷町筋を北にむかい、八軒屋の船着場で朝一番の船にのった。

三十石積みの屋形船は、船曳《ふなび》き人足たちに引かれて淀《よど》川をさかのぼり、夕方には伏見についた。船着場には前田家の家臣たちが出迎え、伏見城下に案内した。

芳春院と千世姫との対面は、前田家の下屋敷で行われた。

芳春院を人質として江戸におくるという条件で徳川家と前田家の和睦が成って以来、芳春院は徳川家の屋敷に住むことを強いられていたが、この日は前田家の下屋敷に戻ることを許されたのである。

千世姫は今夜一晩母とひとつ屋根の下で過ごし、出発を見送ってから大坂屋敷に戻る予定だった。

警固の者たちも遠侍に泊ることになったが、多門は細川家の家臣たちと居るのが気詰りで、一人で中間部屋に寝転がってふくべの酒をかたむけていた。

「失礼いたします」

女の声がして襖《ふすま》が開いた。御殿女中姿のお千代が、酒と肴《さかな》をのせた折敷《おしき》を持って入ってきた。

「伯母上《おばうえ》どの」

多門はぽかんと口を開けたまま、起き上がることさえ忘れている。

「右京大夫どのから、こちらにおられると伺いましたので」

「金沢からは、いつ？」

「五日前でございます。芳春院さまのお供をして江戸に行くことになりました。もう二度とお目にかかることもないと存じ、ご挨拶に推参いたしました。無作法をお許し下さいませ」

「なんの。伯母上どのにお目にかかれただけでも、伏見まで来た甲斐《かい》があったというものでござる」

「まあ、お上手になられて」

お千代が口元に袖《そで》をあてて笑った。

「例の袖なし羽織は、もうお召しにならないのでございますか」

「ああ、深い考えもなしにあのような物を作ったが、近頃では背中が妙にうすら寒くてな。路傍の子供にくれてやった」

「金沢でのことはお聞き及びでございましょう」

お千代が酌をしながら上目遣いに見やった。

多門は黙ったまま盃《さかずき》を干した。

何も聞いてはいないが、前後の事情からおおよそのことは察していた。

「わたくしは二の丸屋敷の牢《ろう》を出るために、蒲生源兵衛を籠絡《ろうらく》したのでございます。城外の館《やかた》に移ってからは、囲われ者も同然の暮らしをしておりました」

「過ぎたことじゃ。何ゆえそのような話をなされる」

「天下さまを、お慕いもうしあげていたからでございます」

「…………」

「方広寺の側《そば》で助けていただいたときから、大事なお方と心に定めてまいりました。それゆえ、何ゆえあのようなことをしたかを、知っていただきたいのでございます」

「無用じゃと申しておる」

吊鐘屋に幽斎を案内したことが、お千代の気持を何より明らかに語っている。今さらあからさまな話を聞きたくはなかった。

「わたくしも頂戴《ちょうだい》してもよろしゅうございましょうか」

「ああ。酒は憂いの玉箒《たまははき》じゃ」

多門がつぐと、お千代は何かを吹っ切ろうとするようにひと息に飲み干した。

「たとえ他人はどう言おうと、あの時のわたくしにはああするほかはなかったのでございます。殿方は御家を守るために命をかけて戦に出られます。女子とて御家の大事とあらば、我身をささげるのは当然ではございませぬか」

「…………」

「身を汚《けが》された上は、自害すべきだと言う方もおられましょう。いいえ、現におめおめと生き恥をさらすべきではないという声も、国許では聞こえてまいりました」

お千代はまるで多門がそう言ったかのように鋭い目をむけた。

「けれども、わたくしは従いませんでした。この先も芳春院さまのお役にたてるのなら、どんな恥を忍んでも生き抜くことが、武家に生まれた者の務めだと信じるからでございます」

「人は己れの信じる通りにしか生きられぬ。お千代どのがそう信じるのなら、誰が何と言おうと構わぬではないか」

「わたくしは江戸で必ず芳春院さまのお役に立ちます。加賀の千代は立派に忠義の道を貫いたと評されるほどの生き方をしてご覧にいれます。それゆえ……、それゆえこの盃を受けてはいただけないでしょうか」

お千代が身をつぼめるようにして両手で飲みさしの盃を差し出した。

わずかばかりの酒が底に残っている。多門はためらうことなく飲み干した。

「かたじけのうございます。これで何があろうと胸を張って生きていくことが出来まする」

たもとで目頭をそっと押さえて立ち上がった。

「もう行かれるか」

「そろそろ芳春院さまのお側に戻らなければなりませぬ。どうぞ、お健やかに」

「傭兵稼業はやめた。しばらくは幽斎どのに従ってみるつもりじゃ」

「まことでございますか」

「わしも己れの信じる道を探してみよう。先程の盃にかけてもな。縁があれば、またどこかで会うことがあるやもしれぬ」

「その時には……、その時にはどうかわたくしを蔑《さげす》んで下さいますな」

お千代は泣き笑いの顔で一礼し、足早に立ち去った。

芳春院が江戸へむけて伏見を発ったのは、慶長五年五月十七日のことだった。

出発にあたって芳春院は、見送りに来た前田家の重臣に利長への伝言をたくした。

〈侍は家を立てること第一なり。我ら年寄末近し。人質に行くからは覚悟あり。かまえて我らの事など思いて家をつぶすべからず。つまる所は我らをば捨てよ。少しも心にかくるな。家を立てる所を専《もっぱ》らにせよ〉

戦国の世を利家とともに生き抜いてきた芳春院の、覚悟のほどがうかがえる一言だが、「つまる所は我らをば捨てよ」とは尋常ではない。

これは細川家と前田家が中心となって新しい勢力を作るという幽斎の計略を、芳春院が承知していたからだ。

自分を犠牲にしてでも幽斎に従うように、利長の尻《しり》を叩こうとしたのである。

だが徳川家康もしたたかだった。

太田但馬守や横山大膳ら、前田家の重臣たちの嫡男《ちゃくなん》までも人質に取り、芳春院とともに江戸へ送ったのだ。優柔不断な利長が、石田三成派の重臣たちに引きずられて敵に回りかねないことを見抜いていたからである。

多門や右京大夫らは、一行を伏見城の外まで出て見送った。

芳春院の駕籠《かご》の後ろに十数人の侍女が従っている。その中にお千代の姿もあった。

幸い昨夜からの雨はあがったものの、道はぬかるんでいる。着物の裾《すそ》をからげて歩く女たちの足取りは、いかにもおぼつかなかった。

北陸の雄前田家の行列とあって、沿道には大勢の者たちが見物に出ている。群衆の中に蒲生源兵衛もいた。人よりず抜けて背が高いので、編笠で顔をかくしている。

芳春院の駕籠が通り過ぎ、お千代が目の前に来たとき、編笠の庇《ひさし》をかすかに持ち上げた。お千代はそれに気付いたが、顔を向けようとはしない。

源兵衛は無言のまま鋭い目で見送ると、笠の庇をさげて群衆の中に姿を消した。

梅雨明《つゆあ》けの空はからりと晴れ、初夏の瑞々《みずみず》しい陽射《ひざ》しが池の面にふりそそいでいる。時折鯉《こい》が水面近くに舞い下りた虫を捕ろうとして跳ね上がり、水面を波立たせる。池の四方へ広がってゆく波なりに、蓮《はちす》の浮葉が静かに揺れている。

八条殿の釣殿《つりどの》で智仁親王を待ちながら、細川幽斎はぼんやりとそれをながめていた。仏の台座とされた葉は、青々と水に浮いている。

はちす葉の濁りにしまぬ心もて
　何かは露を玉とあざむく

そんな歌が脳裡《のうり》をよぎった。

三月十九日から始めた智仁親王への古今伝授を、幽斎は四月二十日から二十六日まで中断した。親王には病気と伝えていたが、前田利長を説得するために金沢を訪ねていたからである。

翌二十七日から再開したものの、「雑歌下」「雑体」「物名」と三日間伝授を行っただけで五月一日から再び中断した。

会津征伐をめぐって天下の政情が緊迫したために、大坂屋敷に下って忠興や重臣たちと対応を協議するというのが表向きの理由だが、実際に大坂に下ったのは五月九日であり、吉田の別邸に戻ったのは二十六日、つい昨日のことだ。

大坂屋敷では徳川家康や諸大名との連絡に当たったり、今後のことを長岡右京大夫に指示したりと忙しかったが、二十日近くも滞在するほどの用事ではなかった。

それをわざわざ長引かせたのは、親王への古今伝授を終わらせたくなかったからだ。今度の計略を成功させるためには、伝授を中断したまま丹後に戻る必要があったのである。

四半刻《しはんとき》ほど待つと、智仁親王が家司の大石甚助を従えて入ってきた。

「お待たせした。急な来客があって、席を立つことが出来なかったものだから」

年若い親王は実直である。人に悪意などはないと信じきっているような天性の大らかさがあった。

「大坂からは昨日戻ったそうだね」

「長々と留守をいたし、申しわけございませぬ」

「講義はいつから再開してもらえようか。今日からでも始められるように、他の用件をすべて断わっているのだが」

「まことに申しわけございませぬが、明後日に丹後に戻ることになりました。今日はそのご報告とお詫びに参りました」

「どうして、急に」

「会津への出陣が六月半ばと決まりました。それゆえ国許に戻って出陣の仕度にかからねばなりませぬ」

「伝授が終わるまで、帰国を延ばしてもらうことは出来ぬか」

「出陣に不備があっては、細川家の存続にも関わりますので」

「しかし、あとわずかで終わると申したではないか」

親王は引き止めようと懸命だった。

古今伝授は古今和歌集の秘伝をつたえるものだが、伝授の大部分は歌集の一般的な講釈で、巻第一春歌上から巻第二十までの歌を読み解いていく。最後に仮名序、真名序《まなじょ》の講釈があり、その後でおもむろに秘伝の伝授にはいる。秘伝は口でつたえるのではなく、紙に書いて一枚ずつわたしていくので、切紙《きりかみ》伝授とよばれる。

こうしてすべての伝授を終えるのに、およそ三十日ほどかかる。

ちなみに細川幽斎が三条西実枝から伝授をうけたときには、元亀《げんき》三年(一五七二)十二月六日から、翌々年の天正二年三月七日までかかっている。戦乱などの事情によって中断があったためで、実際に講釈をうけたのは三十一日間だった。

三月十九日に春歌上からはじまった親王への伝授は、「大歌所御歌」から「切紙伝授」までわずか五日分を残すばかりだった。

「もし不都合があるなら、私が内府に口添えをして帰国を延ばせるように計らおう。不足とあらば、帝《みかど》に奏上して勅命をいただいてもよい」

「身に余るお言葉ですが、武家には武家の作法がござる。宮さまのご厚意に縋《すが》って戦陣を避けたと評されては、細川家末代までの恥辱となりましょう。会津は雪国ゆえ、冬になれば戦も治まります。その時には何をさしおいても帰洛《きらく》いたしますゆえ、我儘《わがまま》をお許し下されませ」

幽斎はただただ平身低頭するばかりである。

「幽斎、そなたは古今伝授を朝廷に残すことが、この国と朝廷を守るために必要だと申した。古《いにしえ》からの秘伝を朝廷に伝えることこそ、歌人としての最後の願いであるとも申した。それゆえ私は帝や准后《じゅごう》が反対なされたにもかかわらず、伝授を受ける決意をしたのだ。なのに何ゆえ今さら武家の作法などを持ち出し、歌人としての務めを果たそうとせぬのか」

智仁親王の澄んだ目に険が立ち、声が震えていた。

「お叱《しか》りはごもっともでございます。しかしまさか内府さま自ら出馬なされるとは、考えてもおりませんでしたので」

嵐《あらし》が過ぎ去るのを岩陰に身を伏せて待つが如《ごと》く、幽斎はひたすら詫びた。

「そうか。ならば致し方あるまい」

智仁親王は目にうっすらと涙を浮かべて引き下がった。

「戦が落着し無事に上洛する日を心待ちにしておる。出立前のあわただしい時に恐縮だが、物名《ぶつみょう》までの聞書きを作ったので目を通してもらえまいか」

「もちろん、喜んで」

親王がうながすと、大石甚助が用意の木箱から三冊の綴《つづ》り本を取り出した。

茶色の表紙の本の冒頭には「古今集聞書、慶長五年三月十九日幽斎六十七智仁二十二」と記されている。

幽斎は一冊を手に取った。古今和歌集の巻一から巻六までの伝授内容が、こと細かに記されている。

「お見事でござる」

幽斎はうなずきながら本をめくった。短期間でこれほど完全にまとめ上げるのは容易なことではなかった。

「甚助の手助けがあったから出来たことじゃ。いくつか分らないこともあるので、伝授を再開したときに教えてもらいたい」

他の二冊にも「物名」までの伝授が記され、所々に「なお尋ねるべし」との書き込みがしてある。古今伝授にかける親王の真摯《しんし》な姿勢が、行間からにじみ出るような講義録だった。

「よくぞ、ここまでお励み下された。この三冊、明日までお預りしてよろしいでしょうか」

「もちろん構わぬが」

親王がいぶかしげな顔をした。

「今夜のうちに、疑問の点についての答えを書き足しておきましょう。清書なされるときの参考にしていただければ幸いです」

出発前で多忙をきわめていたが、親王を裏切ることになったお詫びに、せめてそれくらいはしてやりたかった。

智仁親王との対面を終えた幽斎は、用意の駕籠で吉田の別邸にむかった。

細川家の家臣たちが前後を警固し、多門と夢丸も少し遅れて従った。

長かった梅雨もようやく明け、西の空が美しい夕焼けにそまっている。賀茂大橋から下流を見やると、夕焼けを映して朱色になった川が、大きくうねりながらどこまでもつづいていた。

吉田の別邸の門前には、編笠をかぶった大柄の武士が立ちはだかっていた。

「細川幽斎どのに、お目通りねがいたい」

「無礼な。何者じゃ」

供の武士がいっせいに刀の柄《つか》に手をかけた。

「蒲生源兵衛郷舎《さといえ》と申す」

源兵衛は落ちつき払って編笠をぬいだ。

僧形の大きな頭にも、赤々と西陽がさしていた。

「ならば、それがしがお相手いたそう」

多門が武士たちを押しのけて前に出た。

「早まるでない。今日は別れの挨拶をしに来たばかりじゃ。幽斎どの」

源兵衛が呼びかけたが、幽斎は駕籠の引き戸を開けようともしなかった。

「貴殿は先般蒲生の姓を名乗るなら、亡き殿の名を辱《はずか》しめぬようにせよと申されたが、そのお言葉はそっくりお返しいたす。幽斎どのこそ、どぶねずみのごとく暗がりをはいずり回って策を弄《ろう》するのはやめられるがよい。いずれ戦場でお目にかかる。その日まで、せいぜいご老体をいとわれるがよい」

源兵衛はきびすを返すと、後も見ずに立ち去った。

第八章　細川ガラシア

眼下には琵琶湖が広がっていた。

快晴の空を映した湖面は真っ青である。対岸には緑色の松林がつづき、比良《ひら》山地のなだらかな山なみが折り重なってつらなっている。

佐和山城の天守閣に立った石田三成は、高欄に手をついて眼下の景色に目を細めていた。琵琶湖から涼やかな風がふき上げ、ひんやりと頬《ほお》をなでていく。

佐和山の頂上に建てた天守閣は、真夏でも別天地かと思えるほどに涼しい。七月に入ってからはここに文机《ふづくえ》を持ち込んで政務をとることが多かった。

三成は目を東に転じた。はるか遠くに霊仙《りようぜん》山地がそびえている。その向こうは美濃の国で、北方にはかつて不破関があった。

太古から東国と西国をわける境と見なされてきた所で、西国防衛のかなめの地でもある。その東にひろがる盆地が関ヶ原《せきはら》とよばれるのは、不破関にちなんだ。関ヶ原の東には垂井宿《たるいじゅく》がある。中山道の宿場町として鎌倉時代からさかえた所で、大きな旅籠《はたご》がいくつも軒をならべていた。

(刑部《ぎょうぶ》よ、戻って来い)

三成は山の彼方《かなた》にいる友に、胸の中で語りかけた。

垂井宿には七月二日から大谷刑部少輔《ぎょうぶのしょう》吉継が、敦賀城からひきつれてきた一千の兵とともに投宿していた。六月十八日に上杉征伐に出陣した徳川家康に従うためである。

到着の翌日、三成は垂井に使者を出して吉継を佐和山城に招き、家康を討つ計略を打ち明けて共に起《た》とうと誘った。

だが吉継は厳しくこれを拒み、計略の無謀を説いた。今三成が兵を挙げても、家康にはとても勝てない。会津へ行って家康と上杉景勝の和睦《わぼく》を図ることこそ、豊臣家安泰の道だというのである。

これに対して三成は、すべて上杉景勝と申し合わせて起こしたことなので、家康が会津征伐に出た今となっては中止することは出来ないと突っぱねた。激怒した吉継は憤然と席をけって垂井に戻ったのである。

それから三日たつのに、何の音沙汰《おとさた》もない。それでも三成は、吉継は必ず戻って来ると信じていた。

吉継とは秀吉の小姓をしていた頃《ころ》から共に辛酸をなめた仲である。年も一つしか違わないので、互いの気心は知り抜いている。その男を見間違うようなら、自分の器量もここまでだと腹をくくっていた。

三成は両手を組み合わせて前に突き出すと、大きく息を吐いた。せっかちな所が自分の欠点だとは分っている。それを矯《た》めるためにこうして気を落ち着かせるのだ。

息を少し吸っては肺が痛くなるまで吐きつづける。まるで自分を苛《いじ》め抜くように、気が落ち着くまで何度もくり返した。

「殿」

近習が急な階段を急ぎ足でのぼってきた。

「刑部め、来たか」

三成は思わず大きな声をあげた。

「大坂の安国寺《あんこくじ》どのより、ご使者でございます」

早馬を駆ってきたらしい。近習の後ろに、汗とほこりでまっ黒になった男がいた。

三成は使者が差し出した書状を改めた。

伊予《いよ》六万石の大名である安国寺恵瓊《えけい》からのものだ。七月十二日に増田長盛とともに佐和山城をたずねる。瀬戸内《せとうち》の波風もおさまったので、ご安堵《あんど》なされるようにと記されていた。

「うけたまわった。当方も大過なく、対面の日を心待ちにしておると申し伝えよ」

三成は使者を帰すと再び天守の廻《まわ》り縁に出た。

（刑部め、何をしておる）

次第に腹が立ってきた。昔のままの刑部なら必ず行動を共にしてくれるはずだと信じてはいても、じっと待つことが耐えられなくなっていた。

「気散じじゃ。馬を引け」

三成は足袋裸足《たびはだし》で馬に乗ると、本丸からつづく尾根伝いの道を大手門まで駆け下り、中山道へ飛び出した。

佐和山城から美濃の垂井宿まではわずか五里ばかりしか離れていない。このまま苛《いら》立《だ》ちながら待つよりは、大谷吉継の本陣に駆け込んで膝詰《ひざづ》めで説いたほうがよい。そう決意してただ一騎で馬を駆ったのだから、生まれついての性分はなかなか矯められないものらしい。

鳥居本宿を過ぎ番場《ばんば》の宿にさしかかった時、

「待て治部」

どこからともなく吉継の声が聞こえた。よく響く澄みきった声である。

三成は手綱を引き絞って馬を止めた。あたりは鬱蒼《うっそう》たる竹林におおわれ、道の傍《かたわ》らには古びた阿弥陀《あみだ》堂があるばかりである。

鎌倉幕府の六波羅《ろくはら》探題《たんだい》が後醍醐《ごだいご》天皇の挙兵によって亡《ほろ》ぼされた時、都を逃れて東国へ向かった北条仲時《ほうじょうなかとき》の一行四百三十二人は、この地で土民の襲撃にあって全員自決した。阿弥陀堂はその者たちの供養のために建てられたものだった。

竹林を渡るひんやりとした風に胴震いをひとつすると、三成は鐙《あぶみ》を蹴《け》って馬を進めようとした。

「治部よ、そのように急いでどこへ行くのだ」

呼び止められてふり返ると、阿弥陀堂の扉が開いていた。

吉継が戦陣用の床几《しょうぎ》に腰を下ろしている。顔を麻の頭巾《ずきん》で包み、病のために閉ざされた目を三成に向けていた。側《そば》には一人の家臣もいない。

「紀之介《きのすけ》」

三成は驚きと嬉《うれ》しさのあまり幼名で呼びかけ、吉継に抱きつかんばかりにして手を取った。

「こんな所で何をしておるのだ。世をはかなんで草の庵《いおり》でも結ぶつもりかね」

「お主こそ天下を我物にせんばかりの急ぎ様だったが、何かいいことでもあったか」

「物分りの悪い盟友が一人いる。そいつの横面《よこつら》を張り飛ばしてでも、共に起とうと説き伏せに行くところだ」

「そうかね。わしにもせっかちな盟友が一人おってな。もうじきここを通る頃だと待っておるのだ」

吉継は駕籠《かご》を荷《かつ》がせてここまで来たが、佐和山城に先触れに出した者が、三成が単身やって来ると報告したために、供の者を阿弥陀堂の陰に隠して待ち伏せていたという。

「では、共に起ってくれるのだな」

「治部よ、思いちがいをいたすな」

吉継が急に親友から大名の物言いに変わった。

「私は共に起つために来たのではない。この身ひとつなら、今すぐそなたにくれてやるが、家臣と領民は別だ。何の勝算もない企てに加わって、あの者たちを死なせるわけにはいかぬ」

「もっともだ。刑部」

「ただ、このままそなたと袂《たもと》を分つのは、情において忍びない。それゆえもう一度だけ話を聞く」

吉継の衣服から伽羅《きやら》の涼やかな香りがした。夏は汗ばむために、膿汁《うみじる》の臭《にお》いが強くなる。それを消すために、香を濃くたきしめていた。

「何なりと、何なりとたずねてくれ」

三成も床几に腰をおろした。吉継が病のために床に座ることが苦痛なことが分っているので、気を遣わせまいとしてのことだ。

「ならば、二つだけたずねる」

大谷吉継が静かに口を開いた。

「そなたは宇喜多、毛利、島津を身方にすると申したが、毛利と島津には家運を賭《か》けてまでそなたと行動を共にする気はあるまい。戦況不利となれば即座に兵を引くはずじゃ。これを御する手立てはあるのか」

「ある。先ほど毛利から身方をするとの知らせがあったばかりじゃ」

三成は安国寺恵瓊を仲立ちとして毛利輝元に働きかけていたことを語った。瀬戸内の波風もおさまったとは、輝元が挙兵に同意したという意味だった。

「見返りは何じゃ」

「こたびの争乱が治まったなら、明国《ミン》、朝鮮と和を結んで貿易を始める。その権利を毛利と島津に与えるのだ」

明国の生糸は現在南蛮人が独占的に買い上げて日本に売り付けているが、これを直接輸入して売りさばけば莫大《ばくだい》な利益を生む。こうした貿易の独占権が得られるなら、毛利や島津にとっては数ヵ国の所領をもらうより実利が大きいのである。

「いかにもそなたらしいやり方だが、両国がそれほどたやすく和睦に応じるはずがあるまい」

「小西摂津守《こにしせっつのかみ》の尽力によって、ほぼ合意に達している。案ずるには及ばぬ」

「和睦の条件は？」

「太閤《たいこう》殿下が大坂城内に残された金銀を、先の戦の迷惑料として両国に渡す。これで合意を得られぬなら、人質を差し出してもよい」

「豊臣家の方《かた》をか？」

「いや、日本国として人質を出すのだ。豊臣家の方である必要はあるまい」

秀吉は朝鮮の王子を人質にしたのだから、日本からも皇族を出せばいい。三成はそう考えていた。

「ならば、今ひとつたずねる。この戦に勝ったなら、そなたはこの国をどうするつもりだ」

「今は徳川どのを除くことしか考えておらぬ。その後どうするかは、勝った後に諸大名合議の上で決めれば良かろう」

「治部よ。たとえ盲《めしい》てはいても、莫逆《ばくぎゃく》の友の胸中が見えぬわしではないぞ」

吉継は鼻で笑って席を立った。

「見ての通り、わしの余命はいくばくもない。それゆえなおさら遠大な志のためにこの身を捧《ささ》げたいと思う。そうするに足る志がそなたにないのなら、このまま会津に向かったほうがましじゃ」

「刑部、よくぞ申した」

三成は吉継を座らせ、膝が交わるほどに近くに寄った。

「私は織田信長公のご遺志をつぎたいのだ」

「信長公？　太閤殿下ではないのか」

「ああ刑部、私は信長公の天下布武《てんかふぶ》の志をつぎたいのだよ」

三成は吉継を真《ま》っ直《す》ぐに見つめて語り始めた。

源頼朝が鎌倉幕府を開いて以来、この国は武家によって支配されたが、それでも朝廷と寺社は宗教的権威と数々の特権を背景として隠然たる勢力を保持してきた。

武家の統領たる征夷《せいい》大将軍の職でさえ、朝廷の許しがなければ就くことが出来なかったのである。

信長はこうした旧弊を改め、武家が一元的にこの国を支配する天下布武の体制を作ろうとした。比叡山の焼き討ちや一向宗徒のなで斬《ぎ》りを行ったのは、寺社を支配下に組み入れるためであり、やがては朝廷さえも意のままにしようと考えていた。

そうして天下の実権を握った後には、強力な船団を組んで海外に進出し、南蛮人に伍《ご》して交易に従事しようと考えていたが、本能寺の変に斃《たお》れたために見果てぬ夢と化したのである。

信長の衣鉢《いはつ》をついだ秀吉は、小田原征伐で北条氏を下して天下統一に成功したが、天下布武の方針をことごとく否定した。自ら関白《かんぱく》となって朝廷の復興に寄与し、寺社に対しても手厚い保護を加えた。

しかも海外に進出するという信長の方針を上辺《うわべ》だけ引き継ぎ、十数万の軍勢を朝鮮に派兵するという愚を行ったのだ。

三成はこの誤りを改め、信長が目ざした天下布武と海外進出を実現しようとしていたのだった。

「お主の気持は分らぬでもない」

話を聞き終えると、吉継は低く呟《つぶや》いた。

「だがもはやその夢は潰《つい》えたのだ」

「いいや潰えてはおらぬ。朝鮮での戦に敗れたのは、領土を取ろうとしたからなのだ。南蛮人のように港を取って交易の拠点とすれば、必ずうまくゆく」

今や日本は世界に冠たる鉄砲、大砲の保有国になっている。戦国の世を戦い抜いてきた屈強の軍団もいる。海洋航海の技術も造船技術もあり、全国の鉱山からは金銀が山のように産出している。

イスパニアやポルトガル、イギリスに対抗出来るだけの富と力は充分にある。彼らが奥南蛮から日本にやって来るために占拠している港を奪えば、日本から彼らの国まで船団を送ることも可能なのである。

「しかし、それだけの船団を作るのは容易なことではあるまい」

「今度の戦に勝ったなら、豊臣家の力は強大なものになる。各大名家に千石積みの安宅船《あたけぶね》を一艘《そう》ずつ作らせても、たちどころに四、五十艘の船団は出来る。その船で貿易に乗り出し、上がった利益を水軍の強化に当てればよい」

「先ほどおぬしは交易の権利は毛利や島津に与えると申したではないか」

「四、五年の間はそうなろう。だがやがては毛利や島津の領国というものはなくなる。

この国のすべてを蔵入地《くらいりち》とするのだ」

蔵入地とは豊臣家の直轄領のことだ。三成は諸大名の領国を蔵入地とし、豊臣家を中心とする強力な中央集権国家を作ろうとしていた。それこそが信長がとなえた天下布武の最終目標だったのである。

「治部よ、このことを誰《だれ》かに話したのではあるまいな」

「いいや。胸の内では長い間温めてきたが、口にするのは今が初めてだ」

「ならば今度の戦が終わるまで、頑固な雌鳥《めんどり》のように胸の中で温めつづけることだ。お主にこのような計略があることを知ったとなれば、わしの他には誰一人身方する大名はおるまいからな」

吉継が晴れやかに笑って同意の手を差し伸べた。

細川幽斎は丹後の宮津《みやづ》城にいた。

六月二十七日に忠興らが三千五百の軍勢をひきいて上杉征伐に出陣したために、三十人ばかりの家臣たちと共に留守役を務めていた。

丹後十二万石を領する細川家の主城である宮津城は、丹後半島の東側をえぐって湾入する宮津湾に面していた。

町の中心を流れる宮津川を西の濠《ほり》にあて、北には宮津湾が広がっている。東と南には幅六間《けん》の外濠と幅十一間の内濠があり、満々と水をたたえていた。

天正八年（一五八〇）に織田信長から丹後一国を与えられた幽斎は、はじめ西舞鶴《まいづる》湾に面した田辺《たなべ》城を居城としたが、国内の平定が終わると天の橋立に近い宮津城に本拠を移した。丹後一国を治めるには、田辺城は東に寄りすぎていたからだ。

幽斎は本丸の奥御殿にいた。隠居部屋とした藤《ふじ》の間からは、天の橋立の松林が美しく見える。七月に入ってむし暑い日がつづき、海風が肌に重くまとわりついた。

「夢丸、おらぬか」

縁側に出て手を打ち鳴らすと、夢丸が木戸を開けて庭にすべり込んできた。

「釣りに出る。仕度をいたせ」

留守役といっても差し当たってすることはない。異変にそなえて籠城《ろうじよう》の仕度を怠らぬようにと命じてはいるが、毎日平穏そのものである。暑さを避けるためと退屈をまぎらすために釣りに出るのが、七月に入ってからの日課になっていた。

内濠につないだ舟に乗ると、夢丸が器用に海に漕《こ》ぎ出した。正面には成相寺《なりあいじ》がある小高い山がそびえ、左手に天の橋立が細くゆるやかな曲線を描いている。中海と宮津湾とをへだてる長さ二十四、五町ほどの砂州で、南の端がわずかに途切れている。

魚はこの途切れた所から中海に入るので絶好の釣場となっているが、幽斎はさらに沖へ漕ぎ出すように命じた。湾の中ほどまで出ると、日よけの笠《かさ》をかぶって釣り糸をたれた。

智仁親王への古今伝授を五日分残して帰国したのは、伝授によって朝廷を動かすためだったが、その効果は覿面《てきめん》だった。

丹後に戻って半月後の六月十七日に、後陽成天皇の勅使として日野《ひの》大納言《だいなごん》輝資《てるすけ》が宮津城を訪ねて来たのである。

越中守の出陣は二十七日と聞いた。まだ十日の余裕があるので、上洛《じょうらく》して親王への古今伝授を終えてほしい。輝資はそう申し入れた。幽斎が丁重に断わると、ならば親王自らこの城を訪ねるので伝授してもらいたいと食い下がったのである。

朝廷がこれほど伝授の終了を望むのは、古今伝授を朝廷の正統性を保証するための切り札とするという幽斎の提案を受け入れたからだった。

古今伝授は『古今和歌集』の読み方や解釈についての秘説を伝えるものだが、単に歌道だけの問題ではなかった。

伝授が平安後期の歌人藤原基俊《ふじわらのもととし》に始まり、定家《ていか》、為家《ためいえ》をへて二条家、冷泉《れいぜい》家などに代々伝えられてきた由緒あるものだけに、伝授を保持していることが公家《くげ》の家柄の正統性を保証するものと見なされていた。

古今伝授を形式として確立したのは、東《とう》家十代目の当主常縁《つねより》だが、それ以前にも各家に伝授の形式があり、一子相伝、門外不出の秘伝として、家督相続時に父から子へ伝えられていたのである。

公家社会の秘中の秘ともいえる古今伝授が、武家である細川幽斎に伝わったのはまったくの偶然からだった。

第十二代将軍足利義晴を父、明経博士清原宣賢《みようぎようはかせきよはらのぶかた》の娘を母として生まれた幽斎は、早くから歌道に親しみ、三条西実枝に師事して和歌を学んでいた。

三条西家は実枝の祖父実隆以来歌道の宗家《そうけ》として隆盛をきわめ、古今伝授を保持するただひとつの公家となっていた。

実枝も伝授を固く保持し、他家にもれないように心を砕いていたが、実枝が六十二歳になった時、嫡男公国《きんくに》はわずかに十七歳だった。そこで公国が成長した後には返し伝授をするという誓約のもとに、幽斎に伝授したのである。

幽斎は誓約に従って公国に返し伝授を行ったが、不幸なことに公国は三十二歳という若さで他界した。すでに他家の伝授の系統は絶えていたので、この時から幽斎がただ一人の継承者となった。

以来十三年もの間、幽斎が他の誰にも伝授せず、天下大乱の直前になって智仁親王への伝授を始めたのは、歌道の正統を受け継ぐことが朝廷の権威を保つ上で必要だと考えたからだ。

かつて古今伝授は公家の家柄の正統性を保証するものと見なされたが、幽斎はこれを朝廷の正統性を保証するものにまで高めようとした。武家全盛の世にあって朝廷が生き残る道は、学問、芸能にしかなかったからである。

これは何も幽斎独自の考えではない。後鳥羽《ごとば》上皇とともに承久《じようきゆう》の変を起こして佐渡に配流《はいる》となった順徳《じゆんとく》天皇も、天皇の地位にある者は、学問、芸能に精進すべきだと『禁秘抄《きんぴしよう》』に明記している。

〈第一御学問なり、学ばざればすなはち古道明らかならず〉

古道を明らかにするとは、日本古来の文化、伝統を保持するということだ。武辺のことは武家に任せ、朝廷は文化に生きよという意味である。

だが朝廷の存続を託すからには、文化においても三種の神器のように正統性を保証するものが必要である。幽斎はこれを古今伝授に求めよと智仁親王に説き、後陽成天皇や准后《じゆごう》勧修寺晴子の反対を押し切って伝授にこぎつけたのだ。

これこそ幽斎の思う壺《つぼ》だった。

何しろ伝授をするかどうかは幽斎の胸先三寸にかかっている。これさえ握っていれば、この先朝廷をどのように操ることも可能なのである。

しかも幽斎には、もうひとつ秀吉の密書を添えた連判状という武器がある。

この二つを針とし餌《えさ》としながら、大乱に乗じて獲物を釣り上げるつもりだった。

手元に強い当たりがあった。

幽斎は反射的に竿《さお》を立てて当たりに合わせた。針はがっちりと獲物の口に食い込んだらしい。重い引きがあり、竿が弓のようにしなった。

大物である。性急に上げようとしては糸を切られるおそれがある。獲物の引きに合わせて竿をゆるめ、疲れを待って一気に手元にたぐり寄せる。

何度かそれをくり返すうちに、一尺五寸ばかりもある黒鯛《くろだい》が水面に姿を現わした。

「夢丸、攩網《たも》じゃ」

声を上げるまでもなく、夢丸は攩網で獲物をすくい上げた。針を抜こうとするが、喉《のど》の奥深くに刺さっているので容易には抜けない。棒状の金具でいったん針を腹の方に押し込み、指を血だらけにして針をはずした。

「どれ、ここに持て」

夢丸が俎板《まないた》の上に黒鯛を乗せると、幽斎は小刀で素早く切り込みを入れて血抜きをした。包丁術でも名人と称されているだけあって、間髪を入れぬ鮮やかな手並である。

思わぬ大漁に意気揚々と宮津城に引き上げると、長岡右京大夫の使者が待ち受けていた。

「この文《ふみ》をお届けせよとのお申し付けでございます」

固く封をしたぶ厚い文を差し出した。

「昨今大坂城下においては、石田治部入城の風聞かまびすしくご座《ざ》候《さうらふ》。治部入城あつて内府どの討伐の兵を挙げ候はば、会津に同行せし諸将の妻子をば人質とするは必定と存じ候」

諸大名家ではそうした場合にそなえて留守役に脱出の手筈《てはず》を整えさせているが、忠興は玉子と千世姫に屋敷から出てはならぬと申し付け、河北石見守らに厳しく監視するように命じている。

このままでは石田治部が人質を大坂城内に収監しようとした場合、屋敷にたてこもって一戦し、玉子や千世姫を道連れに自害することになるだろう。よろしくご指示を仰ぐ次第である。

右京大夫は筆圧の強い角張った字でそう記していた。

幽斎は長々と記された文を何度も読み返し、暗い目をして黙り込んだ。

忠興が玉子と千世姫を屋敷から出すなと命じたのは、石田三成に人質として取られることを恐れたからではない。幽斎が前田家と結んで何かの計略をめぐらしていることを察したからなのだ。

忠興が最も怖れているのは、幽斎が前田利長の妹婿にあたる忠隆《ただたか》を細川家の当主とするために、会津に出陣している間に自分を廃嫡《はいちゃく》するのではないかということである。

だが千世姫さえ大坂屋敷に封じ込めておけば、両家のつながりを断ち切ることが出来る。忠興はそう考えて千世姫を人質に取ったのだ。万一の場合には玉子もろとも殺せと命じているにちがいなかった。

（すべて大殿がまかれた種でござろう）

そう言う右京大夫の声が、文面から聞こえるような気がした。

本能寺の変の後、幽斎は明智光秀の出陣要請を拒んで秀吉方についた。やむにやまれぬ事情があってのことだが、忠興はそれ以来決して幽斎に心を許そうとしない。互いに冷たいわだかまりを抱えたまま、二十年近く角突き合わせて生きて来たのだ。

「ご返答を、お聞かせ下されませ」

使者がうながした。

「玉子や千世姫を死なせてはならぬ。火急の場合には、石見守らを討ち果たしてでも、宇喜多屋敷に落とすように申し伝えよ」

宇喜多秀家の屋敷は隣にある。

秀家の妻豪《ごう》姫は千世姫の姉だけに、助けを求めればかくまい通してくれるはずだった。

申《さる》の刻（午後四時）を過ぎた頃から、西の空に鉛色の入道雲が湧《わ》き上がり、またたく間に天をおおった。

低く雷鳴がとどろき、激しい夕立ちが始まった。七月に入ってから毎日のようにつづく天の恵みである。暑さにしなびた庭の木々が、いっせいに生気を取りもどす。

蓑《みの》と笠をつけた石堂多門は、玄関先に出て空を見上げた。入道雲は少しずつ東へ流れていく。その速さから、夕立ちがつづくのは半刻《はんとき》ばかりと見当をつけていた。

「雑作をかけるの」

長岡右京大夫がいつの間にか背後に立っていた。ここ数日の心労のために、ただでさえ細い顔が頬をえぐり取ったようにやつれている。

「雨に打たれて歩くのも、結構なものでござるよ」

「孫兵衛《まごべえ》にくれぐれもよしなに伝えてくれ」

多門は草鞋《わらじ》のひもをしっかりと結び、越中町の細川屋敷を抜け出した。

笠を目深《まぶか》にかぶって顔を隠している。どしゃぶりの雨に打たれて、頭が重く感じられた。

谷町筋まで出ると、前方になだらかな坂がつづき、惣構《そうがまえ》の二階櫓《やぐら》がそびえていた。

幼い秀頼の行末を案じた豊臣秀吉は、大坂城の守りを固めるために、城下の四方に高さ三間ばかりの土塁を築き、鉄砲狭間《はざま》をあけた櫓をめぐらした。

惣構と呼ばれるものだ。

東西は猫間《ねこま》川から東横堀《よこぼり》川まで、南北は淀川べりから清水谷の空濠まで、全長三里八町にわたる曲輪《くるわ》で民家を囲い込み、大坂を城塞《じょうさい》都市と化したのである。

万一大坂城が敵に包囲された場合、外濠だけだと本丸がたやすく大砲の砲撃にさらされる。これをさけるために巡らしたものだが、城内の屋敷に大名の妻子を住まわせて人質にするという目的もあった。

多門は谷町筋を歩きながら、東横堀川ぞいの惣構の様子をうかがった。

土塁を切り通した形に作られた城門には、二十人ばかりの警固の兵が配してある。

ここ数日、日ごとに人数が増え、取り調べも厳しくなっている。

多門は何度か歩く道筋をかえて尾《つ》ける者がいないことを確かめてから、連子窓《れんじまど》の商家がつづく通りに足を踏み入れた。

店先に大きな草鞋をぶら下げた履物屋に入ると、主人の孫兵衛が出迎えた。

「そのまま奥へお通り下され」

そう言って外の様子をうかがっている。

商人姿が板についているが、かつては長岡右京大夫とともに明智家につかえた武士だけに、身のこなしや目配りにも隙《すき》がなかった。

多門は蓑と笠をつけたまま、店の奥に進んだ。広さ十間ばかりの店内には、棚の上に草鞋や下駄《げた》が整然とならべてある。歩くたびに蓑からしずくが垂れ、踏み固められた土間を濡《ぬ》らした。

「どうぞ、そのまま」

蓑をぬごうとする多門を制し、孫兵衛が板壁のきわまで進んだ。

「ここから通り抜けられます」

細い閂《かんぬき》を抜いて強く押すと、外側に開いた。荷車がようやく通れるほどの道があり、海鼠塀《なまこべい》の商家がそびえていた。

「私の兄の店でございます」

勝手口とおぼしき戸口から中に入ると、広々とした土間があった。両側には米俵がぎっしりと積み上げてある。

「前の道を真っ直ぐに下れば、久宝寺《きゅうほうじ》橋の御門でございます。すでに通過の許可は取ってあります」

「中を改められるおそれはないか」

「御門の警固の方々とは、姪《めい》も顔見知りでございます。婚礼のことは一月も前から話しておりますので、疑われるおそれはございませぬ」

三日後に孫兵衛の姪の婚礼がある。花嫁行列を仕立て、船場《せんば》の材木商人の家へ嫁いでいく。その行列の長持の中に細川忠興の妻子をひそませ、城から脱出させようとしていた。

右京大夫の指示で孫兵衛が練り上げたものだ。かつては光秀に仕えていただけに、旧主の娘を助けるためなら姪の婚礼を危険にさらすこともいとわなかったのである。

「婚礼を二、三日延期することは出来ぬか」

多門はそうたずねた。

「すでに番所に届けております。今さら日延べすることは出来ません」

「そこを何とかしてもらいたいのだが」

「家中のご意見は、いまだに割れているのでございますか」

「忠興どののご命令があるのじゃ。右京大夫どのも苦心しておられる」

忠興は会津に出陣する前に、玉子と千世姫を大坂屋敷から出してはならぬと河北石見守に命じていた。石見守はこの命令を忠実に果たそうとして、玉子たちを城外に脱出させることに強硬に反対していたのである。

孫兵衛の店を出た多門は、上本町筋《うえほんまち》を南に下り、桜町《さくらまち》から城下の東側へと足をのばした。商家の建ちならぶ一画は雨の中でもにぎわっていたが、大名屋敷の周囲は人影もまばらだった。

惣構の城門は、どこも警固の兵で固められている。だが彼らは大名の妻子が脱出するのを警戒しているばかりで、他の者たちに対してはさほど注意を払っていない。

多門は足早に歩きながらも、城下の様子を何ひとつ見落とすまいと気を張りつめていた。

細川家の上屋敷は大坂城の真南に位置していた。北側には一丈ほどの高さの崖《がけ》があり、その上には豊臣家の親衛軍である馬廻衆《うままわり》が住む組子《くみこ》屋敷があった。

南側には宇喜多秀家の屋敷がならび、宇喜多邸の東側は前田利長邸だった。

大名屋敷の敷地は、秀吉によって一町四方と決められていた。周囲に築地塀《ついじべい》をめぐらし、檜皮《ひわだ》ぶきの表御殿や大広間、大書院などの殿舎を配している。

五大老である前田家や宇喜多家には、秀吉の来邸をむかえるための御成門《おなりもん》があったが、細川邸には東西に表門と裏門があるばかりだった。

門は固く閉ざされている。多門は東側の裏門にまわってくぐり戸を叩《たた》いた。中から初老の中間《ちゅうげん》が戸を開けた。

「今日の夕立ちは、なかなかやまぬな」

声をかけたが、相手は黙り込んだまま素早く戸を閉め、しっかりと門をさした。

多門は長岡右京大夫のいる大書院へと向かった。

あたりは静まりかえっていた。雨に降り込められてすべての音が閉ざされ、人の姿も見えない。

多門は胸さわぎを覚えて足を速めた。

「右京大夫どの」

縁先に立って声をかけたが、部屋の襖《ふすま》は閉ざされたままである。二度声をかけたが応答がない。

ひとまず書院わきの侍長屋に戻ろうとした時、廻り縁の戸袋の陰から何者かが槍《やり》を突いた。

多門はとっさに横に飛び、着地と同時に前に転がった。朱柄《あかえ》の槍が背中をかすめて地面に突き立った。

「なるほど、さすがはご隠居さまが見込まれただけのことはある」

廻り縁に河北石見守が仁王立ちになっていた。二の腕と脛《すね》が異様に長い細身の老人である。のど仏のあたりにはしわがたるんでいたが、落ちくぼんだ眼窩《がんか》に光る目は鋭い。

「だが、殿のお申し付けにそむく者に容赦はせぬ」

石見守が刀を抜いて庭に下り立った。

「待たれよ、石見守どの」

多門は右手を突き出して制止しようとした。

「右京大夫どのはどうなされた」

「あやつもいずれ討ち果たしてくれるわ」

石見守は三尺ちかい刀を上段に構えて詰め寄った。

理由も分らないまま細川家の重臣を斬るわけにはいかない。多門はひとまず逃げ出そうとしたが、いつの間にか七、八人の家臣が背後を取り巻いていた。

雨は降りつづいている。石見守のくぼんだ眼窩にもしずくが垂れているが、目を閉じようともしない。

ひたと多門を見すえて間合いを詰め、鋭い気合いとともに斬り込んだ。

八十歳ちかいとは思えない速さだが、多門は体《たい》を横に開いてこの一撃をかわした。石見守は前のめりになり、ぬかるみに足をすべらせて体勢を崩した。

「それがしは幽斎どのより、この屋敷に残るように命じられた者でござる。貴殿にかような仕打ちを受ける覚えはない」

「ええい、何をしておる。早々に討ち取らぬか」

家臣たちが半円形に取り巻いて迫ってきた。全員右八双《はっそう》の構えである。多門はやむなく鉈正宗《なたまさむね》を抜いた。と同時に爪先《つまさき》でぬかるみの泥をけり上げ、高々と跳躍して正面の二人に襲いかかった。

相手は肘《ひじ》で目を庇《かば》った分だけ構えが乱れている。多門は鉈正宗の峰で二人を打ち倒すと、池のほとりを走って裏門に逃れようとした。

火薬の匂《にお》いがした。

多門は反射的に体を伏せた。銃声がして左の肩口に激痛が走った。多門は池のほとりに建てられた数寄屋《すきや》の床下にもぐり込み、着ていた蓑を横に投げた。

再び銃声がして、蓑が撃ち抜かれた。柱石の陰に身を伏せてかすかに頭を上げてみた。細川家の砲術師範である稲富伊賀守《いなとみいがのかみ》が、庭の東側の能舞台に立って銃眼をのぞき込んでいる。両足をふんばり背筋を真っ直ぐに伸ばしたぶれのない構えである。

筒先がぴたりとこちらに向けられたと見えた瞬間、多門の額の前の柱を銃弾がえぐった。二人の中間が、交《か》わるがわる弾《たま》ごめをして鉄砲をわたしている。

数寄屋のまわりに、長槍を手にした中間たちが集まってきた。会津征伐の間、屋敷に残っているのは、武士が十二人、中間、小者《こもの》を合わせても四十人足らずである。その半数近くが多門を討つために馳《は》せ参じている。

多門は巻狩の獲物になったような気がした。肩口にはかすり傷を受けただけだが、血が流れ出し、焼け火箸《ひばし》でも当てられたように痛い。

(細川家のために奔走した挙げ句が、これか)

傷口を改めながら激しい憤りをおぼえた。その間にも石見守に叱責《しっせき》された者たちが、長槍を手にして床下まで追って来た。

多門に残された道は、奥御殿の床下に進むことだけだった。

奥御殿は藩主の妻子や女房衆の住居で、男が立ち入ることは禁じられている。そこまで逃げ込めば、追手も来ないのではないかと思った。

多門は蜘蛛《くも》の巣に頭をまっ白にしながら先へ進もうとしたが、奥御殿に入って十間ばかり進んだ所に、忍び返しの鉄格子が張ってあった。

追手はこのことを知っているらしく、急ぐ風でもなく間を詰めてくる。こんな狭いところで長槍で突かれたら、抵抗のしようがなかった。

鉄格子に手をかけてゆすってみたが、びくともしない。床板を押し上げようとしたが、持ち上がるものではなかった。

こうなったら相手の槍をうばって血路を開くしかない。そう覚悟して後ろに向き直った時、二間ばかり先で物音がして、子供が床からぬっと顔を出した。髷《まげ》も前髪もさかさに垂れ下がっている。

細川忠興の四男千丸だった。

「多門、こっちじゃ」

声をひそめて手招きをした。

床下の暗がりに兵たちの姿はない。多門は身を伏せて横に移動し、半畳ばかりの床口からはい上がった。

「数寄屋のほうで物音がしたので、こっちに来るものと思っていた」

千丸はなれた手付きで床板を並べると、多門を隣の居間に連れていった。

十二歳になるが、背が低く骨の細い華奢《きやしや》な体付きをしている。生まれつき体が弱く、表情にも人を寄せつけない頑《かたく》なな陰がさしているが、多門には不思議なほどなついていた。

「血じゃ。血が出ておる」

千丸が肩口の傷に気付いて顔を強張《こわば》らせた。

「これしきの傷、何でもござらん。お助けいただかねば、今頃は串刺《くしざ》しにされておるところでござる」

「この間のお返しだ。気にするな」

千丸が大人《おとな》びた口調で言って、傷口に当てる布を差し出した。

一月ほど前、侍長屋の近くの厩《うまや》でさわぎが起こった。何者かが厩の戸張りをはずしたために、七頭の馬が暴れ出たのだ。

馬泥棒の仕わざかとおっ取り刀で駆けつけた多門は、厩の裏でふるえながらうずくまっている千丸を見つけた。好奇心にかられて戸張りをはずしてみたものの、馬が急に飛び出したので肝を潰《つぶ》したらしい。

そう見て取ると、忠興の子とも知らないまま侍長屋に連れて行った。なぜあんなことをしたのかとは一切聞かない。ただ騒ぎが静まるまで部屋にかくまってやっただけである。

それ以後、千丸は時々長屋にたずねて来るようになった。

別に用があるわけではない。思い詰めた顔をして多門の部屋に来ると、寝転んだり縁側に座り込んで歌集を読んだりして四半刻ばかり過ごし、さっぱりとした表情で帰っていく。

監視の厳しい奥御殿からどうやって抜け出して来るのかと訝《いぶか》っていたが、床下の通路を使っていたとすれば、自由に出入り出来たのも当然だった。

「こうしてはおられぬ。長岡右京大夫どのをさがさねばなりませぬ」

「右京大夫は小姓部屋に押し込められておる。石見守らの差し金じゃ」

千丸は子供ながら表御殿での出来事を正確に知っていた。右京大夫が忠興の妻子を脱出させようとしていることを知った石見守らは、先手を打って動きを封じ込めたのだ。

「父上は理不尽じゃ。我らのことなど、犬猫のようにしか思うておられぬ」

千丸が低くつぶやいた。

「脱出の手筈は整っております。お許しさえいただけるなら、それがしが城外へご案内いたします」

「だが、石見守らが許してはくれまい」

「右京大夫どのが捕えられたとあれば、奥方さまに直訴して許しをいただく他はござらぬ」

「父上のお言葉にそむいて下されと、私の口から頼むことは出来ぬ」

「ご対面いただけるなら、それがしがお願い申し上げます」

千丸は目を伏せてしばらく考え込んでいたが、侍女を呼び、多門の装束をひとそろえ持参するように命じた。

白小袖《こそで》に薄水色の裃《かみしも》に着替えて対面所で待っていると、玉子が侍女を従えて入ってきた。面長のほっそりとした顔立ちで、二重瞼《ふたえまぶた》の目が切ないほどに美しい。大坂屋敷に来てから何度か遠目に見かけたことはあるが、対面するのは初めてだった。

「ご用件をうけたまわります」

背筋を伸ばして物静かに語りかけてきた。

腰まで伸ばした垂髪を、白い元結でむすんでいる。薄紅色の小袖の袖口からのぞく細い指が抜けるように白い。

ガラシアという洗礼名を持つキリシタンである。強い信仰心のせいか、表情に気高さと瑞々《みずみず》しさがあった。

「それがしは」

　多門は両手をついて頭を下げた。左の肩口に痛みが走った。

「石堂多門どのでございましょう」

　玉子は千丸が時々奥御殿を抜け出して多門と会っていることまで知っていた。

「肩に傷をおっておられますね」

「さきほど伊賀守どのに鉛弾の馳走《ちそう》を受けました。長岡右京大夫どのが皆様の脱出の手筈を整えるように申し付けられましたが、石見守どのはそれを阻止しようと、それがしに兵を向けられたのでございます」

「あれは忠興どのが命じたことです。石見守はわたくしのために、申し付けを忠実に守ろうとしているのです」

　石見守は玉子の守《も》り役として幼い頃から仕えてきたが、玉子が十六歳で忠興に輿入《こしい》れしたために明智家から細川家に移り、以後二十二年間玉子への忠義一筋に生きてきたのだという。

「ならば何ゆえ奥方さまを守ろうとなされぬのです。このままこの屋敷にいては、やがて石田方の人質とされましょう」

「人質にはなりませぬ。そのような時が来たなら、この屋敷で果てるばかりです」

「脱出の手筈はすでに整えております。奥方さまのお許しさえいただけば、皆様を無事に城外にお連れすることが出来るのです」

「わたくしは細川家の正室です。忠興どののお申し付けにそむくことは出来ません」

「他の大名家では早々に妻子を脱出させております。越中守どのは何ゆえお許しにならぬのですか」

「多門どののような浪々の方には……」

いくら話しても分ってはもらえまい。玉子はそう言いたげな目をして黙り込んだ。

「それがしが浪々の暮らしをしておるのは、古里《ふるさと》の村が織田の軍勢に焼き払われ、里の者がなで斬りにされたからでござる」

多門はいつになく力みかえってそんなことを口走った。

「我らにとって明智光秀どのは、積年のうらみを晴らしてくれた恩人でござる。その恩人の娘御であられるあなたさまを、このような所で死なせるわけにはまいりませぬ」

「恩人と、申して下さいますか」

玉子が胸をつかれたように黙り込み、ほろりと涙を流した。

「分りました。わたくしと千世姫は忠興どののお申し付けに逆らうことは出来ませんが、千丸やお市に罪はありません。石見守に命じて脱出させるように計らいましょう」

玉子は泣き笑いの顔をすると、侍女に石見守を呼ぶように命じた。

慶長五年七月十一日の午前、細川屋敷の表御殿玄関先に、二挺《ちょう》の駕籠がつけられた。ガラシア夫人玉子の命令で、千丸とお市を城外へ脱出させることになったのである。

「その方らは、もはやここに戻ってきてはならぬ」

右京大夫は石堂多門と家臣二人を別室に呼んで命じた。監禁された時に額に傷を受け、白い布を巻いていた。

「お二人の供をしてこのまま丹後へ下れ。幽斎どのに奥方さまと千世姫さまの窮状を伝えよ」

石田三成の挙兵はまだ明らかになってはいないが、すでに同心の奉行衆に連絡があったらしく、人質を大坂城三の丸の屋敷に移すように申し入れがあったという。

「短い間であったが、よう働いてくれた。礼を申す」

右京大夫が初めて多門に頭を下げた。

玄関口には河北石見守、稲富伊賀守、小笠原少斎《おがさわらしようさい》らが見送りに出ていた。玉子の仲裁で和を結んだものの、右京大夫に対する彼らの視線は厳しかった。

やがて奥から千丸と六歳のお市が、玉子や千世姫につきそわれて出てきた。千丸は古今和歌集を小脇《こわき》にかかえている。

二人が乗り込むと、駕籠は常の外出と変わりなく西の門から出た。組子屋敷のつづく高台を右手に見ながら、谷町筋へと向かっていく。

履物屋の前で駕籠を下りた二人は、品物をさがすそぶりをして奥に進んだ。しばらくすると待機していた身代りが駕籠に乗り込み、店の前から立ち去った。

「奥方さまと千世姫さまは参られぬのでございますか」

声をひそめてたずねる孫兵衛に、多門は無言のままうなずいた。

裏の店に移ると、広々とした土間に花嫁行列に用いる二棹《さお》の長持が置かれていた。座敷で出発前の酒宴が行われているらしく、従者たちはまだ誰も来ていない。

「さあ若さま、暗い所を怖がってはなりませんぞ」

多門が長持のふたを軽々と持ち上げた。

「私は死ぬのが怖くて屋敷を出るのではない。成しとげねばならぬことがあるからじゃ」

千丸は強い口調で言うと、妹のお市とともに長持にかがみ込んだ。

多門は上がり框《かまち》に腰をおろして出発を待った。奥の座敷からは、花嫁の門出を祝う歌が聞こえて来る。笑いさんざめく声もする。

黒漆で塗られた長持からは、ことりとも音がしない。中では千丸とお市が花嫁の荷物にうずもれて身を寄せ合っているのだと思うと、多門は哀れさに切なくなった。

やがて酒宴がお開きになり、従者たちが赤ら顔で店の外に出た。羽織姿の供の者や、揃《そろ》いの小袖を着た荷物持ちたちが、花嫁の乗る馬を中心にして列を作った。千丸たちが入った長持も、四人の男にかつがれて手早く列に加わった。

嫁ぎ先から迎えの使者が来ると、白い打掛けを着た花嫁が、付きそい人に手を引かれて緋緞子《ひどんす》の鞍《くら》をおいた馬に乗った。

多門は長持の後ろを歩いた。右京大夫の家臣二人も、緊張に肩を張って従っている。

なだらかな坂を四半里ほど下った時、行列が急に止まった。城門の様子をさぐりに行っていた孫兵衛が、急ぎ足で多門の側に歩み寄った。

「さきほど京《きよう》街道から、数千の軍勢が入ったそうでございます」

孫兵衛は息を切らし、額に大粒の汗をうかべている。

「城門にも新たな兵が配され、監視を厳重にしています。あるいは長持の中を改められるかもしれません」

「祝い事だ。何とかうまく切り抜けてくれ」

多門は強行することにした。今のうちに脱出しなければ、状況はますます悪くなるばかりだった。

久宝寺橋の城門には、城外に出る者たちの長い列が出来ていた。十数人の兵が出て、駕籠や荷物をひとつひとつ改めている。昨日までとはうって変わった厳しさだった。

孫兵衛は順番が近付くと、顔見知りの組頭《くみがしら》に挨拶《あいさつ》に行った。婚礼の祝いという名目で、番兵たちに酒と金を差し入れている。

「蓋《ふた》を開けろ。今のうちに改めていただくのだ」

多門は長持を担《かつ》いでいる者たちに命じた。二棹の長持には花嫁の夜具や衣服が詰められている。

荷物改めが無事にすんで通過を待っていると、惣構の側の広々とした道を黒ずくめの鎧《よろい》を着た十騎ばかりが真っ直ぐに駆けてきた。先頭の栗毛《くりげ》の馬に乗っている大柄の武士に見覚えがある。

多門ははっとして谷町筋の方を振り返った。青ぶさの伊助が物陰に素早く身をひそめた。細川屋敷を出た時から後を尾けていたらしい。

騎馬の一団はすでに隣の農人橋《のうにんばし》の城門の前まで迫っている。先頭を走る蒲生源兵衛の顔がはっきりと見えた。

多門は焦った。

通過の順番はもうすぐである。あと少し時間をかせげば、千丸たちは城門を通り抜けることができるかもしれない。だが、ここで騒ぎを起こせば、城門はいっせいに閉ざされるだろう。

迷っている間にも、源兵衛らはひづめの音を響かせて近付いてくる。

「多門どの」

異変に気付いた孫兵衛が、引き下がるしかないと目で訴えている。

「御免」

多門は花嫁の馬を奪うと、長持から千丸とお市をつかみ出して鞍の上に押し上げた。

「かくれん坊はおしまいでござる。それがしの腕につかまっていなされ」

馬の尻《しり》に飛び乗ると、二人をしっかりと抱きかかえ、玉造口の屋敷に向かって走り出した。

京街道から備前島をへて大坂城に入ったのは、大谷吉継、増田長盛、安国寺恵瓊らの軍勢だった。

彼らは会津征伐のために東国へと向かっていたが、佐和山城で石田三成と挙兵の申し合わせをして、急遽《きゆうきよ》大坂城に兵を返したのである。

この軍勢には、石田三成も百騎ばかりをひきいて加わっていた。

人目を忍んでの行動なので、旗差し物も馬標《うまじるし》もかかげていないが、昨年の閏《うるう》三月に加藤清正ら武功派の七将に大坂城を追われて以来、一年四ヵ月ぶりに大坂の土を踏んだのである。

備前島から大和川《やまと》にかかる京橋をわたる時、三成は手綱を引きしぼって馬を止めた。目の前に大坂城の壮麗な天守閣がそびえている。築城以来太閤秀吉とこの城で過ごし、天下統一の事業を進めてきただけに、万感胸に迫るものがあった。

「治部、何をしておる」

大谷吉継が声をかけた。

目の見えない彼は家臣がかつぐ輿に乗っているが、横を行く三成が立ち止まったことを気配で察していた。

「後ろの者が迷惑する。馬を進めよ」

「この城を見ると、何やら体が震えてならぬ」

三成は大きく息を吐いて鐙《あぶみ》を蹴った。

京橋口大門を入ると、西の丸に徳川家康が建てさせた五層の櫓《やぐら》がそびえていた。

昨年の九月に秀吉夫人の高台院《こうだいいん》から西の丸の館《やかた》をゆずられた家康は、増田長盛らに命じて天守閣と競い合うような櫓を建てさせたのである。

西の丸には家康の家臣たちが留守役として残っていた。急な軍勢の入城に、格子から様子をうかがっている者も多い。

中には顔を見知っている者もいたが、三成は背筋を真っ直ぐに伸ばし、傲然《ごうぜん》と前を見据えて進んだ。

二の丸の桜の馬場で馬を下り、待ち受けていた増田長盛とともに本丸の千畳敷御殿に行った。

「おふくろさまはすべて承知しておられる。ご安心なされよ」

長盛が体を寄せてささやいた。

小柄で下ぶくれの丸い顔をして、顎《あご》が二重にくびれている。五奉行の一人として検地や年貢収納などの領国経営に手腕をふるった官吏で、三成よりひと回り以上も年上だった。

千畳敷御殿は秀吉が明国の使者を迎えるために築いた広大な対面所である。その名にたがわず、下段の間である大広間だけで六百畳もあり、中段の間、上段の間などを合わせると千畳の広さになる。

上段の間の背後には柳橋図と呼ばれる大壁画があった。

ゆるやかな弧を描いてかかる巨大な橋の下に、鮮やかな群青の川が流れ、川のほとりでは金色の水車が回っている。橋のたもとには柳の老木が、瑞々しい緑の枝を垂らしている。

三成はその絵を背にして明国の使者を引見した秀吉の姿を思い出し、口の中が苦くなるような後悔にとらわれた。

信長の草履取りから身を起こし、天下人にまで昇り詰めた一代の英傑も、晩年は哀れなばかりの老醜をさらしていた。特に初めての子である鶴松を亡くしてからは抜け殻も同然で、我意と猜疑心《さいぎしん》ばかりが強い老人と化していた。

国力を弱め豊臣家への信頼を失わせるだけの結果に終わった朝鮮出兵も、智恵《ちえ》の働きから見放された秀吉の妄想が引き起こしたことだが、三成をはじめとする側近の誰一人それを止めることが出来なかったのである。

表の廊下でお成りを告げる声がして、淀殿が秀頼とともに中段の間に現われた。先導するのは奉行の長束正家で、淀殿の後ろには色鮮やかな打掛けを着た五人の侍女が従っている。

「治部少輔《じぶしょう》どの、面を上げられよ」

淀殿が直々に声をかけた。

顎の張ったふっくらとした顔立ちで、額が広く目尻が切れ上がっている。三十四歳になるはずだが相変わらず若々しく、色白の肌には精気がみなぎっていた。

「秀頼さま、おふくろさまのお健やかなるご様子を拝し、恐悦に存じまする」

八歳になった秀頼は、別人のように成長していた。肩幅も広くなり、腰の回りも大きい。十二、三歳の子供に匹敵するほどの体格だが、運動が不足しているらしく肥満しきっていた。

「鎧を召されている姿を拝見するのは、ずいぶん久しぶりですね」

「小田原の陣以来かと存じます。再びこのような日が来ようとは、思いも寄らぬことでございました」

「佐和山での暮らしはいかがでしたか」

「世俗を忘れ、心の養生をさせていただきました。日々の徒然《つれづれ》に、かような物を刻んでおりました」

三成は桐《きり》の箱に入れた仏像を差し出した。佐和山城中で想《おも》いを込めて彫った鬼子母《きしも》神《じん》像で、母子の表情が淀殿と秀頼によく似ていた。

「まあ、もはや大坂のことは忘れておられるのではないかと思うておりました」

「太閤殿下のご恩と同様、一日たりとも忘れたことはございませぬ」

「これはいただいても構いませぬか」

淀殿が鬼子母神像を抱きかかえてたずねた。

「そのつもりでおりましたが、久々に秀頼さまのご様子を拝し、少し手を加えとうなりました」

「これは幼い頃の秀頼さまによく似ています。手を加えては、このあどけなさが失われましょう」

「そのような思召《おぼしめ》しであれば」

三成はあっさりと引き下がった。淀殿が気に入ってくれたならそれでいいのである。

「このたび入城なされたのは、志あってのことと承わりました。今日から奉行の職にもどって、存分に腕をふるって下さい」

「一身をなげうって、力を尽くす所存でございます」

「石田治部少輔、頼みに思うておるぞ」

秀頼が淀殿にうながされて言った。意外にしっかりした芯《しん》のある声である。

長束正家が奉行に復帰することを命じる奉書を秀頼から受け取り、三成の前で高らかに読み上げた。

武功派七将によって奪われた奉行職に、一年四ヵ月ぶりに復帰したのだ。豊臣家の力を背景にして諸大名を動かすためには、絶対に踏まねばならない手順だった。

その夜、石田三成は東の丸にある増田長盛の屋敷に泊った。

石田家の上屋敷は生玉《いくたま》口三の丸の北側に、下屋敷は備前島にあったが、城外に出れば徳川方の大名に襲撃されるおそれがあった。

「治部、城下の様子はどうだ」

庭先で涼んでいると、大谷吉継がふらりと訪ねてきた。

「今のところたいした騒ぎは起こっておらぬ」

三成は入城に先立って蒲生源兵衛を大坂につかわし、各大名家の監視と城門警固に当たらせていた。

「毛利邸の様子は？」

「静まりかえっておるらしい。使者だけはあわただしく出入りしているようだ」

「毛利家は一枚岩ではない。事は安国寺どのが申されるほどすんなりとは運ぶまい」

三成や吉継らは佐和山城で評定を開き、毛利輝元を総大将として大坂城に迎え入れると申し合わせていた。仲介役となった安国寺恵瓊が、輝元の同意を取りつけた上で決めた策である。

だが毛利家中でこのことを知っているのは、恵瓊と輝元ら数人にすぎない。他の重臣たちがこの策をすんなりと受け入れるかどうか、予断を許さない状況だった。

特に毛利家の重鎮である吉川広家《きっかわひろいえ》は、一昨日には明石に到着し、兵庫まで兵を進めながら、未《いま》だに大坂城に入ろうとしないのである。

「さきほど安国寺どのが吉川どのを迎えに行かれた。吉川どのさえ説き伏せれば、他はおのずと従うことになろう」

「あくまで拒み通されたならどうする」

吉継がしばらく黙り込んだ後でたずねた。

「輝元どのはすでに同意しておられるのだ。主命に反した科《とが》によって討ち果たすほかはあるまい」

「それを聞いて安心したが、気がかりはもうひとつある」

「何じゃ」

「そなたは諸大名の妻子を人質に取るように命じたというが、まことか」

「城門の監視を厳重にし、いつでも城中に収容できるようにしておけと命じたが、まだ手を下しているわけではない」

「ならば無理はせぬことじゃ。無理をして自害でもされては、そなたの悪評が高まるばかりじゃ。会津に向かった豊臣恩顧の大名たちを、徳川方に押しやることにもなりかねぬ」

「むやみに人質に取るつもりはない。だが細川家だけからは人質を取って、幽斎どのの動きを押さえねばならぬ」

「前田家の一件以来、すっかりあの古狐《ふるぎつね》に魅入られたようだな」

頭巾で口元をおおった吉継は声をたてずに笑った。

「万一不穏な動きがあれば、わしが丹後まで出向いてひねりつぶす。安心いたせ」

「実はな刑部、そなたにも内密にしてきたことがある」

三成は姿勢を改めて吉継と向き合った。

「幽斎どのは太閤殿下の密書を持っておられる。それが公《おおや》けになれば、殿下のご威光にも豊臣家の威信にも傷がつく。そうした類《たぐい》のものだ」

「殿下があの老人に何を記されたというのだ」

「それは私にも分らぬ。殿下はそれを送ったことを生涯最大の禍根だと申されたばかりで、中身は決して明かそうとなされなかった」

「ならば、何ゆえ」

吉継は怒りに声を荒らげ、のどをつまらせて激しくせき込んだ。痰《たん》がからんだらしく、懐紙を口元に当てて唾《つば》を吐いた。

「刑部、大事ないか」

「構うな。それより何ゆえ殿下は密書を取り戻されなかったのだ」

「むろん取り戻そうとなされた。だが幽斎どのはすでに焼き捨てたと申されるばかりで、取り合おうとなされなかった。ところがそれは偽りだったのだ」

「なぜ分る」

「加賀のことがあったからだ。幽斎どのは前田利長どのに殿下の密書を示して、徳川方に身方するように説かれた。利長どのが急に立場を変えられた理由は、それ以外に考えられぬ」

「狙《ねら》いは……、あの老いぼれの狙いは何だ」

「前田家と朝廷を巻き込んで何かを成そうとしている。今のところはそれだけしか分らぬ。だからこそ、是が非でも人質を取って、動きを封じ込めねばならぬのだ」

千世姫を人質にとって細川家と前田家の関係を断ち切る。皮肉なことに、三成と細川忠興の狙いはまったく同じだった。

第九章　大坂屋敷炎上

細川屋敷の巽《たつみ》（東南）の一画には、高さ三間《げん》ばかりの物見櫓《ものみやぐら》があった。丸太で組んだ簡単なもので、火事にそなえるという名目で忠興が建てさせたものだ。

昨年の三月に徳川家康と前田利家の対立が激化し、一触即発の事態になった時、各大名家では戦にそなえて屋敷の四方に鉄砲狭間《はざま》を開けた櫓を築かせた。

ところが利家が死に前田利長が加賀に引き上げると、家康は大名屋敷に櫓を築くことを禁じ、すべて取り壊すように命じた。多くの大名家ではその代用に火の見櫓を建て、周辺の異変にそなえたのである。

石堂多門は櫓の中ほどまで登って、あたりの様子を見渡した。

屋敷の周りの辻々《つじつじ》に二、三人ずつの兵が出て、所在なげに立ちつくしている。通行人を取り締っているように装っているが、細川家を標的にしていることは明らかだった。

幅一間ばかりの道をへだてて、宇喜多秀家の屋敷がある。庭には広々とした池があり、水面から白い睡蓮《すいれん》の花が涼しげに顔をのぞかせている。

多門が身を乗り出してのぞき込もうとした時、つぶてが音をたてて耳元をかすめた。

「そこに登ってはならぬ」

表御殿の縁側から長岡右京大夫が咎《とが》めた。

「宇喜多どのから鉄砲を撃ちかけられても、文句は言えぬぞ」

「何とか屋敷を出る手立てはないものかと考えておりました」

多門はずんぐりとした体に似合わない身軽さで櫓を下りた。

「石見守どのや伊賀守どのの手前もある。うかつな真似《まね》はつつしむことだ」

右京大夫は鋭く釘《くぎ》を刺して立ち去った。

城門からの脱出に失敗した多門は、千丸とお市を連れて細川屋敷に逃げ帰らざるを得なくなった。それだけにもう一度何とかしたかったが、監視は厳しくなるばかりだった。

河北石見守らは石田三成が入城したとの噂《うわさ》が伝わった時から、着々と屋敷の守りを固めていた。

表と裏の門には二重に門《かんぬき》をかけ、門の内側には柵《さく》を巡らし、銃撃戦にそなえて米俵をうずたかく積んでいる。

塀を乗り越えられるのを防ぐために高々と柵をつらね、塀の内側には鋭くとがった鉄菱《てつびし》を隙間《すきま》なくならべている。

火矢を射かけられた時の用心に、ありったけの桶《おけ》に水をくんで建物の周りに配し、襖《ふすま》や障子は奥御殿をのぞいてすべて取りはずしてあった。

万一、石田三成がガラシア夫人や千世姫らの引き渡しを強要するなら、ひと合戦して屋敷を枕《まくら》に討ち死にする。

石見守らは早々にその覚悟を定め、息をひそめて相手の出方をうかがっていたのである。

屋敷の中は静まりかえっていた。

表御殿に石見守たちがいるはずなのに、物音ひとつしない。表門の警固に立つ五、六人の兵たちも、険しい表情で黙り込んでいた。

多門は侍長屋にもどった。長屋の襖もすべて取りはずしてあるので風通しは良かったが、庭のやぶから蚊が舞い込み、容赦なく襲いかかってくる。周りから丸見えなので、のんびりと横にもなれなかった。

板壁によりかかって酒を傾けていると、背後で何やら物音がした。手を打ち合わせるような音だ。耳を澄ましていると、しばらく間があって再び同じ音がした。隣の物置に誰《だれ》かが入り込んだらしい。

多門は鈍正宗《なたまさむね》をつかむと、戸板の隙間から物置をのぞき込んだ。四畳ばかりの薄暗い部屋に、高々と夜具が積んである。その間に千丸が座り込んで書物を読んでいた。

「このような所で、いかがなされた」

多門が声をかけると、千丸は唇に指を当てて黙れというしぐさをした。戸を早く閉めろとも言っている。

「いったい何事でござる」

「多門の所にいては、石見守らに見つかる。それゆえここにいるのじゃ」

薄暗い部屋でも、千丸のやせた顔はほの白く見える。手にしているのは、祖父幽斎からゆずられた古今和歌集だった。

「奥御殿の侍女たちは、戦になりはせぬかとおびえてばかりおる。息が詰りそうじゃ」

それが嫌で床下の通路から抜け出して来たのだが、長屋の襖が取りはずされているので隠れる所がない。そこで物置にひそんだものの、蚊にくわれるので難渋していたのだ。

「それでは忍びは務まりませぬぞ」

多門は袴《はかま》の裾《すそ》をめくり、ふくべの酒を両方の脛《すね》にたっぷりとすりつけた。

「それで蚊よけになるのか」

「蚊をよせているのでござる。それがしに集まれば、若さまには行きますまい」

「それでは多門が痒《かゆ》かろう」

「蚊ごとき、何ほどのことがござろうか」

「戦になれば、死なねばならぬからな」

千丸が古今和歌集に目を落として黙り込んだ。

石見守らが父忠興に何を命じられているかは知っている。ここに来たのも、周りの重苦しい空気に耐えられなくなったからにちがいなかった。

「この間、やりたいことがあると申されたが、この歌集のことでござるか」

多門は話を変えて千丸の気を晴らそうとした。

「そうじゃ。悪いか」

「悪いも何も、それがしには歌のことは分りませぬ」

「和歌は美しい。読む者の心をなぐさめてくれる。私は武士などやめて、おじいさまのように歌を学んでみたいのだ」

千丸は骨がすけて見えるような華奢《きゃしゃ》な指で歌集をめくった。余白には小さな文字でびっしりと書き込みがしてある。

「歌には何の力もない。物の役にも立たぬ。人が時々に心を動かされたことを、三十一文字《みそひともじ》の中に詠み込んだばかりじゃ。だがその心は、何百年もの時を越えて生きつづける。歌集を開くたびに、古《いにしえ》の歌人が目の前に立ち現われてくる」

千丸は多門にも分る歌を探そうとして歌集をめくりつづけた。分らせずにはおかぬという意気込みが、指先の力みとなり、手の甲に青い筋を浮き上がらせている。

「ずいぶんと書き込みがしてござるな」

多門は千丸の熱意に報いたいばかりにそんなことを言った。

「おじいさまに教えていただいたことや、これから訊《たず》ねたいことを書いている」

千丸はぴたりと手を止め、これを読めという風に一首の歌を指した。

「うぐひすの鳴く野辺ごとに来てみれば
　　うつろふ花に風ぞ吹きける」

多門は言われるままに声に出して読んでみた。

「どうじゃ」

千丸が多門の顔をのぞき込んでたずねた。

「それがしには、いささか」

多門は脛にとり付いた蚊を叩《たた》いた。五、六匹が一度につぶれて、掌《てのひら》に血の染みを作った。

「うつろう花に風ぞ吹きけるとは、散りゆく花に風が吹きつけているということじゃ。うぐいすの鳴く野山をさまよい歩く歌人の姿、桜の花びらが風に舞い散る様が、見えるようではないか」

「…………」

「私もこのような歌を詠んでみたい。歌の中に終わることのない命を吹き込んで、後の世の人々に伝えたいのだ。このことに比べれば、たとえ何十万石の大名になろうとも武士の行いなど儚《はかな》いものではないか。私は……、私は父上のような生き方などしたくはない」

千丸は目を見開き小鼻をふくらまして、挑むように多門を見やった。

「だから、私はここで死にたくはない。人質になってもよい。勘当されても構わぬ。何としてでも生きのびて歌の道を極めてみたいのだ」

話すうちに気持が高ぶったのか、千丸は鉢の開いた頭を両手で抱えて泣き出した。

「ご安心なされ。たとえ戦となっても、この多門がお守りいたす」

多門はそう言わずにはいられなかった。

千丸を見ているうちに、なぜか牛首一族が亡《ほろ》ぼされた日の自分の姿をまざまざと思い出したのである。

「私には多門に守ってもらう資格はない」

すすり泣きをつづけていた千丸が急に顔を上げ、放心したように呟《つぶや》いた。

「私は臆病者《おくびょうもの》じゃ。とても立派な武士にはなれぬ。尽くしてくれたとて、何の褒美《ほうび》もやることが出来ぬ」

「褒美は幽斎どのからいただいておりまする。そのような心配は無用でござる」

「それに……、私は嘘《うそ》つきじゃ。この期《ご》におよんでまで、多門をあざむこうとしておる」

「何が嘘なのでござるか?」

「私がこの屋敷を出たいのは、歌を学ぶためではない。死ぬのが恐ろしいからじゃ。このまま死なねばならぬかと思うと、恐ろしさに背骨を鷲《わし》づかみにされて、夜も眠ることが出来ぬ」

「若さまの年頃《としごろ》には、誰でもそうでござる。恥じることではございませぬ」

「誰でも？　多門もそうであったのか」

「若さまよりももっと弱く、もっと臆病な男でござった」

多門は牛首一族の里が織田信長の軍勢に襲われた時、一族の突撃に加わることなく逃げ出したことを話した。

千丸のひたむきな正直さに触れたせいだろう。これまで誰にも語ったことのない過去へのこだわりを、すんなりと口にすることが出来た。

「あの日もちょうどこのあたりに傷を負うておりました」

そう言って左の肩をさすった。かすり傷とはいえ、押さえると熱をおびた鈍い痛みが波紋となって肉の内側にまで広がった。

「そうか。そんなことがあったのか」

千丸は大人《おとな》びた分別くさい顔で何ごとかを思い巡らしている。

「だが、今の多門は臆病でも卑怯《ひきょう》でもあるまい。石見守も少斎も右京大夫もそうじゃ。誰でも年をとればそのように強くなれるのか」

「己れを鍛えて、強くなってゆくのでござる」

「心はどうやって鍛えるのじゃ。どうしたら死の恐ろしさから逃れられる」

「諦《あきら》めることでござる」

「それが出来るなら、誰も苦しんだりはせぬ」

千丸ははぐらかされたと取ったのか、眉尻《まゆじり》ののびた丸い眉をひそめてそっぽを向いた。

「いいや、出来まする。ある者は仏道の修行によって、またある者は主君のために命をささげる覚悟を定めることによって、自然と諦めを身につけるのでござる」

僧籍にある者なら、執着を絶つと言ったかもしれない。だが多門には諦めるという表現しか出来なかった。それが自分の実感に一番近い言葉だった。

板壁の外で具足《ぐそく》をつけた者たちが足早に通り過ぎる気配がした。千丸はぴくりと肩を震わせて聞き耳を立て、古今和歌集を胸に抱きしめた。

「諦めるか……。多門はどうやって諦めたのじゃ」

「おそらく、人を殺《あや》めたからでございましょう」

「武士ならば、人を殺めるのは当たり前じゃ」

「戦とはいえ、人を殺めた者は心に責苦《せめく》を負いまする。その責苦に耐えているうちに、己れもいつかは殺されるという諦めが定まってくるのでござる」

「ならば人を殺せば殺すほど、死への恐れはなくなるものなのか」

「互いに諦めて、殺し合うのでござる。そうでなければ、とても戦いつづけることは出来ませぬ」

「そうか。それが武士の本当の姿かもしれぬな」

千丸は胸のつかえが下りたのか、積み上げた夜具に背中をもたせかけて軽い寝息をたてはじめた。夜も眠れないというのは、決して誇張ではなかったのだ。

　多門の脛には、大きなやぶ蚊が七、八匹列をなして取り付いていた。吸い込んだ血に腹が丸くふくれ、ぐみの実のようにぶら下がっている。

だが多門は追い払おうとしなかった。たとえつかの間でも千丸をゆっくり眠らせてやれるのなら、これしきの痛みや痒みなど何でもなかった。

千丸の首筋にたかる蚊を父親のような手で追おうとした時、物置の戸が力まかせに引き開けられ、戸袋に当たってけたたましい音をたてた。

西向きの戸から夕陽《ゆうひ》が差しこみ、暗がりになれた多門の目を射した。その光をさえぎって、長身の男が戸口一杯に立ちはだかった。

「慮外者が、これで若さまをかくまったつもりか」

河北石見守の黒い影が、座り込んだ二人を組み敷かんばかりに長々と伸びている。

「せっかくの奥方さまのご慈悲を無駄にしたばかりか、子供だましのような真似をしおって。つくづく見下げ果てた奴《やつ》じゃ」

「多門がかくまったのではない。私がここに来たのだ」

千丸が飛び起きて多門をかばった。

「奥御殿から出てはならぬと、奥方さまが申されたはずでござる。すぐに戻られよ」

「嫌じゃ。私は多門といっしょにここにいる」

「勝手は許されませぬ。さあ」

石見守が長い腕を伸ばして手首をつかもうとした。

千丸はその手を力任せにふり払った。

「嫌じゃと申しておる。その方らは父上の命令に従うことしか考えておらぬ。人質に取られる時は、私もお市も殺すつもりであろう。私のことを真に思ってくれるのは多門ばかりじゃ」

「万一そのような時には、それがしとて生きてはおりませぬ。戦にうろたえて見苦しい振舞いをなされては、細川家の若さまとは申せませぬぞ」

石見守は骨張った大きな手で千丸の肩をつかむと、表に待たせた守《も》り役たちに引き渡した。

千丸はなおもあらがおうとしたが、玉子の命令だけに多門にはどうすることも出来なかった。

潮が満ちてくるに従って、海はいっそう穏やかになった。

かすかにふくらんで見える水面にはさざ波が立ち、無数の鏡となって陽の光を踊らせ、まばゆいばかりにきらめいている。

宮津城の藤《ふじ》の間では、細川幽斎が丹後の領国図に見入っていた。あぐらをかいた膝《ひざ》に肘《ひじ》を当て、頬杖《ほおづえ》をついて思案にふけっている。

石田三成が増田長盛や大谷吉継らとともに大坂城に入ったことや、毛利輝元を総大将として徳川家康討伐の兵を挙げようとしていることは、大坂屋敷の長岡右京大夫が日ごとに早打ちを立てて知らせてくる。

忠興の妻子を人質として差し出すように迫られ、日に日に窮地におちいっている様子も手に取るように分っていた。

「石田治部どの配下に隙間なく囲まれ、難渋いたしをり候《さうらふ》。人質引き渡しの申し入れ再三に及び候へども、留守役一同、越中守さまのご下命に従ひ、討ち死にの覚悟極め申し候」

右京大夫はそう記していた。

忠興が河北石見守らに妻子を大坂屋敷から出してはならぬと命じていたために、玉子や千世姫らが危機にさらされていたのである。

「うむ」

幽斎は顔をしかめて膝をゆすった。

三成が急に忠興の妻子を人質に取ろうとするのは、幽斎の動きに気付いたからにちがいない。金沢まで前田利長を説得に行ったために、事を成しとげるまで隠しておくはずの計略を見抜かれたのである。

幽斎もその危険は充分に承知していたが、前田利長を身方につけなければ計略が根底からくずれるだけに、他に方法がなかったのだ。

「けしからぬのは忠興じゃ」

幽斎は思わず口に出し、はっとあたりを見回した。部屋には誰もいない。城の石垣に打ち寄せる波の音が聞こえるばかりだった。

「お呼びでございましょうか」

襖の外で声がして、三男の幸隆《ゆきたか》が入ってきた。三十歳になる物静かな男で、幽斎とともに宮津城の留守役をつとめていた。

「近う寄れ。大坂のことは聞いておろうな」

「はい」

「このまま家康どのと大坂方の戦になったなら、若狭《わかさ》、丹波、但馬の大名たちは皆大坂方となる。福知山《ふくちやま》の小野木《おのぎ》どの、出石《いずし》の小出《こいで》どの、豊岡《とよおか》の杉原《すぎはら》どの、綾部《あやべ》の別所《べっしょ》どの、すべて敵となって攻め寄せて来るであろう」

幽斎は絵図に記された他領の城をひとつひとつ指しながら言った。

「いずれも大家ではないが、大坂からの加勢を合わせれば総勢一万は下るまい。四方みな敵となり、天下の決着がつくまでは援軍の見込みもない。そうなった時にどうするか、そちの存念を聞いておきたい」

幸隆は表情を変えなかった。すでに覚悟を定めているのか、絵図に目を落としたまま幽斎の言葉に聞き入っている。

「当家の備えはどうじゃ。戦える者はいかばかりおる」

「士分の者は五十名ばかり、中間《ちゅうげん》、小者《こもの》を合わせても五百ばかりでございます」

幸隆は忠興の補佐役を務めているので、領国の現状を正確に把握していた。

「ならばどうやって迎え討つ」

「この城に兵力を結集して籠城《ろうじょう》いたします」

「わしも同じ考えじゃ。だが籠城となれば田辺城の方が守りやすい。これからただちに武器、弾薬、兵糧《ひょうろう》を移そうと思うが異存はないか」

「ございませぬ」

丹後には東から田辺、宮津、峰山《みねやま》、久美《くみ》と城が配置されているが、主力が会津征伐に出かけている今は、それぞれにわずかな留守役が残されているばかりである。そこを大軍で各個撃破されたらひとたまりもなかった。

「ならばそなたは手勢をひきいて峰山城へ行き、久美城の分と合わせて弓木《ゆみき》まで運べ。そこで船に積み込めるように手配をしておく」

「父上は？」

「この城の分を船に乗せて、ひと足先に田辺城に行く」

幽斎は幸隆を送り出すと、小荷駄《こにだ》奉行に出来るだけ多く船を集めるように命じた。

城の西には大川が流れ、河口の港には漁船や荷船がもやっている。田辺城まで荷を運べば莫大《ばくだい》な褒美がもらえると聞いて、半刻《はんとき》ばかりの間に三十艘《そう》近くの船が協力を申し出た。

「皆の者、米は一俵三十文、味噌《みそ》、塩は一桶《ひとおけ》五十文の船賃が下される。ただし欲張ってはならぬぞ。荷は八分目に積み、船足を速めよ」

大川西岸に船主たちを集めて、小荷駄奉行が声を張り上げた。

川ぞいに建ち並ぶ蔵の前に船がつけられ、水夫《かこ》や人足たちが次々に荷を積みはじめた。

　蔵の戸口には奉行配下の役人が立ち、荷を運び出すごとに荷札をわたしている。田辺城に着いた船主たちは、この荷札と引き替えに船賃を受け取るのだ。

　米や味噌、塩、大豆などを積み込むと、船は手早く船着場を離れ、川を下って宮津湾へと出て行った。

　その後には別の船がすべり込む。積み方を指示する船頭の怒鳴り声や人足たちの掛け声が、ひっきりなしに飛び交っていた。

「籠城に何より大切なのは兵糧じゃ」

　幽斎は蔵を見回りながら夢丸に語りかけた。

「体が弱っては戦う力も湧《わ》いて来ぬ。兵糧が日に日に尽きていくことほど心細いものはない」

「長い戦となるのでしょうか」

　夢丸は幽斎の左後ろを歩き、背後から刺客に襲われた場合にそなえている。

　左後ろに立つのは刀を差した左方向に防御の死角が出来るからだが、決して一間以内に近付こうとはしない。鳥見役の夢丸と幽斎の間には、それほど厳しい身分の隔りがあった。

「半年になるか一年になるか、天下の形勢次第じゃ。籠城は三年の貯《たくわ》えをもってなすものとされておるが、今からではとても間に合うまい」

武士は通常一日に玄米五合を食べる。だが籠城戦では敵の奇襲にそなえて昼夜となく持場を固めるために、倍の一升と見なければならなかった。ちなみに味噌は一日十人に三合、塩は十人に二合である。

田辺城に五百の将兵が籠城するとなると、一日で五石（五百升）、一月で百五十石、三年分となれば五千四百石の米が必要である。

平時ならそれくらいの用意はあったが、会津出陣の費用を捻出《ねんしゅつ》する必要に迫られて米を売り払ったために、貯えは残り少なくなっていた。

「三木《みき》城や鳥取城のように、兵糧攻めに遭ってむごたらしいことになった例もある。生きて城を出られるかどうかは、天運の定めたまうところじゃ」

幽斎は大川にかかる大手橋をわたって城内に入った。二の丸の北側から宮津湾に向かって突き出した栈橋には、細川水軍の船が繋《つな》いであった。

二百石積みの旗艦天明丸をはじめ、小早船《こばやぶね》、荷船、水船など十数艘である。

鉄砲、大筒《おおづつ》、弾薬、弓矢、槍《やり》、刀などの積み込みを、戦奉行が厳しく監視していた。

天明丸は全長八十尺、幅十六尺ばかりで、甲板には総櫓を建て、中には畳を敷き襖を立てた部屋が三つもあった。

奥から主君のための御座の間、次の間、下の間の順に並び、入口に板の間がある。幽斎は水をかぶるおそれの少ない三つの部屋に火薬を積み込ませ、夢丸を連れて板の間に乗り込んだ。

幸い海は穏やかで風もない。波止場をはなれた天明丸は、十数艘の船を前後左右に従えて宮津湾を北上していった。

左右の船側から突き出した四十本の艪《ろ》を、水夫たちが船太鼓の音に合わせていっせいに漕《こ》ぐ。天明丸はしだいに船足を速め、黒《くろ》岬の沖をまわって若狭湾に出た。

ここから田辺城までは五里ばかりの距離である。追風を受けて帆を一杯に張った船は、金《かね》ヶ岬と博奕《ばくち》岬の間の狭い水路を通って舞鶴湾に入った。

湾の入口に立ちはだかるように浮かぶ戸島《としま》の西をすり抜け、南に深く湾入した海を下ると、愛宕山《あたごさん》のふもとに田辺の城下町が広がっていた。

城は町の東寄りにあった。

西の高野《たかの》川と東の伊佐津《いさづ》川の間に広がる平野に築いた平城で、外濠《そとぼり》の内側に高さ三間ばかりの石垣を巡らしている。石垣の上を多聞《たもん》櫓でおおい、要所には二層の隅櫓が建ててある。

白壁に鉄砲狭間をあけた多聞櫓の向こうに、三層の天守閣がそびえていた。

天明丸は城の北側の船着場に接岸した。知らせを受けた家臣たちが、裃《かみしも》姿で出迎えた。中間や小者たちも荷を下ろそうと待ち構えている。

「その方らも荷下ろしの加勢をせよ。挨拶《あいさつ》は後で受ける」

幽斎はそう命じて船着御門から三の丸に入った。

田辺城は北から三の丸、二の丸、本丸を配し、複雑に入り組んだ鉤《かぎ》型の濠を縦横に巡らしている。全体の広さは、東西がおよそ二百三十間（約四百二十メートル）、南北が四百二十間（約七百六十メートル）である。

周囲を石垣と櫓で囲まれているので、風通しが悪くむし暑い。この城に五百の将兵とその妻子の生命がかかっているのかと思うと、心なしかいつもより狭いように感じられた。

内濠にかけた橋をわたって二の丸から本丸御殿へ行くと、玄関先で妻の麝香《じゃこう》が数人の侍女とともに出迎えた。籠城の仕度に立ち働いていたのか、全員袖《そで》をたすきで縛り、前かけをしている。

「さっそくではございますが、お聞き届けいただきたいことがございます」

「まずは茶をくれ。話はそれからじゃ」

幽斎は式台に腰を下ろし、冷たい水で足を洗わせた。

「事は急を要しまする。お疲れではございましょうが」

奥の間に向かう幽斎を、麝香が急ぎ足で追ってきた。

若狭熊川《くまがわ》城の城主沼田《ぬまた》光兼《みつかね》の娘で、幽斎より十歳年下である。かぐわしい名前に似ず、腰はばの広い臼《うす》のような体付きをしている。

百姓仕事もいとわぬ働き者で、戦の時には具足をつけて留守を守るほど勝気な気性だった。

「何の話だ」

「大坂屋敷のことでございます。忠興どのは玉子どのを見殺しになされるつもりなのでございますか」

「誰がそのようなことを言った」

「玉子どのから暇乞《いとまご》いの書状が参ったのです。人質に取られるほどなら、全員討ち死にするというではありませんか」

「忠興が命じたことじゃ。致し方あるまい」

「玉子どのはこれまで、我身を殺して忠興どのに仕えて来られたのですよ。このまま見殺しにしては、あまりにも気の毒でございます」

麝香もマリアの洗礼名を持つキリシタンだけに、玉子とは実の母娘以上に仲がいい。玉子の幸せうすい境涯にも、ひとかたならぬ同情をよせていた。

「玉子どのの書状は」

幽斎がたずねると、麝香は待ち構えていたように懐《ふところ》から文《ふみ》を取り出した。

「千世姫どのや千丸、お市もいます。石見守や少斎に、皆を助けるように命じて下されませ」

「あの者たちは忠興の家臣じゃ。隠居の身で口をはさむことは出来ぬ」

「ならばお出来になる方法で」

「そのような手があれば、とうに打っておる。そなたは茶の仕度をしてくればよいのじゃ」

幽斎は茶を書院に運ばせ、玉子や千丸を救う手立てを思い巡らした。

策はひとつだけあった。智仁親王を通じて朝廷を動かし、豊臣秀頼に大坂屋敷にいる諸大名の人質の扱いを慎重にするよう申し入れてもらうことだ。

だがこれが幽斎の差し金だと石田三成に気取《けど》られたなら、この後の計略にも支障をきたしかねないだけに、軽々には動けなかった。

幽斎はなおしばらく迷っていたが、意を決して二通の文を書き上げた。

「これを八条御殿の大石甚助どのにとどけよ」

夢丸を呼んで命じた。

「こちらは大坂屋敷の長岡右京大夫じゃ。間違いなく本人に手渡さねばならぬ」

固く封をして油紙に包んだもう一通の文を渡した。

万一の場合には千世姫を宇喜多邸に落とすように命じたものだ。千世姫が死ねば前田家と細川家の絆《きずな》が切れる。それだけは何としてでも防がなければならなかった。

「あるいは屋敷はすでに石田勢に包囲されておるかもしれぬ。その時には、分っておろうな」

命を捨てて屋敷に飛び込めということである。日頃の穏やかさとはうって変わった非情な命令だった。

慶長五年七月十七日は快晴だった。

昨夜の激しい雷雨が嘘のように朝から澄みきった青空が広がり、昼過ぎには真夏の大きな太陽が地を焼きつくさんばかりに照りつけた。

この日、大坂には二つの異変があった。ひとつは五大老の一人毛利輝元が、石田三成らの求めに応じて西軍の総大将として大坂城に入城したことである。

三成らは西の丸御殿に留守役として残っていた徳川家康の家臣たちを追放し、家康の罪状を列挙した「内府ちがいの条々」を発して諸大名に挙兵をよびかけた。

もうひとつは広橋大納言兼勝《ひろはしだいなごんかねかつ》が、後陽成天皇の勅使として大坂城を訪ねたことだ。

〈ふしみ、大さか、ことのほかさわぎ候て、ひでよりへ御みまひにひろはし大納言つかはさるる〉

天皇近侍の女官の当番日記である『御湯殿《おゆどの》の上の日記』にはそう記されている。

これは細川幽斎が智仁親王に働きかけ、親王から天皇へ上奏あって実現したことだ。

表向きの理由は見舞いだが、真の狙《ねら》いは秀頼と淀殿に大坂にいる諸大名の妻子の安全をはからせることにあった。

だが幽斎が懸念したように、この計略は裏目に出た。

内裏に入れた密偵から勅使下向の知らせを受けた三成は、智仁親王の背後に幽斎がいることを見抜き、人質の収容を急がせたのである。

特に細川屋敷には五百の兵を派遣し、必ず玉子と千世姫を人質に取るように厳命を下した。

同時に三成は、玉子と親しい茶《ちゃう》右近《こん》という比丘尼《びくに》をつかわして最後の説得をこころみた。大坂入城が不本意なら、隣の宇喜多秀家の屋敷に移るだけでもよいと申し入れたが、細川家は頑として応じようとはしない。

やむなく申《さる》の刻（午後四時）の鐘が鳴り終わるまでに応諾の返答がなければ、門を打ち破って攻め込むように命じたのである。

大坂城玉造口にある細川屋敷は静まりかえっていた。

東の裏門は稲富伊賀守が、西の表門は小笠原少斎が指揮をとり、河北石見守は表御殿の、長岡右京大夫は奥御殿の守備についている。

東西の門からは柵に楯板《たていた》を打ちつけて幅一間ばかりの塹壕《ざんごう》のような道を作り、表御殿に通じるようにしていた。

屋敷にいるのは侍十二人、中間、小者や急を聞いて駆けつけた者を合わせても五十人たらずである。敵を一所におびき寄せて戦わなければ、抵抗のしようがなかった。

石堂多門は西の門の米俵の陰に身をひそめていた。

素肌の上に桶側胴《おけがわどう》の鎧《よろい》を着込み、兜《かぶと》までかぶっている。頭上から陽が照りつけ、風はそよとも吹かない。海の湿気をふくんだ空気が肌にまとわりつき、うだるような暑さである。

ほとんどの者が鎧直垂《ひたたれ》をすてて素肌の上に鎧をまとっていたが、それでもじっとしているだけで汗がにじんでくる。

鉄砲を構えた者たちは目に汗が入るのをふせぐために、額に手ぬぐいを巻いて兜をかぶり、敵の乱入を待ち受けていた。

庭の松の木には油蟬《あぶらぜみ》が何百匹となくとまり、ひっきりなしに濁った声を張り上げている。強い陽射しに松の葉さえしおれていた。

「多門どの、千丸さまがお呼びでござる」

使番の者がそう伝えた。

多門は何事かといぶかりながら、表御殿をぬけて奥御殿へ向かった。

「馬子《まご》にも衣裳《いしょう》と言うが、まことじゃの」

表御殿に陣取った河北石見守が声をかけた。

言葉はきついが、悪意はない。多門が最後まで屋敷に踏みとどまったことに感謝さえしている口ぶりだった。

「石見守どのも若やいでおられる」

「まだまだ若い者に遅れはとらぬわ」

石見守は緋《ひ》おどしの鎧を着て、白髪の頭に折り烏帽子《えぼし》をかぶっている。表御殿には東西の門の応援に駆けつけるために、六人を遊軍として配していた。

奥御殿の門を入ると、長岡右京大夫が歩み寄ってきた。

「こっちじゃ」

先に立って案内したが千丸の居室には誰もいなかった。

「千丸どのは？」

「奥方さまと奥の居間におられる」

石見守の家臣が警固と称して見張っているという。敵に奪われそうになった時には、討ち果たすように命じているのだ。

「千丸さまの名をかたったのは、石見守どのに疑われることをさけるためじゃ。内々に頼みたいことがある」

「………」

「そなたとて千丸どのをこのまま見殺しにしたくはあるまい」

「無論でござる」

「ならば話が早い。大台所の物置に一挺《ちょう》の駕籠《かご》を用意してある。担《かつ》ぎ手の手配もしてあるゆえ、いよいよとなればその駕籠に四人を乗せ、東の門から宇喜多家の屋敷に逃れてくれ」

「右京大夫どのは」

「わしはここで果てねば、石見守どのに相済まぬ。よいな、敵身方入り乱れての戦となったなら、奥御殿に走り込んで機会を待つのじゃ」

右京大夫は鎧の袖がすり合うほどに体を寄せてささやいた。

東の門の外では、蒲生源兵衛が百名ばかりの兵をひきいて申の刻の鐘を待っていた。六尺豊かな源兵衛には、黒皮おどしの鎧と桃形《ももなり》の兜がよく似合う。よほど戦場の空気が性に合うのか、顔付きまで生き生きとしていた。

「奥方の居間は、奥御殿のこのあたりじゃ。逃げる者には構うな。奥方と千世姫を人質に取ることだけを考えよ」

組頭《くみがしら》たちを集め、館《やかた》の配置図を示しながら指図をした。

東の門の前の道は鍵屋《かぎや》坂と呼ばれる急な坂道で、北にのぼれば組子《くみこ》屋敷のある高台に出る。この高台に建つ櫓からは、細川屋敷の内部を一目で見渡すことができた。

源兵衛は自分でこの櫓に登り、相手の備えを充分に確かめていた。

「敵は正面の奥御殿に二十人、表御殿に三十人ばかりしかおらぬ。だが奥御殿から鉄砲を撃ちかけてくるのは、稲富伊賀守の手の者じゃ」

伊賀守は細川家の砲術師範で、稲富流砲術の祖となったほどの名人である。

「奥御殿と塀の間には、楯を並べて表御殿への誘い道がつけてある。だが我らにとってはかえって好都合じゃ。まず塀の上から火矢を射込み、相手の銃撃を封じたのちに、この楯で身を守りながら表御殿に向かえばよい。ただし決して急いではならぬぞ」

わざわざ誘い道をつけたからには、必ず何かの仕掛けがあるはずである。それを見極めながら進まなければ、思わぬ罠《わな》におちるおそれがあった。

「伊助」

「ははっ」

「そちは配下の者とともに屋敷の北側に伏せよ。敵の目が我らに向いている間に、塀を乗り越えて屋敷に飛び込め」

「承知いたしました」

小月春光は石田三成に命じられて丹後へ侵入している。その間、小月党の指揮は青ぶさの伊助がとっていた。

「今日ばかりは敵の首をとっても手柄にはならぬ。狙いは奥方と千世姫じゃ。捕えた者には、莫大な恩賞が下されるぞ」

組頭たちは急ぎ足で持場に散っていった。高さ二間ばかりの築地塀《ついじべい》にはいくつもの梯子《はしご》がかけられ、鉄砲を手にした者たちがすでに中段までのぼっていた。下では持筒《もちづつ》たちが弾込《たまご》めの仕度をして控えている。

弓足軽たちは、矢尻に火薬筒を巻いた矢を何十本となく並べ、いつでも火を点じられるようにしていた。

やがて近くの寺から交渉終了の刻限をつげる鐘がなった。重量感のある低い音が、油蟬の声にまじって聞こえてくる。

ゆっくりと間をおいて、ひとつ、またひとつ……。

石堂多門は米俵の上にすえた鉄砲の銃把を握りしめて、鐘の音に耳を澄ました。

「さあて、おいでなさるぞ」

隣の男が妙に明るい声を上げた。

鐘が鳴り終えると戦の開始をつげる鏑矢《かぶらや》が塀ごしに射込まれ、うなりをあげて表御殿の屋根の上を飛び過ぎていった。

と同時に激しい爆発音がして、表門の瓦《かわら》が数枚はがれ落ちた。敵は爆薬を使って門扉を破ろうとしたのである。

だが二重に閂《かんぬき》をかけ、土嚢《どのう》を積み上げて補強した門扉はびくともしない。

「腰抜けどもが。屁《へ》でもねえぞ」

米俵のかげに身を伏せた十数人が、大声を張り上げて口合戦をいどんだ。

「ぼけどもが。今のはほんの挨拶がわりじゃ」

門の外で応じる声がして再び爆発音があがった。門はびくともしないが、震動のために屋根瓦が半分ほどずり落ちている。積み上げた土嚢も、しまりがゆるんで前後左右にずれていた。

「でかい音をさせやがって。秀頼さまの昼寝の邪魔じゃ」

「そんなへろへろ弾では、かかあの股《また》も開くまいて」

威勢よく叫んではいるものの、兵たちの顔は門が破られる不安に強張《こわば》っている。それを見すかしたように三度目の爆発音が上がり、土嚢が半分ほど崩れ落ちた。

「彦六《ひころく》、これを使え」

小笠原少斎が表御殿から焙烙弾《ほうろくだま》を持ち出してきた。茶碗《ちゃわん》を二つ重ね合わせたほどの素焼きの玉で、中に鉛弾と火薬をつめた爆裂弾である。

「うけたまわってござる」

いかにも腕っぷしの強そうな彦六という若者が、口火に火縄の火を移し、間合いを計って門の外にほうり投げた。激しい爆発音と火柱があがり、門の外が静まりかえった。

「どうやらこっちの方が効いたようだな。もう一発くれてやろうか」

一人が勝ち誇って叫んだが、その余裕はなかった。二発目を恐れた敵は、塀にかけた梯子を登っていっせいに鉄砲を撃ちかけてきた。

二十人ばかりがつるべ撃ちに撃ちかけてくる。塀のそこここで砲火と轟音《ごうおん》が上がり、米俵に玉が突きささった。

「伏せなされ」

誰かが多門の鎧の袖を引いた。一瞬動きが遅れた多門の兜を、弾が鋭い金属音を立ててかすめていった。

「こうした時は、相手の筒先をねらって弾をはじくものでござる」

昨日鉄砲の扱い方を教えてくれた武左衛門《ぶざえもん》という五十ばかりの男が、米俵に筒先をすえ、狙いをつける間もなく引き金をひいた。塀の上から狙いをつけていた敵が、眉《み》間《けん》を撃ち抜かれてあお向けにのけぞった。

「同じ所から頭を出しては、撃ってくれというようなものでござる」

腰をかがめて平然と弾込めをしている。

多門は獲物をさがしたが、塀の屋根からわずかしか頭を出していない相手を撃ち抜く自信はない。鉄砲を抱えたまま位置ばかりを変えていると、弾よけの竹束を押し立て、塀を乗り越えようとする者がいた。

ちょうど侍長屋の真ん前で、米俵のかげに身を伏せたまま横から狙える位置である。多門は横積みにした俵のへりに筒先をすえると、竹束が横にずれた瞬間を狙って引き金を引いた。

耳をつんざく音がして、相手は屋敷の中に倒れ落ちた。同じく人を殺すのでも、刀で人を斬《き》るような罪の重荷はない。鳥でも撃ち落としたような充実感が、反動による手のしびれとともに多門の五体に広がっていった。

塀にとりついた敵は、数に物を言わせて間断なく鉄砲を撃ちかけてくる。反撃のいとまを与えないほどつるべ撃ちにしながら、屋敷の中に兵を飛び込ませて内側から門を開けようとした。

細川家の者たちは、米俵の陰や表御殿から鉄砲を撃ちかけたが、弾にも火薬にも限りがある。次第に反撃がまばらになったところを見透かして、十人ばかりの敵が屋敷に飛び込み、くぐり戸を開けた。

多門は胴乱から早合《はやごう》を取り出し、槊杖《かるか》で火薬と弾を落とし込んで敵を狙い撃ったが、引き金を引いてもシュッという鈍い音がして筒先から弾がこぼれ落ちたばかりだった。

「早合は、よく押して詰めねば不発となるのでござる」

武左衛門が轟音を立てて鉄砲を放った。くぐり戸を抜けて真っ先に攻め入ってきた男が、鎧の腹を撃ち抜かれて倒れた。それでも敵は喚声を上げて攻め込んでくる。

多門は鉄砲を捨てて鉈正宗を抜いた。寄せ手は米俵を乗り越え、飛びかかりながら刀を振り下ろす。多門は鉈正宗を下段におとし、肘を狙って斬り上げた。

身幅三寸ばかりもある剛刀は、籠手《こて》の鎖ごと敵の腕を両断する。豪快な太刀《たち》さばきで五、六人の腕を斬り落とすと、敵は恐れをなして遠巻きにした。

その時、門の側《そば》でたてつづけに爆発音が起こった。表御殿にいた石見守の遊軍が、敵の頭上めがけて焙烙弾を投げたのだ。

門扉を開けて突入しようとした敵は、たまりかねて外に逃れた。米俵を越えていた者たちは、あわてて退却しようとする。その尻を細川家の者たちが槍で突きたてた。

東の門から攻めかかった蒲生源兵衛たちも、奥御殿の中から鉄砲を撃ちかけてくる稲富伊賀守らに手を焼いていた。

わずか十数人だが鉄砲の腕は正確無比で、塀を乗り越えようとした者は次々に撃ち落とされた。しかも弾込めが早く、突入の隙を与えない。

火矢を射込んで焼き払おうとしたが、昨夜の雨を吸った屋根や、泥で塗り固められた壁は容易には燃え上がらない。御殿の中に射込んだ矢も、水弾《みずはじ》きで手際よく消されていく。

だが消火に手を取られて敵の射撃が間遠になった隙に、伊助が率いる小月党の者たちが、北側の塀を乗り越えて門を開けた。

待ちかねていた五十名ばかりが、屋敷の中へ駆け入った。反撃はまったくない。柵と楯板を立てて作った幅一間ばかりの誘い道を、兵たちは喚声を上げながら攻め込んでいく。

「急《せ》くな。走ってはならぬ」

源兵衛は背後から怒鳴った。はやり立った兵たちが、水をあびたように冷静さを取りもどした。

誘い道に導かれるまま表御殿の庭先まで出ると、中から数人が鉄砲を撃ちかけてきた。先頭の数人が撃たれ、後続の者たちは鉤型に折れ曲がった道の陰に身をひそめた。

表御殿でけたたましく早鐘が打ち鳴らされた。

西の門の内側に積んだ米俵を楯にして戦っていた多門らは、早鐘の合図で表御殿まで退却した。

それを追って敵が殺到するところを、遊軍が鉄砲をうちかけて追い払った。

「よう戦うた。充分の働きじゃ」

河北石見守が奥御殿まで退くように命じた。十六人いた表門の守備隊は七人にまで討ち減らされ、残った者も重傷を負っていた。

表御殿には東西の門から侵入した敵が、ひしひしと攻め寄せてくる。石見守は鉄砲や焙烙弾でしばらく防がせると、再び退却の早鐘を打ち鳴らした。六人の遊軍がいっせいに奥御殿に向かって走った。

西の門から打ち入った者たちが、勝ちに乗って後を追った。源兵衛配下の者たちもそれにつられ、先を争って走り出した。

「止まれ。遠巻きにして様子をみよ」

戦場でつちかった源兵衛の直感が危険を告げたが、功をあせった兵たちは止まろうとしなかった。

表御殿から奥へ通じる道は柵ですべて閉ざされていた。抜けられるのは、八畳ばかりの板の間ばかりだった。

百人ばかりの兵たちが、徳利の首のようにせばまった部屋に殺到した時、轟音とともに大爆発が起こった。

細川家ではかねてから地震の間と名付けた部屋の周囲に火薬を積み上げ、万一の時にそなえていた。石見守はこの仕掛けを最後の防戦に用いたのだ。

屋根まで抜けるほどの爆発で、先駆けをした五十人ばかりが八方に吹き飛ばされて即死した。

多門は混乱の隙をついて奥御殿に駆け込み、千丸たちを捜して目を走らせた。

玉子の居間は右京大夫から教えられていたが、襖を立てきった部屋が迷路のようにつづいている上に、敵の火矢に焼きたてられて煙が充満しているので、容易には捜し当てられなかった。

「千丸どの、お市どの」

心の中で叫びながら滅法にいくつかの部屋を突っ切ると、敷居が一段高くなり、黒松を描いた襖を閉ざした部屋があった。

多門は立ったまま襖を開けた。床の間を背にして玉子と千世姫、千丸、お市が身を寄せ合って座り、二人の侍女が控えている。警固の四人が刀の柄《つか》に手をかけ、鋭い目で多門をにらんだ。

「多門、やはり来てくれたか」

千丸の声は震えている。顔から血の気が失《う》せていたが、懸命に取り乱すまいとしていた。

「ご安心なされ。約束を忘れてはおりませぬ」

多門は千丸の側に寄ろうとしたが、警固の武士にはばまれた。

「何人《なんぴと》も入れてはならぬとのおおせじゃ。早々に立ち去れい」

鼻先でぴしゃりと襖が閉ざされた。

背後で足音がして、河北石見守と小笠原少斎が駆け込んできた。石見守の鎧の胴には数本の矢が立っている。少斎は左の二の腕を深々と斬られ、血だらけの腕をぼろ雑《ぞう》巾《きん》のようにぶら下げていた。

「このような所で、何をいたしておる」

石見守の落ちくぼんだ目は煙で赤く充血していた。

「もはやこれまでじゃ。早々に屋敷を落ちるがよい」

「最後まで千丸さまのお供をさせていただく所存でござる」

多門は千丸に聞こえるように声を張り上げた。

最後まで希望を捨てるなと知らせるためだが、石見守はともに死ぬ覚悟と取ったらしい。多門の肩をつかんで二、三度うなずくと、家臣に襖を開けておくように命じた。

「敵はじきに押し寄せてまいります。お覚悟を」

石見守が玉子の前に平伏した。千丸は石見守の肩ごしに多門を見ていた。

（ここで死ぬのか、死なねばならぬのか）

見開いた目で一心に問いかけている。

「覚悟はすでに定まっております」

玉子は落ち着いていた。長い髪をおろして薄水色の元結で結び、白小袖をまとっている。火炎を巻いて熱風が吹き込んでくるために、額と首筋にびっしょりと汗をかいていた。

「ですが、この者たちまで巻き添えにすることはありません。誰か人をつけて落として下さい」

玉子が二人の侍女に脱出するように命じた。二人はしばらくためらっていたが、表で敵の雄叫《おたけ》びが上がると、石見守の家臣に案内されて早々に落ちていった。

「僭越《せんえつ》ながら、それがしが黄泉《よみ》の旅路の露払いをつとめさせていただきまする」

小笠原少斎が西側の襖を開け、中庭に走り出た。

庭の向こうには大台所と湯屋があり、奥御殿と渡殿《わたどの》でつながっている。多門は素早くそれを確かめ、脱出の時にそなえた。

「御免」

少斎はそう叫ぶなり、右手一本で首筋に脇差《わきざ》しを突き立て、のど仏をかき切ってあお向けに倒れた。

六歳のお市が恐怖に目をおおい、玉子の袖にすがりついて肩を震わせた。

千丸は一度も庭を見ようとしなかった。強張った首を真《ま》っ直《す》ぐに立てて、多門だけを見つめている。

「自ら命を絶っては、神《デウス》の教えにそむきます。時が来たなら、我ら四人を手にかけて下さい」

玉子はお市の首にロザリオをかけると、胸に抱きしめて神への祈りをささげた。

千世姫も両手を組み合わせて一心に祈っている。部屋の四隅には、自害後に敵に遺体をわたさないために火薬が積み上げてあった。

「奥方さま、お待ち下され」

奥御殿の門の守備についていた長岡右京大夫が駆け込んできた。

「敵は表御殿の爆破にひるんで、遠巻きにしております。今のうちに宇喜多どのの館へ落ちて下され」

「この期に及んで、何を申すか」

石見守がすさまじい形相で怒鳴りつけた。

「その方、敵に内通して奥方さまを引き渡すつもりであろう」

「それがしとて、明智家から奥方さまの供をしてきた者でござる。今さら内通などとは、片腹痛い申され様じゃ」

「ならば幽斎どのの差し金か」

「この場で果てられるは、あまりに口惜しき仕儀でござる。すでにひと合戦して面目を保ったからには、落ちられたとて申し開きはできまする」

「そなたの志はありがたく思います」

玉子が二重瞼《ふたえまぶた》の澄みきった目を右京大夫に向けた。

「しかし忠興どのが屋敷を出てはならぬと申し付けられたからには、従う他はありませぬ。父上のご謀叛《むほん》以来、忠興どのはわたくしがご謀叛の真相を口にするのではないかと、常に疑いの目を向けて来られました。二十数年も連れ添いながら未《いま》だに信じていただけないようでは、この場で死なぬ限りは決してお許しになりますまい」

忠興どのと言った口調には、冷やかな憎しみが込められていた。父光秀の謀叛以来十八年間、忠興は玉子を幽閉同然にあつかってきたのである。

「殿が許されぬとあらば、細川家をお捨てなされ。奥方さまはすでに充分の償いをなされてきたではありませぬか」

「わたくしには三人の子がおります。この場を逃れたなら、忠興どのはあの子たちをかならず廃嫡《はいちゃく》なされるでしょう。細川家の中に明智の血を残すためにも、わたくしはここで果てなければならないのです」

「ならばせめてお三方を」

「ええい、まだ申すか」

涙を浮かべて玉子の話を聞いていた石見守が、刀の柄に手をかけて詰めよった。

表でつづけざまに銃声がした。刀を打ち合わせる音や叫び声とともに、次第に敵が迫ってくる。

「奥方さま、お覚悟を」

石見守が右京大夫を押しのけて迫った。警固の武士が四方の襖を閉ざそうとした。

多門はその寸前に居間に駆け込んで千丸を抱きかかえ、千世姫に手を差しのべた。

「大殿のお申し付けでござる。この者とともに落ちられよ」

右京大夫が勧めたが、千世姫は玉子を見やって尻ごみするばかりである。玉子はお市をしっかりと抱きしめたまま動こうとしなかった。

「おのれ、うぬらはやはり」

石見守が多門に斬りかかった。

右京大夫が両手をだらりと下げて立ちはだかった。刀が兜の錣《しころ》にくい込んで止まった。

「石見守どの、老いられましたな」

右京大夫はにやりと笑うと、石見守の刀をつかんで自分の喉元《のどもと》に当て、石見守に寄りかかるようにして刺し貫いた。


多門は右手に千丸を抱き、左に千世姫の手を引いて大台所へ向かった。

火は勢いを増し、黒煙が東からの風にのって吹きつけてくる。あたりは真っ暗で、熱風と火の粉に目を開けていられない。

多門は大台所にわたる渡殿をさがしたが、炎をよけて進むうちに方向を見失った。

「多門、左じゃ。その先を左に」

千丸が袖を口に当てて煙をふせぎながら指さした。

教えられた通りに進むと、戸を立てきった板の間があり、渡殿へとつづいていた。ここまではまだ火も煙も回っていない。多門は庭に敵がいないことを確かめてから、一気に渡殿を突っ切った。

「多門どの、こちらでござる」

大台所の物置の戸が細めに開いて、履物屋の孫兵衛が顔を出した。

右京大夫は昨日のうちに孫兵衛ら四人をここに入れ、玉子らの脱出にそなえて待機させていたのである。

「さあ、中に駕籠の用意がござる」

千世姫を先に行かせ、千丸を腕から下ろした時、背後で乾いた銃声がした。千丸が声もなく前のめりに倒れた。やせた背中を銃弾が貫き、血が噴き出している。

多門は茫然《ぼうぜん》とふり返った。稲富伊賀守が渡殿の端に立って筒先に早合を落とし込んでいる。見事な手際で二発目をこめると、物置に入ろうとする千世姫に狙いをつけて引き金を引いた。

だが火縄挟みが火皿に落ちる寸前、玉子の居間で爆発が起こった。石見守が玉子とお市を殺害して火薬に火を点じたのだ。

伊賀守は爆風で庭に突き倒され、銃弾は大台所の屋根をかすめて虚空に消えた。

「若さま」

多門は震える手で千丸を抱き起こした。体は鳥のように軽く、手足はあまりに細い。

「丹後には……、行けぬか」

千丸が弱い息を吐いてつぶやいた。

「お連れいたしまする。必ずお連れいたしますゆえ、ご安心なされよ」

「おじいさまに、これを……」

懐から古今和歌集を取り出そうとしたが、すでにその力はなかった。

「うぐいすの……、鳴く野辺ごとに、き、来てみれば……」

「うつろう花に風ぞ吹きける、でござるな」

多門が大声を張り上げると、千丸は苦しげに引き結んでいた唇をふっとゆるめて息をひき取った。

「多門どの、早く」

孫兵衛が宇喜多家の紋が入った陣羽織を差し出した。二挺の駕籠にも、同じ家紋が入っている。

多門は千丸の遺体を駕籠に乗せると、東の門を取り巻いた敵をかき分けて宇喜多邸に駆け込んだ。

〈大坂ニテ長岡越中守女房衆自害、同ムスコ十二歳、同イモト六歳〉

都で事件を聞いた山科言経《やましなときつね》は、日記（『言経卿記《ときつねきょうき》』）にそう記している。

これが忠興の庶子として生まれた千丸とお市の消息を伝えるほとんど唯一の記録である。

第十章　田辺城籠城

西の丸御殿での評定をおえた石田三成は、色白の頰《ほお》を上気させて大広間を出た。緊張がつづいているせいか、気持は高ぶったままである。頭の中で何かがもの凄《すご》い速さで回転し、先へ先へと駆り立てようとする。評定の上首尾に胸がおどり、大声をあげて笑い出したい衝動が突き上げてくる。

だが三成はそれをおさえきるだけの自制心を身につけていた。美しく整った面長の顔から一切の表情を消し、落ち着き払って大谷吉継が待つ小書院へと向かった。

西の丸御殿は徳川家康が政所《まんどころ》として使用していたが、毛利輝元が大坂城に入城したために家康の家臣を追放して輝元の居所とした。

大谷吉継も輝元らとの軍議にそなえて、小書院を宿所としていたのだった。

吉継は縁側に籐《とう》の椅子《いす》を出し、小姓に扇子であおがせながら涼んでいた。

「具合はどうだ。大事ないか」

三成が気づかった。吉継は評定の最中に具合が悪くなり、半刻《はんとき》ばかり前に中座したのである。

「この蒸し暑さはたまらん。暑気に当たったようじゃ」

衣服にたき染めた伽羅《きやら》の香りにまじって、膿汁《うみじる》のすえた臭《にお》いが三成の鼻をかすめた。

「ならばよいが、あまり無理はせぬことだな」

「それより評定はどうした」

「すべては申し合わせた通りじゃ。美濃口と伊勢口の二手に兵を分け、美濃、尾張へと押し出すことに決した。そなたには北関口《きたせき》を受け持ってもらう」

「伏見城は？」

「城の明け渡しに応じぬようなら、力攻めに攻めつぶすばかりじゃ」

西国大名十数人をあつめた評定では、毛利輝元を総大将として徳川方への対応策を話し合ったが、三成と吉継は事前に戦略を決し、輝元や宇喜多秀家への根回しを終えていたのである。

「城攻めの先手は、小早川秀秋《こばやかわひであき》どのと島津惟新《しまついしん》どのにお頼みしたが良かろう」

「むろんそのつもりじゃ。東口の大将は宇喜多どの、西口は毛利秀元《ひでもと》どのが務められる。私も明日にも佐和山にもどり、出陣の仕度にかかろうと思う」

「佐野綱正《さのつなまさ》の退居を許したのは早計だったかもしれぬな。綱正が三百の鉄砲隊とともに伏見城にこもったなら、なかなか手強《てごわ》い敵となろう」

吉継が見えぬ目を空のかなたに向けてつぶやいた。

綱正は西の丸御殿に残っていた家康の留守役だが、三成らが退居を迫ると、配下の兵三百に鉄砲を持たせ、火縄に火を点じて発砲できる構えをとり、京橋口大門から整然と出て行ったのだった。

「望むところじゃ。伏見城がすぐに落ちては、身方の結束を固める役には立たぬ。ところで、今何刻じゃ」

三成はふいに細川家の人質のことを思い出した。今朝《けさ》から気になっていたが、評定に集中するあまり失念していたのである。

「申《さる》の刻を半刻ほど過ぎた頃《ころ》かと存じます」

近習の若侍が答えた。

「細川屋敷につかわした者から、何か知らせはないか」

「ございません」

「返答の刻限は申の刻だが」

そう呟《つぶや》いた時、遠くで爆発音が上がり、木霊《こだま》の尾を長く引いて消えていった。

「あれは巽《たつみ》（東南）の方角じゃ。細川家は人質の引き渡しを拒否したようだな」

吉継は視力を失っているだけに、音に対する感覚は三成よりも鋭かった。

「人質を取れなかった場合には、丹後を攻めて幽斎を討て。わしも敦賀に戻って出陣の仕度を整えておく」

「承知した。詳しいことは後ほど知らせよう」

西の丸御殿を出ると、三成は二の丸の南西に建つ千貫櫓《せんがんやぐら》に登ってみた。

千貫櫓は生玉口大門を側面から守るために作られた三層の隅櫓で、最上階からは城下の南西部を一目で見渡すことができる。三成は生玉口三の丸で行われた馬揃《うまぞろ》えを、秀吉と共に何度かここから見たことがあり、勝手をよく知っていた。

爆発はやはり細川屋敷で起こったものだった。表御殿の屋根の一部が吹き飛び、炎と煙がふき上げている。奥御殿からもすでに火の手が上がっていた。

直線距離にすれば四半里ほどしかはなれていない。中の様子をうかがうことはできないが、築地塀《ついじべい》にのぼって鉄砲を撃ちかける兵の姿ははっきりと見えた。

「戦が始まったのは中の刻か」

見張りの者にたずねた。

「はい。鐘が鳴り終えると同時に、鉄砲の撃ち合いが始まったのでござります」

五十がらみの組頭《くみがしら》は、突然の三成の出現に緊張し、棒をのんだように突っ立っている。

「屋敷を脱出した者は？」

「おりませぬ。皆討ち死にの覚悟と見受けまする」

あの様子では人質を生捕りにすることは出来ぬかもしれぬ。そんな予感が胸をかすめた。

再び爆発音がして奥御殿から黒い煙が立ちのぼった。それが玉子の最期《さいご》であることを、三成は重い衝撃とともに全身で感じ取っていた。

千貫櫓を下りると、細川屋敷につかわした茶右近から様子を聞くために、東の丸の増田長盛の屋敷に急いだ。

茶右近は対面所で待っていた。

淀殿につかえる四十がらみの尼僧で、墨染めの衣を着て白い頭巾《ずきん》をかぶっているが、もともとはキリシタンである。

玉子の縁者に当たるらしく、細川屋敷にも自ら望んで説得に出向いたのだった。

「どうやら説得には応じてもらえなかったようじゃな」

「言葉を尽くしてお申し入れを伝えましたが、お聞き届けいただくことは叶《かな》いませんでした。わたくしの力が及びませず、申しわけございませぬ」

茶右近が深々と頭を下げた。

人質に取ろうとして自害されれば、諸大名の三成に対する反感をかき立てることになる。大谷吉継が危惧《きぐ》していたことが、はからずも現実となったのだ。

三成は失望し、説得できなかった茶右近に怒りさえ覚えたが、そのようなそぶりは露ほども見せなかった。

「玉子どのは何と申された。その場の様子などを詳しく聞かせてくれ」

「何と申し上げても、ガラシアさまはお覚悟を変えようとはなされませぬ。そこでわたくしは人質になることを拒み通して戦をすることと、我身を犠牲にしてでも人質となって敵身方の命を救うこととは、どちらが神《デウス》の御心《みこころ》にかなう道かとおたずねいたしました。ガラシアさまの信仰心にすがるよりほかに、お心を動かす術《すべ》はなかったからでございます」

「玉子どのは何と答えられた」

「神の教えに生きる者としては、戦をさけることこそ正しい道だとは思うけれども、武家の妻としては忠興どののお申し付けに背くことは出来ない。これは自分の裁量を越えた運命《さだめ》であるので、ここで果てることも殉教と同じであると申されました」

「殉教か……。人質になることを拒まれたのは、細川家のためではないのだな」

「ガラシアさまは忠興どのをこの世の軛《くびき》と申されたことがございます。内心では忠興どのや細川家を怨《うら》んでおられたのかもしれませぬが、河北石見守どのが同席しておられましたゆえ、ついにご本心をお明かしにならずに席をお立ちになりました。口惜しき仕儀にございまする」

茶右近が僧衣の袖《そで》で目頭をおさえた。

「明智どのについてはどうじゃ。玉子どのは父上の謀叛《むほん》について、何か知っておられたのではないか」

明智光秀の謀叛に細川幽斎が関《かか》わっていたことを、玉子は何か知っていたのではないか。そう考えた三成は、玉子にそれとなく問い質《ただ》してみるように茶右近に申し付けていた。

「たずねてはみましたが、ガラシアさまは笑みを浮かべて打ち消されたばかりでございます」

「笑っておられたと申すか」

「はい、相好を崩されたのは、後にも先にもその時ばかりでございました」

「それで、何と申されたのだ」

「そのようなことがあるはずがない。自分は何も聞いていないし何も知らないが、幽斎どのは信長さまに忠義をつくしておられたので、たとえ父から謀叛の誘いがあったとしても断わられただろう。そう申されました」

現に本能寺の変の後には幽斎と忠興は剃髪《ていはつ》して信長の喪に服し、光秀の挙兵の呼びかけを拒絶したのである。

「今でも幽斎どのは信長さまの月の命日ごとに法要をいとなみ、ゆかりの品々を一室に集めて冥福《めいふく》を祈っておられるそうでございます」

「そうか」

三成は内心ほっとしていた。もし幽斎が光秀の謀叛に関わっていたとしたら、豊臣秀吉が幽斎にさし出した密書もそれに関係するおそれが出てくる。

それは豊臣家の権威を背景として諸大名を動かそうとしている三成にとって、考えるだにおぞましいことだった。

「ただひとつ不可思議なのは」

茶右近は急に思い当たったように言った。

「ガラシアさまが人質になるほどなら自害すると、三度も申されたことでございます。

あれほど信仰心厚いお方が、何ゆえ神《デウス》の教えに背くようなことをくり返し口になされたのか、今思い返しても解《げ》せませぬ」

「覚悟のほどを伝えたかったのであろう。キリシタンとはいえ、最後は武家の妻として身を処されたのじゃ」

三成はそう言って茶右近を下がらせたが、自害という言葉がなぜか気にかかった。確かに熱心なキリシタンである玉子が、自ら望んで自害するはずはない。たとえ自害を覚悟したとしても、口にはしないはずである。

(それを何ゆえ三度も……)

そう考えた時、三成の背筋に寒気が走った。

「鶏鳴が時を告げるまでに、そなたは予を知らぬと三度申すであろう」

神の子キリストが死ぬ直前に弟子に向かってそう言ったと、キリシタンの教典に記されていたことを思い出したからである。

三成はキリシタンではなかったが、宣教師らと話す機会も多かったので、教典にはひと通り目を通していた。

玉子はこれにならったのではないか。河北石見守に監視されていたために、神にそむく言葉を三度くり返すことで、自分の話はすべて嘘《うそ》であると伝えようとしたにちがいない。

（とすれば、やはり）

幽斎は光秀の謀叛に関わっていたのだ。そして秀吉も……。

「春光を、小月党の頭《かしら》を呼べ」

即座に伺候《しこう》した小月春光に、三成は丹後の田辺城に潜入するように命じた。

「幽斎どのは、秀吉公の密書を武器に何事かを企《たくら》んでおられる。それをつきとめて、密書を奪い取れ」

細川屋敷の戦火がおさまると、詳しい報告が届いた。

玉子や千丸、お市は家臣とともに果てたが、千世姫は姉の豪姫を頼って宇喜多秀家の屋敷に逃れたという。また天下一の砲術師範と評された稲富伊賀守は、屋敷が炎上する直前に逐電していた。

三成は秀家に千世姫の引き渡しを求めたが、豪姫が頑として拒絶したために、人質として大坂城内に収容することはついに出来なかった。

対応に苦慮した三成らは、その日のうちに四奉行連名で細川家討伐の命令を下した。

〈羽柴越中守《はしばゑつちゆうのかみ》（忠興）こと、何の忠節もこれなく、太閤《たいかふ》さまお取立ての福原右馬助《ふくはらうまのすけ》の跡職を内府公より扶助を得、今度何の咎《とが》もこれなき景勝退治のため内府へ助勢、越中一類残らずまかり立ち候《さうらふ》段、是非におよばず候、しかる間、秀頼さまよりご成敗のため各々《おのおの》差遣《さしつかは》し候条、軍忠を抽《ぬき》んぜらるべく候。下に至つても働きによつてご褒美《ほうび》を加へらるべく候〉

この書状が但馬、丹波、若狭の大名たちのもとにとどいたのは、七月十八日の午後だった。

同じ頃、細川屋敷を脱出した石堂多門は、千丸の遺体を背負って田辺城の大手門の前にいた。

桝形《ますがた》になった大手門は南の京街道に向けて開けられ、槍《やり》を手にした足軽たちが警固に当たっていた。

門の外には杉林に囲まれた広々とした馬場があったが、数十人の中間《ちゅうげん》たちが籠城《ろうじょう》戦にそなえてあわただしく杉をきり倒していた。

城を包囲した敵が、杉の木を楯《たて》にして攻め寄せて来るのをさけるためである。

「幽斎どのに火急の用じゃ。まかり通る」

兜《かぶと》こそ脱ぎ捨てているが、多門は鎧《よろい》を着て馬に乗ったままである。宇喜多邸で馬を借り、急を知らせるために京の都、丹波を抜けて夜通し走ってきたのだった。

「名を名乗れ、馬を下りよ」

門番たちが槍を構えて立ちふさがった。多門の鎧は返り血に赤黒く汚れている。たちまち城内の兵が応援にかけつけ、殺気立った顔で取り囲んだ。

「わしは石堂多門、こちらは大坂屋敷の千丸どののじゃ」

そう叫んでも足軽たちは千丸の名さえ知らない。

「忠興どのの若君じゃ。ぐずぐずせずに道を開けぬか」

「まずは馬を下りられよ。ただいま大殿に取りついでまいりますゆえ」

組頭らしい男が出て諌《いさ》めようとした。

「城中にも馬場はあろう。このまま通らせてもらう」

「なりませぬ。それに背中のお子さまはすでに息絶えておられるようじゃ」

「大坂屋敷で空《むな》しゅうなられた。千丸どののたっての望みにより、ここにお運び申し上げたのじゃ」

多門の胸は、千丸を死なせた怒りと悲しみに荒ぶっている。是が非でも乗馬のまま城内に踏み入らなければ気持のおさまりがつかなかった。

互いに気色ばんで押し問答をつづけていると、奥から裃《かみしも》を着た背の低い武士が出て来た。

「それがしは北村甚太郎《きたむらじんたろう》と申す者でござる。大殿が会うと申されておる。通られよ」

臆《おく》した様子もなく馬の轡《くつわ》を取り、二の丸の馬場まで案内した。背は低いが肩幅が広く腰も大きい。多門をひと回り小さくしたような頑丈な体付きをした三十ばかりの男だった。

「大殿はただ今本丸御殿で、出陣前の潔斎《けっさい》をしておられる。血も骸《むくろ》も禁忌にふれるゆえ、二の丸の館《やかた》で衣服を改めていただきたい」

桝形門を抜けて二の丸に入ると、馬を馬場の横木に繫《つな》ぎとめた。

「断わる。本丸に入れぬのなら、幽斎どのがここに来られたら良かろう」

甚太郎はえらの張った顔を一瞬険しくしたが、二の丸の片隅に建つ寺に案内した。

表門には一如院《いちにょいん》と大書してある。建仁寺十如院《けんにんじじゅうにょいん》の別院を城中に建立《こんりゅう》したものだった。

多門は境内にすえられた床几《しょうぎ》に座り、千丸を背負ったまま幽斎を待った。千丸が自分の一部になったように感じられて、どうしても下ろす気になれなかった。

「待たせたな」

幽斎が本堂の廻《まわ》り縁に姿を現わした。八条殿で古今伝授をしていた時のように純白の水干《すいかん》を着ている。

「奥方さまも右京大夫どのも、大坂屋敷で果てられました」

「夢丸から聞いた」

夢丸は右京大夫にあてた幽斎の文《ふみ》を持って大坂屋敷を訪ねたが、石田方の包囲が厳重で屋敷に入れなかった。そこで見物の群衆にまじって一部始終を見て取ると、いち早く丹後に戻って幽斎に報告したという。

「千世姫はそちが宇喜多邸に落としてくれたそうじゃな」

「千丸さまもお連れするつもりでございましたが、今少しのところで」

多門は上ずる声をおさえて、千丸が稲富伊賀守に撃たれたいきさつを語った。

「千丸さまは常々、丹後をたずねて幽斎どのから歌の手ほどきを受けたいと申しておられました。死の間際にも、歌集を渡してくれと……。それゆえこうしてお連れしたのでござる」

床几を下り、千丸を境内の白い砂利の上に横たえた。すでに血の気は引いているが、表情は安らかである。

唇がうぐいすの歌を口にしようとした形のままに開いているのを見ると、多門の胸に激しい哀《かな》しみが突き上げてきた。

「歌集はどこじゃ」

「ここにござる」

青い鎧直垂《ひたたれ》を着た千丸の胸をおさえた。古今和歌集はしっかりと懐《ふところ》におさまっている。

「これに持て」

「千丸どのの魂がこもったものでござる。ご自分で取って下され」

「ならば、それがしが」

側《そば》に控えていた甚太郎が、境内に下りて千丸の遺体に手を伸ばした。

「触るでない」

多門は抜き打ちに斬《き》りつけた。鉈正宗《なたまさむね》がうなりを上げて空を斬った。甚太郎が反射的に飛びすさらなければ、腕を両断されていただろう。

「おのれ、乱心したか」

甚太郎は蒼白《そうはく》になって刀を抜いた。

「千丸どのは今際《いまわ》のきわまで、幽斎どのに手ほどきを受けたいと申しておられた。せめてご自分の手で受け取るのが、礼儀でござろう」

多門は赤く充血した目でにらみ据えたが、幽斎は本堂に立ったまま境内に下りようとはしなかった。

「今は潔斎の最中じゃ。汚《けが》れに触れることは出来ぬ」

「千丸どのを汚れと申されるか」

「人は骸と化せばすべて汚れとなる。歌集は潔斎が明けてから受け取ることにする。部屋に届けておくがよい」

「お待ち下さい」

そう叫んで初老の女が表門から走り込んできた。幽斎の妻麝香である。

「千丸もお市も玉子どのも、細川家のために生命《いのち》を落とされたのですよ。それを汚れとは、あまりに情けない。あなたはそれでもこの子の祖父ですか」

麝香は千丸の遺体を両手で抱き起こし、懐から古今和歌集を取り出した。

「ごらんなされませ。こんなに小さく書き込みをして、こんなに熱心に学ぼうとしていたのではありませんか。この者とて千丸を不憫《ふびん》に思ったゆえに、こうして遺体を運んでくれたのでしょう。受け取ってあげるのが、せめてもの供養とは思われないのですか」

「出陣前の潔斎は当家の仕来たりじゃ。いらぬ口を出すでない」

幽斎はきびしく叱《しか》りつけたが、麝香はひるまなかった。

「ならばこの歌集はわたくしがいただきます。後で見たいと申されても、金輪際取り返しはつきませぬから」

「勝手にせい。甚太郎、他の城の留守役に至急田辺城に集まるように使いを出せ」

「かしこまってござる」

「この城一手にての籠城じゃ。他の城は櫓ひとつ残さず焼き払うように伝えよ」

幽斎はそう命じると足早に潔斎の場へと戻っていった。


その夜、多門は一如院に泊った。湯を使い傷の手当てを受けて横になると、引きずられるように眠りに落ちた。

眠りながらも、頭の中では鉄砲の音と軍勢の喚声が渦を巻いていた。

炎と煙に巻かれた千丸が、助けを求めて名を呼んでいる。多門が駆け寄って抱き上げた瞬間、乾いた銃声がして千丸ががくりとうなだれた。

「千丸どの、しっかりなされよ」

小さな肩をゆすったが、首は力なく前後にゆれるばかりだ――。

うなされて目をさますと、前髪姿の少年が肩をゆすっている。

「千丸どの……」

あわてて上体を起こすと、肩口から背中へと激痛が走り、全身から汗がふき出した。

「夢丸か……。何の用じゃ」

「ご隠居さまがお呼びでございます」

夢丸に案内されるまま、二の丸の曲輪《くるわ》を抜けて三の丸の船着場へと向かった。

ようやく夜が明けたばかりで、あたりは青い空気に包まれている。海には数百羽とおぼしき鷗《かもめ》が、白い羽をひるがえして飛んでいた。

船着場につけられた小早船《こばやぶね》には、細川幽斎が白い水干のまま乗っていた。昨夜は一睡もせずに潔斎をつづけていたらしい。側には白木の小さな棺《ひつぎ》が積み込んであった。

「千丸の野辺送りじゃ。供をいたせ」

「海に流すのでござるか」

「戦が間近ゆえ、荼毘《だび》にふしてやることもできぬ。それに千丸は丹後の海を一度見たいと申しておった。ここから旅立たせてやるのが、せめてもの供養じゃ」

多門と夢丸が乗り込むと、幽斎はなれた手付きで艪《ろ》をあやつって船を出した。

「ご隠居さま、お体に障ります る」

夢丸が替わろうとしたが、幽斎は聞かなかった。

「せめてこれくらいのことはしてやらねば、千丸に済まぬでな」

船は伊佐津川の流れに押し出されて岸を離れ、ゆっくりと沖へ向かっていく。薄明けの海は群青の色である。湾の両側につづく岬も薄青色にそまっている。長身の幽斎の肩をかすめて、時折鷗が飛び去っていく。

「わしのせいじゃ」

幽斎は沖を見やりながら、額に汗を浮かべて艪をこぎつづけた。

「わしの計略のせいで、千丸を死なせてしもうた。最期の様子など、詳しく聞かせてくれ」

「千丸どのは、武士を捨てて歌の道に生きたいと申されました」

多門は千丸が古今和歌集を持ってたびたび部屋を訪ねて来たことを語った。死ぬのが怖くて屋敷を逃れたいのではない。おじいさまのように歌の道を極めてみたい。そう言ったのである。

「今際のきわにも、好きな歌を口にしようとなされたほどでございます」

「何の歌じゃ」

「うつろう花に風ぞ吹きける、でござる」

下の句だけは鮮やかに覚えていた。

「そうか。その歌が好きであったか」

幽斎が千丸の棺に目を落としてつぶやいた。

半里ほど沖に出ると、船を止めて棺のふたを開けた。千丸の遺体には白い帷子《かたびら》が着せられ、頭は僧形に丸められていた。

「その昔、浦島太郎はこの海から龍宮《りゆうぐう》へと旅立っていったという。そなたも西の浄土で生まれ変わるがよい」

そう語りかけながら千丸を抱き起こすと、船縁《ふなべり》に手をかけて海に入った。

夏とはいえ朝の海はひんやりと冷たい。その冷たさも厭《いと》わず、千丸を抱いたまま海の中にただよった。

「わしとてそなたに歌の手ほどきをしてやりたかった。許せ」

幽斎が手を離すと遺体はゆっくりと沈んでいく。

多門は船縁から身を乗り出し、白い帷子が少しずつ海の色にそまり、群青のなかに消えていくまで見送っていた。

夜が明け、あたりがほんのりと明るくなると、部屋に吊《つ》った蚊帳《かや》を抜け出す者がいた。

昨夜からしめし合わせていたのか、三人が足音をしのばせて足軽長屋を抜け出して行く。

（逃げ出すつもりか）

小月春光は横になったまま、遠ざかる足音に聞き耳を立てた。

昨日の夕方、大坂方の大軍が丹後を攻めるという知らせが伝わると、大野《おおの》家の家臣の中にも家を捨てて逃げ出す者がいた。にわかに雇い集められた足軽たちが我先にと退去するのは当然で、今朝まで残っていたのは春光をふくめてわずかに五人である。そのうちの三人が今出て行こうとしていた。

「兄い、突助《つきすけ》の兄い」

隣で寝ていた速太《はやた》が、小声でささやいて春光の肩をゆすった。

「あいつらも逃げるようです。残っているのは、俺《おれ》たちだけですよ」

「そ、そ、それがどうした」

「今のうちに逃げないと、首と胴とが泣き別れになりませんかね」

春光は答えるかわりに速太の口を押さえた。三人は裏門ではなく主殿に向かっている。どうやら逃げ去る前に金目の物を盗み取っていくつもりらしい。

「兄い、俺たちも足止めをくわないうちにずらかりましょうや」

「い、行きたければ、ひ、ひ、一人で行け」

春光は一月前に雇われ足軽として大野家にもぐり込んで以来、吃音《きつおん》をよそおっていた。急に何かを訊《たず》ねられたときにも、話せないふりをして考える時間をかせぐためだ。髪も短く散切《ざんぎり》にし、無精ひげは伸ばし放題で、眉《まゆ》をそり落としている。

眉をそり落とすと鉄砲玉に当たらないという足軽たちのまじないに従ったのだが、そのために表情が一変し、変装をより完璧《かんぺき》なものにしていた。

「そうですか。それなら」

速太はむっとした顔で立ち上がったが、ひと思いに蚊帳を出て行く決心はつかないらしい。二十歳ばかりの小柄な男で、足が速いので速太と呼ばれていた。

春光より二日遅れて大野家に雇われて以来、春光を兄いと呼んで付きまとっている。ほっそりとしたたおやかな顔立ちで、時には衆道《しゆどう》のつながりをつけたそうな濡《ぬ》れた目を向けることがあった。

「いいんですね。本当に行きますから」

速太がゆさぶりをかけるが、春光は床板に耳を当てたまま三人の足音を追っていた。

「曲者《くせもの》じゃ、出会え」

朝の静けさを破って、主殿の中庭からけたたましい叫び声があがった。

春光は蚊帳から飛び出して槍をつかんだ。

「兄い、まさか」

速太が引き止めるのをふり切って春光は中庭に駆け込んだ。

いずれも眉を落とした足軽三人が、青磁の壺《つぼ》や桐《きり》の箱を小脇《こわき》にかかえて縁側に立っている。丸めた掛け軸を懐に突っ込んだ者もいる。庭には大野家の家臣三人が抜刀して行手をはばんでいた。

「おう突助に速太、お前らも来たか」

四十ばかりの大将格の男が落ち着き払って言った。大野家に残っている侍は三人だけである。二人が加われば五対三で自分たちが有利になると踏んでいる。

だが春光は中庭から足軽たちに槍を向けた。

「馬鹿《ばか》な真似《まね》をするんじゃねえ。亡《ほろ》びる家に雇われて死ぬつもりか。分け前はきっちりくれてやるから、槍を引いてこっちに来い」

「兄い、それがいい。そうしましょうや」

速太が息がかかるほどに顔を寄せてささやいた。

「い、い、行きたけりゃ」

一人で行けという風に顎《あご》をしゃくった。速太はくっきりとした一文字の眉を哀しげにひそめた。

「そうかい。それじゃあ仕方がねえな」

大将格の男は壺をわきに置いて刀を抜いた。よほど腕に自信があるらしい。他の二人も両足を踏んばって腰を落とし、厚刃の刀を右肩にかついだ。

「速太、こっちへ来い」

大将格がねじ伏せるように命じたが、速太は二人を交互に見つめて気をもむばかりである。

「静まれ、何をさわいでおるのじゃ」

奥から刀を杖《つえ》にした老人が、左足を引きずりながら現われた。

大野家の隠居の善左衛門《ぜんざえもん》である。嫡男《ちゃくなん》は細川忠興に従って会津に出兵し、次男の弥十郎《やじゅうろう》は峰山城の留守役をしているために、大野家の指揮は善左衛門がとっていた。

「そのような物を盗み出して、そなたらはどうするつもりじゃ」

刀も抜かずに三人に歩み寄った。

「決まっておろう。売りさばいて銭にするのよ」

「今どき壺や掛け軸なんぞを売ってもいくらにもならぬぞ。欲しければ屋敷ごとくれてやるゆえ、刀をおさめよ」

「………」

「我らはこれより田辺城に入り、大坂方を相手にひと戦する。おそらく生きて城を出ることはあるまい。この屋敷に住みつくなり売り払うなり、その方らの勝手にいたすがよい」

三人は毒気を抜かれたように顔を見合わせている。

「突助と速太はどうじゃ。ここに残るか、わしに従うか」

善左衛門が口早に迫った。足軽として雇われた時、槍を得物とする春光に突助という名を与えたのはこの老人である。

「し、し、従います」

春光はそう答えた。大野家にもぐり込んだのも、こうした日が来ることを見越してのことだった。

大野家の屋敷は竹野川《たけの》の上流の奥大野《おくおおの》という所にあった。

田辺城に行くには東に向かい、岩滝《いわたき》まで出て船を用いるのがもっとも早い。だが家臣三人と春光、速太をつれた善左衛門は、竹野川を北に下って峰山城へ向かった。

峰山城には細川幽斎の次男興元《おきもと》の妻や侍女たちがいる。留守役の者たちと合流して、彼女たちを無事に田辺城まで送り届けなければならなかった。

「事は一刻を争う。ひと息に走り抜け」

善左衛門ばかりが馬で、他は全員徒歩だった。

細川家が大坂方の大軍に攻められるという噂《うわさ》は、すでに丹後の津々浦々に広がっていた。四奉行連名の書状を受け取った大名たちは、その日のうちに街道の各所に高札をかかげて丹後討伐の触れを出したからだ。

特に総大将に任じられた丹後福知山城主の小野木縫殿助公郷《ぬいのすけきみさと》は、多くの忍びを丹後に入れて噂をばらまくと同時に、各地の地侍たちに細川家に身方した者は厳罰に処するという廻状《かいじょう》を回した。

丹後の地侍の多くは一色《いっしき》氏ゆかりの者たちで、旧領主を亡ぼした細川家に対して怨みを持っている。善左衛門が峰山城に馳《は》せ向かうのも、興元の妻たちが道中で地侍の襲撃にあうおそれがあったからだった。

川ぞいに半里ほど下った時、下流から二騎の武者を先頭に進んで来る一団があった。黒塗りの駕籠《かご》の左右を着物の裾《すそ》をからげた十人ばかりの女たちが歩き、前後を数人の武士と三十人ばかりの足軽が警固していた。

「おお、弥十郎、奥方さまはご無事か」

善左衛門が先頭の騎馬武者に馬を寄せた。

「乗物におられます。途中不穏の輩《やから》もおりましたが、何ほどのこともございませぬ」

「よしよし。わしが殿《しんがり》を務めるゆえ、後方のことは気にかけず馬を進めよ」

善左衛門は行列をやり過ごして後方の守りについた。春光と速太は汗まみれになって最後列を歩いた。

一行は宮津湾の中海ぞいにある岩滝を目ざした。そこから船で田辺城へ向かうつもりだが、竹野川の上流と岩滝との間にはけわしい山がそびえているために、南に大きく迂回《うかい》しなければならなかった。

道はなだらかだが、左右に迫った山を縫って曲がりくねり、道の両側には夏草が生い茂っている。木々が枝を伸ばして頭上をおおい、蟬《せみ》たちが短い夏を惜しんで声を張り上げていた。

「こいつは涼しくて何よりだ」

頭上を見上げる速太の顔が木もれ陽《び》に照らされている。その鼻先をつぶてがかすめ、音もなく草むらに落ちた。

「敵じゃ。左右の山にひそんでおるぞ」

善左衛門がいち早く異変に気付いた。

林のなかで人影が動き、左右からつぶてが降りそそいだ。にぎり拳《こぶし》ほどの大きさの石が、頭を目がけて飛んで来る。鎧《よろい》をつけた足軽たちが、駕籠の側の女たちを小脇に抱き寄せて楯となった。

　つぶてで動きが取れなくなった一行を狙《ねら》って、前後から十数人の武士が攻めかかってきた。大坂方に通じた地侍たちである。前方に三騎、後方に二騎、甲冑《かっちゅう》姿の武者が指揮を取っていた。

「止まるな。止まれば敵の思うつぼぞ」

　善左衛門の叱咤《しった》に、先頭の弥十郎は猛然と敵中に駆け入った。

　十数人の足軽が槍を構えて後につづく。正面の敵を押し込みながら一町ばかりも進み、つぶての射程から逃れた。

「者ども、つづけ」

　殿《しんがり》をつとめる善左衛門は、刀をふり上げて後方の敵に向かった。接近戦に持ち込めばつぶてを打つことは出来ない。それを見越して遮二無二馬上の敵に挑んでいく。

　春光はいち早く善左衛門の馬の左腰について敵にそなえた。足軽は命令があるまで槍をふるうことは出来ないのである。

「突助、大儀じゃ」

　道が狭いために一対一の勝負になる。善左衛門は三十ばかりも若い相手を、二、三合斬り結んだ後に難なく倒した。

「小山田半兵衛《おやまだはんべえ》を討ち取ったぞ」

前方で叫び声が上がり、弥十郎が槍につらぬいた兜首《かぶとくび》を高々とかかげた。

大将を失った前方の敵は、すでに逃げ散っている。後方の敵も倒れた身方を残したまま逃げて行った。

「とどめを刺してやれ」

重傷をおってうめいている武者を見やって善左衛門が命じた。

ためらっている春光の横を速太がすり抜け、敵をうつ伏せにして背中から首をかき切った。

つぶてで傷をおった二人の女を近くの寺に預け、一行は野田《のだ》川に出て川舟に乗った。十艘《そう》ばかりの舟を連ねて川を下り、岩滝で幽斎が手配した細川水軍の船に乗りかえた。

天の橋立の切れ目を抜けて中海から外海に出ると、南の方に煙が上がるのが見えた。宮津城の留守役たちが城に火を放ったのだ。黒褐色の煙は風のない空に真《ま》っ直《す》ぐにのぼり、次第に幅を広げながら立ち消えていく。

「あれが明日の田辺城の姿かもしれぬ。肝に銘じておくことじゃ」

船縁に立った善左衛門が誰《だれ》にともなく言った。周りを取り巻いた家臣たちが、押し黙ったまま城をながめている。

春光は善左衛門の後ろにいた。田辺城に潜入して幽斎の計略をさぐるように、石田三成から命じられている。明日をも知れぬのは皆と同じだが、困難な仕事に立ち向かう不思議な充実感を感じていた。

第十一章　激戦初日

田辺城本丸の表御殿の庭には、柿《かき》の木と枇杷《びわ》の木が十数本ずつ植えられていた。枇杷の季節はすでにすぎたが、柿はこれからである。艶《つや》やかな深緑色の葉を枝一杯に繁《しげ》らせ、葉の陰に隠すようにして青い実をつけている。まだ盃《さかずき》ばかりの大きさだが、はちきれんばかりの若さをみなぎらせ、これから秋に向かって日一日と太っていく。

手水場《ちょうずば》から出た細川幽斎は、縁側に立ち止って柿の木を見上げた。妻の麝香は部屋に影がさして暗くなるので伐《き》り倒してくれとせがんだが、幽斎は許さなかった。

柿や枇杷の実は籠城《ろうじょう》のさいには貴重な食糧となる。葉も皮も薬として用いることが出来る。

「いつまた戦乱の世が来るか分らぬ。日陰をいとうて命綱をたつような真似《まね》が出来るか」

そう言い聞かせて伐ることを許さなかったのだが、その懸念が現実のものになったのである。

生命の輝きに満ちた若々しい実を見ていると、幽斎は妻を呼びつけて自分の見識の確かさを誇りたい気分になった。

「ご隠居さま」

庭先から夢丸が声をかけた。

「さきほど物見の者が戻りました。福知山城主小野木どのが、大坂からの援軍とともに巳《み》の刻に出陣なされたそうでございます」

「人数は」

「およそ八千でございます」

夢丸は鳥見役の宗家《そうけ》の生まれだけに、弱年ながら十数名の配下を指揮する立場にある。いずれも忍びの技にたけた者たちで、四方に散って敵の動きをさぐっていた。

「出石城主小出どの、綾部城主別所どののも、それぞれ二千ばかりの兵をひきいて出陣なされております」

「領内の様子はどうじゃ」

「お申し付けの通り、留守役の方々は宮津、峰山、久美の城を焼き払い、田辺に向かっておられますが、地侍の中には大坂方に通じて一揆《いっき》をおこす者も少なくありません」

「さもあろう。先の見えぬ輩《やから》ばかりゆえな。多門はいかがいたした」

「一如院にて酒をのんでおられます」

「どれ、あやつを連れて見回りにでも出るか」

幽斎は麻の小袖《こそで》一枚という身軽な姿で表御殿を出た。

二の丸の一如院の庵室《あんしつ》に石堂多門はいた。

昨日千丸の遺体を海に沈めてからずっと酒をのんでいるというので、泥酔しているのかと思ったが、腕を組み柱にもたれかかって目を閉じていた。膝《ひざ》の先には朱色のふくべが転がっている。

「たいがいにせぬと、傷にさわるぞ」

幽斎が声をかけると、多門は頬《ほお》のそげ落ちた顔を向けた。

「酒をのんでいるのではござらん」

「ならば、何をしておる」

「千丸どのと語らっておったのでござる。この先それがしはどうすべきかたずねておりました」

「千丸は何と答えた」

「まだ答えてはいただけませぬ。そこに座って歌集を読んでおられるばかりでござる」

床の間を無精ひげの伸びた顎《あご》でさした。

「さようか。答えが聞けたなら、わしにも知らせてくれ」

幽斎は一如院を出て大手門へと向かった。

城内に人の姿はまばらである。皆外に出て、虎落《もがり》や逆茂木《さかもぎ》を植えたり馬防柵《さく》をめぐらす作業にあたっていた。

「多門どのは大事ないでしょうか」

夢丸がたずねた。

「千丸のことか」

「幻を見ておられるようですが」

「それでよい。人は年老いるごとに死者とともに生きるようになるものじゃ。死者とつながってこそ、己れの生の何たるかが分る」

「はっきりと目に見えるものでしょうか」

「求める心が強ければ見える。そちにはまだ分るまいが、この世は生きておる者ばかりの住処《すみか》ではない。死んだ者とこれから生まれてくる者が、生者のうちに生きておる。今日が昨日と明日をつなぐ橋であるようにな」

人はそうした連続性の中に生かされていると意識してこそ、自己を正しく処することが出来る。もし己れ一代かぎりとしか考えなくなったなら、どのような罪悪でも平然と犯すようになるであろう。

そう語る幽斎の脳裡《のうり》を、織田信長の姿がちらりとよぎった。本能寺の変以来、幽斎はちょうど今の多門のように信長の幻を眼前に見ることがあった。

大手門の二層の櫓《やぐら》からは、大手口の様子を眼下に見渡すことが出来た。

京街道へつづく道の両側に広がっていた杉林はすべて伐り倒され、幹は馬防柵として、枝葉を残した先端は逆茂木として用いられている。その上地上から三尺ばかりの高さに残した伐り株を柱として、一面に虎落を植えていた。

虎落とは竹の尖《とが》ったものを、槍《やり》のように地面に植えたものだ。地面に突きさすだけでは弱いので、杭《くい》を打って横木を結び、竹を横木に固定するのである。

大手口から攻め寄せて来る敵は、虎落、逆茂木を突破しなければ城に近付けない。その間に馬防柵の内側から鉄砲を撃ちかけて撃退する構えである。

だが大手門から真《ま》っ直《す》ぐに延びる道だけは、出撃のためにそのまま開けてある。両側であわただしく働く城兵たちを尻目《しりめ》に、三百人ばかりの男たちが列を作って並んでいた。

幽斎は田辺城に籠城と決すると同時に、丹後の村々に廻状《かいじょう》を回し、立身出世を望む者は身分にかかわらず取り立てるので城に集まるようにと呼びかけていた。

列を作っているのは、これに応じた者たちである。

「捨てる神あれば拾う神ありじゃ」

格子窓からのぞきながら、幽斎は満足気につぶやいた。細川家を見限って逐電した家臣もいるが、こうして危難をかえりみずに来てくれる者もいるのだ。

「ご隠居さまの徳を慕ってのことでございましょう」

夢丸の言葉は決して追従《ついしょう》ではない。立身出世や恩賞だけが目当てなら、一万数千の大軍に攻められる城に奉公しようとするはずがなかった。

「有難いことじゃ。この志をあだやおろそかにしてはなるまい。召し抱えるには到《いた》らなかった者にも、手厚く褒美《ほうび》を与えて返すようにせよ」

集まったのは百姓や町人、流浪の牢人《ろうにん》などである。その中には戦の役に立たない者も多い。また敵方の間者《かんじゃ》がまぎれ込んでいるおそれもある。そのために城外の馬場に家臣を出して、武芸の腕と身元を確かめさせていた。

中には鉄砲の扱いになれている者もいるらしく、時折馬場で試し撃ちの音があがる。立射と伏射を二度ずつやらせ、射撃の腕と弾込《たまご》めの速さを確かめている。見るともなしに見ていると、大手の道を二十人ばかりの僧たちが弓を手にし、鎧櫃《よろいびつ》をかついでやって来た。

先頭の初老の僧は、「不動如山」と大書した幟《のぼり》をかかげている。

「瑞光寺《ずいこうじ》、明哲《めいてつ》和尚どの」

門番が着到を告げる声を張り上げる前に、幽斎は櫓を下りて出迎えた。

「和尚、よう来て下された」

「当家とは因縁浅からぬ間柄ゆえ、微力ながらお身方申す。景気づけにこのような物をこしらえて参りました」

明哲が不動如山の幟をかかげた。瑞光寺の山号は不動山という。

「これこそ籠城の極意でござる。城中の士気も大いに上がることでござろう」

「おっつけ桂林寺《けいりんじ》の方々も参られるはずでござる。いずこなりと持場を与えて下され」

日頃《ひごろ》寺の防衛のために腕を鍛えている僧兵たちは、武士に劣らぬ働きをする。思わぬ援軍に意を強くしていると、麝香の使者が峰山城から興元の妻が到着したと告げた。大野善左衛門、弥十郎父子《おやこ》をはじめとして、総勢四十人ばかりが警固しているという。

「分った。じきに参ると伝えい」

　忠興の妻を死なせただけに、幽斎は興元の妻の無事に心から安堵《あんど》していた。

　峰山城につづいて宮津城の留守役たちも妻子を同道して入城し、田辺城の士気は大いに盛り上がった。

　都からの使者が八条宮智仁親王の書状をとどけたのは、幽斎が一行との対面を終えて居間にもどった直後だった。

「大坂方の軍勢が田辺城を攻めると聞き、大変心配をしている。古今伝授の講釈も中断したままであり、幽斎どのに万一のことがあれば、歌道の正統が絶えてしまうことになると、帝《みかど》もご憂慮なされている。朝廷でも大坂方に対してしかるべき働きかけをするので、何とか和睦《わぼく》の道をさぐっていただきたい」

　智仁親王はそう記していた。

　使者の口上では、すでに親王が西洞院時慶《にしのとういんときよし》や中院通勝《なかのいんみちかつ》、日野大納言輝資らと連絡をとって、和睦の方策をさぐるべく話し合いを重ねているという。

「ご存念をうかがい、返書を受け取って参るようにとのお申し付けでございます」

　都からの道を駆け通した使者の顔は、汗とほこりで黒々と汚れている。それでもすぐに都にとって返そうとしているところに、朝廷の周章狼狽《ろうばい》ぶりがうかがえた。

「承知いたした。ただいま返書をしたためますゆえ、湯にでもつかってくつろいでおられるがよい」

使者を湯殿に案内させると、幽斎はさっそく筆を取った。

文面は以下の通りである。

「ご飛脚を差し下され、かたじけなく存じ候《そうろう》。大坂執々《とりどり》申し候。当国の者残らず出陣し候。我ら一人あい残り在国つかまつり候。ご人数まかり向い候わば、秀頼さまに対し奉《たてまつ》り、疎略《そりやく》に存ぜずといえども、是非に及ばざる次第に候。籠城まかり成り候わば、古今相伝の箱、進上いたすべく候間、徳善院《とくぜんいん》に理《ことわ》り仰《おお》せられて、お使い一人送り下さるべく候。あい渡し申すべく候。存生の念望外にこれなく候。これらの通りご取成しをもってご披露にあずかるべく候。恐々謹言」

当国の者はすべて出陣し、我らだけ国に残っている。大坂方が攻めて来たなら、秀頼に対して敵意はないが戦わざるを得ない。籠城戦となった場合には、古今相伝の箱を渡したいので、徳善院（前田玄以《まえだげんい》）に事情を話して使者を送ってもらいたい。もはや今生の望みはこのことだけだ。そんな意味である。

あて名は智仁親王の侍臣中大路長介で、親王にこの旨を伝えてくれるように依頼したものだ。

幽斎がわざわざ「徳善院に理り仰せられて」と記したのは、徳善院の許可を得た使者なら城を包囲した軍勢の中を通過できるという配慮からだけではない。五奉行の一人である徳善院を和睦交渉に引きずり込むことで、大坂方の攻撃を封じ込めようという狙《ねら》いがあった。

幽斎とて一万数千の軍勢の攻撃にさらされたなら、田辺城では十日も支えきれないことは承知している。それゆえ古今伝授を武器にして朝廷を動かし、徳善院をも巻き込んで、大坂方が手を出せない状況を作りあげようとしたのだ。

智仁親王の使者が来るまでには、おそらく五日から六日はかかる。その間城を守り通せるかどうかに、計略の成否はかかっていた。

翌七月二十日になると、大坂方の軍勢は丹波と丹後の国境をこえ、山の尾根伝いに迫ってきた。その知らせは鳥見役の者たちから、田辺城に刻々ともたらされた。道の険しさから考えれば、本格的な戦が始まるのは明日の昼頃である。

そう判断した幽斎は、重臣と家臣たちを本丸の表御殿に集めて出陣式を行った。

幽斎は白ねりの下着に緋《ひ》おどしの鎧をつけ、家重代の太刀《たち》をはいて床几《しょうぎ》に腰を下ろした。鎧を着た重臣たちが、左右に分れて居並んでいる。広々とした庭には、組頭《くみがしら》以上の家臣たちが控えていた。

「このたびの天下の成り行きについては、今さら申すまでもあるまい。当家は家康公にお身方と決し、越中守以下三千の兵が関東におもむいておる」

幽斎は重臣たちの顔を見渡しながら語りかけた。

「大坂方は留守の人数の少なさにつけ入って当家を亡《ほろ》ぼさんと、小野木縫殿助を大将として一万五千の兵をもって攻め寄せてきた。これはいかに細川家の力を石田治部らが恐れているかの証《あかし》じゃ。天下に勇名をとどろかし、歴史にその名を刻むまたとない好機である。たとえ天運尽きて敗れるようなことがあっても、この幽斎玄旨においては、敵に降を乞《こ》うことは絶対にいたさぬ。老い先短い命を、この城を枕《まくら》に散らす覚悟ゆえ、その方らも身命をなげうち、最後までわしの采配《さいはい》に従ってもらいたい」

家臣たちは固く唇を引きしめて黙り込んでいる。田辺城に入った時から、討ち死にの覚悟を定めた者たちばかりだった。

やがて水干《すいかん》姿の童が、盃と肴《さかな》をのせた高坏《たかつき》を幽斎の前に運んだ。肴は打鮑《うちあわび》に勝栗《かちぐり》、昆布の三品。敵に打ち勝ってよろこぶという組み合わせである。

幽斎が盃を取ると、童が長柄杓《ながびしやく》で三度に分けて酌をした。

祝言と同じく三々九度の盃をした後、家臣たちに盃を流す。生死をともにする誓いの盃だけに、全員の盃事がすむまで誰《だれ》もが厳粛な顔で押し黙っている。

「それでは、これより各人の持場を記した書き付けを配る。陣中の法度《はっと》はただひとつ。いかなる時にもわしの下知に従うことじゃ。者ども、承知か」

「おう」

家臣たちが声を揃《そろ》えて応じた。

幽斎は金の鍬形《くわがた》を打った星兜《ほしかぶと》をかぶると、重籐《しげとう》の弓を杖《つえ》にして立ち上がり、左足で力足を踏んだ。次に右足、左足と交互に踏み、右手で軍扇をはらりと開くと、

「えいえい」

腹の底から声を張り上げた。

「おう」

と家臣たちが両足を踏ん張って応じた。

主従呼応した鯨波《とき》の声をくり返すたびに、皆の心がひとつになっていく。生死をかえりみずに戦うのだという決意に、あたりの空気までが熱をおびていく。

その声に呼び寄せられたように、黒皮おどしの鎧をまとった石堂多門がふらりと現われた。

家臣たちは大坂屋敷での多門の働きを聞き知っているらしく、ためらうことなく道

を開けた。

「どうやら千丸が答えてくれたようじゃな」

幽斎は引き締まった迷いのない表情を見てそう察した。

「答えていただきました」

多門は片膝立ちになって庭先に控えた。

「何と申した」

「この国の心のために、おじいさまを助けてくれと」

「千丸は……、そう言ってくれたか」

「それゆえ、こうしてまかり越した次第でござる。いずれの組になりと加えていただき、千丸どのや奥方さまの弔い合戦をいたしとう存じます」

「よくぞ申した。では、その方には」

幽斎は居並んだ重臣たちを見渡した。

「北村甚太郎のもとで働いてもらう。甚太郎、異存はあるまいな」

「ございませぬ」

甚太郎が短く答えて、細い目でちらりと多門を見やった。

田辺城は北側は海に面し、東西に伊佐津川と高野川が流れている。南は平地で敵の攻撃にさらされやすいが、幅一町ばかりにわたって虎落、逆茂木を植え、馬防柵を構えていた。

城内には北から三の丸、二の丸を配し、二の丸の内側に本丸と天守閣があった。

三の丸には侍屋敷と米蔵が並び、周囲は土塁と竹藪《たけやぶ》におおわれている。竹藪は防風と美観を保つためのものだが、戦時には伐り倒して鉄砲玉よけの竹束を作る。また春先に生えるたけのこは、貴重な食糧ともなる。

二の丸の周囲はすべて鉄砲狭間《はざま》をあけた多聞《たもん》櫓を巡らし、要所には二層の隅櫓を配している。籠城と決ってからは、宿所とするための小屋が櫓の壁にそって建てられていた。

小屋の板屋根や壁は、火矢を防ぐために泥で塗り固められている。いつもと変わらないのは、本丸ばかりだった。

幽斎は南の大手口に三百八十人、西の搦手《からめて》口に三百三十人の兵を配した。また鉄砲足軽百五十人を遊兵とし、敵の攻撃に自在に対応できるようにした。

城下町は搦手口の外に広がっていた。城と高野川の間の狭い土地に、職人や商人、船頭たちが住んでいる。川には長さ三十間《けん》（約五十四メートル）の大橋がかかっていた。戦となったときには、敵がこの橋から城下に攻め入ることは目に見えている。それを防ぐために橋のたもとには高さ四尺、長さ一町ばかりの石垣が積み上げてあった。橋を渡ってくる敵に石垣の陰から鉄砲を撃ちかけるためで、言わば田辺城の出丸である。

北村甚太郎と多門らが配されたのは、このもっとも危険な場所だった。

七月二十一日の夜明けとともに、北村甚太郎は組下の武士四人、足軽五十数人をひきいて愛宕山の山頂へと移動した。

城の西にそびえる高さ七十丈（約二百十メートル）ばかりの山で、周囲が一望できる。西方から迫る敵に山上から奇襲をかけて痛撃を加えようという計略である。

得物は全員鉄砲である。白兵戦になれば身方の消耗が大きくなるためだ。甚太郎は砲術師範稲富伊賀守の高弟で、配下の足軽たちも鉄砲の扱いには習熟していた。

「鉄砲よりは太刀のほうが性に合っておられるようでござるな」

山頂の見張り小屋に着くと、甚太郎が石堂多門に声をかけた。鉄砲の持ち方を見ただけで腕のほどが分るらしい。

「鉄砲玉には顔がござらぬでな」

甚太郎が千丸を射殺した稲富伊賀守の弟子と知って以来、多門はかすかな反感を覚えていた。

「弾にはなくとも、弾筋には顔がござる」

甚太郎はむっとしたらしく、そう吐き捨てて側《そば》をはなれた。

見張り小屋からは四方の眺望がきく。舞鶴湾も眼下に広がっている。多門は尾根をわたる風に吹かれながら、千丸を沈めたあたりをぼんやりとながめた。

一如院の庵室で多門は確かに千丸の姿を見、声を聞いた。

「この国に生きたすべての者の心のために、おじいさまを助けてほしい」

そう頼まれたとたん、身命をなげうって幽斎のために働こうと決意したのである。

千丸はいつか歌に込められた人の心は、時を越えて生きていると言った。その歌を守るために戦うことは、この世に思いを残して死んだすべての人々のために戦うことと同じだ。漠然とそう感じていた。

「来ました。敵の幟が見えましたぞ」

物見櫓に昇った兵が西の方を指した。

尾根の道を真壁《まかべ》峠に向かって進む敵の幟が、雑木林の間にはためいていた。

「先陣はどこの者じゃ」

北村甚太郎がたずねた。

「石川備後守《いしかわびんごのかみ》さま、谷出羽守《たにでわのかみ》さま、川勝右兵衛《かわかつうひょうえ》さまでございます」

遠目が利く物見の兵は、幟の文様からそう読み取った。いずれも丹波の二万石程度の小領主である。

「ふん、へっぴり腰の備後どのか」

甚太郎は顔見知りらしく、初手から呑《の》んでかかっている。

敵は真壁峠から東へと下って平野に姿を現わした。総勢一千ばかりで、先頭を鉄砲足軽が二列になって進んでいる。

まわりの田畑の作物は、敵の兵糧《ひょうろう》となることをさけるために根こそぎ抜き去ってある。稲もすべて刈り取って田辺城に運び込んでいる。領民も家財を持って村を捨て、身寄りを頼って逃げ散っていた。

大坂方の軍勢は沿道の村々を焼き払いながら北へと向かい、福井川ぞいの集落へ入った。

川ぞいの道は愛宕山の山裾《やますそ》を通って田辺城の城下町へつづいている。ここでいったん兵を休ませ、陣形を組み直して城下に迫るつもりらしい。

「あやつら、のんびりと弁当でも使っておろう。そろそろ出迎えてやろうぞ」

甚太郎が脇《わき》に置いた星兜をかぶって、下山を命じた。

五十数人の兵を二手に分けた。一隊は山の中腹に伏せ、もう一隊は田辺城に通じる街道で敵を迎え撃つ手筈《てはず》である。

多門は甚太郎らとともに街道の守りについた。山の斜面と海にはさまれてのど首のように狭まった所で、道幅はわずか三尺ばかりしかなかった。

いかなる大軍といえども、この道は一人ずつしか通れない。しかも海岸は岩場になっていて、楯《たて》にするのに恰好《かっこう》の岩がごろごろしている。

林の中にひそんで敵の斥候が引き上げるのを確かめると、多門らは海岸に出て岩の陰に身を伏せた。

「多門どの、弾筋に顔があることをお目にかけ申そう」

甚太郎はわざわざ多門の横に陣取った。

半町ほど先で岩場が途切れ、砂浜がつづいている。石英質の白い砂が、真夏の太陽をあびてきらめいている。波が静かに打ち寄せ、白いしぶきをあげて引いていく。

一幅の絵のごとき穏やかな景色の中に、やがて大坂方の軍勢が姿を現わした。先頭は二百人ばかりの鉄砲足軽である。

火縄に火をつけて発砲できる構えをとり、弾よけの竹束を用意している。一千の軍勢が蟻《あり》の行列のように長々と延びて海ぞいの道を進んで来る。

先頭が岩場にさしかかった時、愛宕山の中腹から銃声が上がり、大将格の騎馬武者めがけて銃弾がふりそそいだ。

真新しい赤糸おどしの鎧を着た武者は、なぎ払われたように海側に倒れた。

だがこれは銃撃をあびて反射的にとった防御の動きだった。馬の陰に倒れることで、次の銃弾をふせいだのだ。

鎧武者は数発をあびながらも立ち上がって指揮をとった。楯とされた葦毛《あしげ》の馬の丸くふくらんだ横腹を、三発の弾が貫通した。馬は高くいななないて棹立《さおだ》ちになり、そのまま横倒しになった。

足軽たちが武者の周りに竹束の楯を築き、竹束に開けた鉄砲狭間から山の中腹の伏兵に向かって鉄砲を撃ちかけた。

先頭を進んでいた鉄砲足軽たちは後方の異変に色めき立ち、あわてて応援にかけつけようとした。敵は無勢との油断があるためか、正面への備えを完全に忘れている。

「今じゃ。放て」

甚太郎の号令一下、三十数挺《ちょう》の火縄銃が火を噴いた。

熱くやけた鉛の弾が、足軽たちの軽便な鎧をつらぬいて横腹や背中に突きささる。

たちまち十数人が苦悶《くもん》の声をあげて地に倒れた。

相手が竹束を正面に向け直す隙《すき》を与えず、二発目が襲う。稲富流砲術をたたき込まれた者たちは、手品のごとき速さで弾込めを終え、終えたとたんに引き金を引いた。

中でも甚太郎の技は際立っていた。

敵に迎撃の態勢ができていないと見ると、岩陰から出て立射した。従者が弾込めを終えた銃を手渡すと、受け取りざまに無雑作に放つ。五発たてつづけに撃ち、いずれも敵の額を撃ち抜いた。

多門はその間二発撃ち、二度とも急所をそらした。

敵はようやく竹束を並べて楯としたが、海ぞいの狭い道では横に散開して多勢の利を生かすことが出来ない。その不利をさとったのか、身方の死傷者を残したまま、砂浜の広がる後方へと退却していった。

甚太郎はこの隙に撤退する作戦を立てていたが、合流するはずの伏兵たちが、敵の圧倒的な銃撃をあびて、楯とした土塁の陰から出られなくなっていた。

このまま持ち弾を撃ちつくせば、全滅するおそれがある。それを避けるためには、正面から攻めつづけて敵を二分しておかなければならなかった。

「無駄弾を放つでないぞ。残りの早合《はやごう》を命の楯と思え」

甚太郎は思わぬ手ちがいにいささかうろたえている。景気よく弾を放っていた配下たちも急に慎重になった。

多門は胴乱の中の早合を数えてみた。残り八発である。三十数人が同じ数だけ持っていたとしても、そしてそれが運よく全部命中したとしても、倒せるのは敵の四分の一ばかりである。

相手が力攻めに攻めてきたなら、弾を撃ち尽くして斬《き》り込むしか道はなかった。

「北村さま、多門どの」

小具足《ぐそく》姿の夢丸が駆けつけた。袖には幽斎の使番《つかいばん》であることを示す赤い袖印をつけている。

「急ぎ城中に退《ひ》くようにとのお申し付けでございます」

「退きたいのは山々だが」

甚太郎が銃声にさえぎられまいと大声を張り上げた。

「我らが退けば、山中の者たちが危ない。奴《やつ》らを福井《ふくい》の村まで追いもどさねば退くことはできぬ」

この剛直な男は、二十倍の敵を追い払うつもりでいる。

「もうじき援軍が参ります。敵がそちらに手間取っている隙に、山中の方々も退却なされましょう」

「無用じゃ。こんな所に援軍が来ても、たいした働きはできぬ」

甚太郎の頭上を数発の銃弾がかすめた。金の鍬形が恰好の目印になるらしい。敵は仲間五人の額を撃ち抜いた男をたおそうと、躍起になって撃ちかけてくる。甚太郎はわずかな間隙《かんげき》をぬって岩陰から身を乗り出し、六人目の額に鉛弾を撃ち込んだ。

「見ての通りじゃ。今退けばかえって敵の餌食《えじき》となる」

岩場から城までの間には、身を隠すものは何もない。敵の銃撃をあびながら撤退することは不可能だった。

「援軍はあちらでございます」

夢丸が海を指した。

細川水軍の旗艦天明丸が、白い帆を一杯に張ってするすると福井の浜に近付いてきた。船には三十人ばかりの将兵が乗り、船縁《ふなべり》には二門の大筒《おおづつ》がすえられていた。

天明丸は五町ばかり沖あいで錨《いかり》を下ろすと、砂浜に散開した敵に向かって五百匁《もんめ》弾を撃ち込んだ。砂がはじけ飛び、三人が即死した。二発目は後方の小荷駄《こにだ》隊をおそい、荷をつんだ馬の背中を打ちくだいた。

馬は臆病《おくびょう》な生き物である。驚きのあまり狂乱にかられ、数十頭の馬が身方をひづめにかけて暴走をはじめた。

大坂方は砂浜から鉄砲で応戦するが、弾は船までは届かない。天明丸の細川勢は悠然と大筒に弾をこめ、三発目と四発目を放った。

「あれは坂井《さかい》半助《はんすけ》じゃな」

甚太郎は身方の狙いの確かさをほれぼれとながめた。坂井半助も稲富伊賀守の門弟で、大筒撃ちの名人と称された男だった。

海上からの艦砲射撃に、敵はたまらず退却をはじめた。殿《しんがり》の兵が竹束を立て、追撃にそなえながら福井の村まで引き下がっていく。

「深追いをするな。退け」

甚太郎の命令で撤退をはじめた時、ふいに銃声があがり、夢丸が脇腹を押さえて地に伏せた。瀕死《ひんし》の重傷をおって置き去りにされた兵が、執念の一発を放ったのである。

「夢丸」

多門は駆け寄って抱き起こした。

「大事ございません。かすり傷でございます」

夢丸は気丈にも立ち上がろうとする。右の脇腹をおさえた指から血がにじみ出ていた。

「無理をするな。わしが見てやる」

嫌がる夢丸を押さえつけ、黒小袖の襟の合わせを開いた。胸には白いさらしをきつく巻いている。左の脇の下が、赤く血にそまっていた。

「本当に、大事ございませぬゆえ」

顔をそむけて手をふりほどこうとしたが、多門は鎧通しを抜いてさらしを両断した。すき通るような白い肌と、小ぶりの乳房が現われた。薄桃色の乳頭のわずかに上を銃弾がかすめ、血が流れ出している。

「夢丸、お前は……」

多門は息を呑んだ。やわらかい乳房は、まぎれもなく女のものだった。

同じ頃、田辺城の大手口には小出大和守吉政《やまとのかみよしまさ》、山崎左馬允家盛《やまざきさまのじょういえもり》、斎村左兵衛尉広秀《さいむらさひょうえのじょうひろひで》の軍勢がおし寄せていた。

小出大和守は但馬出石城主で六万石。豊臣秀吉の従弟《いとこ》にあたり、父秀政《ひでまさ》は秀吉の死後秀頼の補佐役に任じられたほどだが、所領は父子合わせても十万石に満たなかった。

山崎家盛は摂津三田《さんだ》城主で二万三千石。父片家《かたいえ》は信長、秀吉とつかえて名を馳《は》せた猛将である。

斎村広秀は但馬竹田《たけだ》城主で二万二千石。父は赤松政秀《あかまつまさひで》で、南北朝時代の英雄赤松円《えん》心《しん》の末孫にあたる。

三家合わせて千五百ばかりの軍勢は、城から一里ほどはなれた九文明《くぶんめい》という村に陣を敷き、騎馬武者五十騎ばかりで大手口に迫った。

だが、これは福井の浜から攻め込む身方から城兵の目をそらすための陽動作戦らしく、色鮮やかな母衣《ほろ》を背負った騎馬武者たちが、虎落《もがり》の外を左右に駆け回って気勢をあげるばかりだった。

「目ざわりじゃ。追い払え」

大手門の櫓に陣取った細川幽斎が下知した。

馬防柵の内側にいた者たちが鉄砲を撃ちかけたが、敵は射程の外にいる。鉛弾が当たっても、小石を投げつけたほどの威力しかなかった。

小月春光も馬防柵の側にいた。

持筒《もちづつ》という鉄砲運びの役目で、鉄砲足軽よりはひとつ位が落ちる。鉄砲の修練はつんでいたが、密偵としての仕事を果たすためには、後方の安全な場所にいる必要があった。

「突助、速太」

大野善左衛門が馬上から声をかけた。鞍《くら》の皮袋に馬上筒を突っ込んでいる。

「これより身方が大手口から攻めかかる。ついて参れ」

善左衛門は外濠《そとぼり》ぞいの道を東に向かい、伊佐津川の土手に出た。従うのは侍五人と足軽二十人ばかりである。全員が河原《かわら》に下り、土手の陰に身を隠しながら敵の側面に回り込んだ。

大手口から五町ばかり南に孟宗竹《もうそうちく》の林がある。その陰に鉄砲を構えた伏兵がいた。

「さすがは大殿よ。何もかもお見通しじゃ」

善左衛門が配下に銃撃の構えを取って待機するように命じた。

やがて大手口から銃声があがった。虎落の間に開けた道に五十人ばかりの足軽が駆け出し、騎馬武者たちに鉄砲を撃ちかけながら迫っていく。

華やかな母衣を背負った武者たちは、さしたる抵抗もせずに退却した。鮮やかな手綱さばきで京街道を南に向かっていく。

勝ちに乗って追撃してくる細川勢を、京街道ぞいの民家や竹藪に兵を伏せて討ち取ろうとしたのだ。吊《つ》り野伏《のぶし》と呼ばれる戦法である。

だが老練な幽斎は早々と敵の手の内を見破り、家臣に必要な指示を与えていた。

騎馬武者を追撃してきた兵たちは、伏兵の二町ほど手前でぴたりと足を止め、物陰に散らばって銃撃戦の態勢に入った。

後方からは馬に引かせた二両の車竹束が、車輪の音をたてて進んでくる。竹束を横に並べて作った楯を、荷車の前面に立てたものだ。車に乗って敵を銃撃できるように、竹束には鉄砲狭間をあけてあった。

一両の車竹束は、敵の主力がひそんでいる竹藪に向かっていく。はやり立った敵が火ぶたを切り、耳をつんざくばかりの銃撃戦が始まった。

車竹束には七、八人の兵が乗り込み、鉄砲狭間から狙いすまして撃ちかける。大坂方の者たちも撃ち返すが、弾はすべて竹束にはね返された。

細川勢は車竹束を使っての射撃訓練を充分につんでいるらしく、竹藪にひそんだ者たちを狙い撃ちに倒していく。敵は何度か竹束の側面にまわり込もうとしたが、車の左右に散開していた兵たちの餌食になるばかりだった。

正面からの撃ち合いがつづく間に、大野善左衛門は竹藪の敵の横手一町ばかりの所まで兵を進めた。そこにはちょうど田の段差があり、高さ三尺ばかりの石垣がつづいている。

十数人の射手たちは石垣を楯とし、片膝立ちになって鉄砲を撃ちかけた。思いもかけぬ場所から攻められて、五十人ばかりの伏兵は恐慌をきたした。横には一面の田が広がっているばかりで、身を隠す場所とてない。

「弾を惜しむな。撃て撃て」

善左衛門は砲術にも長《た》けていた。春光が弾込めした鉄砲を渡すと、肘《ひじ》を張ったぶれのない構えで軽く引き金を引く。そのたびに敵が倒れ伏した。

「突助、そなた砲術の心得があろう」

春光の手なれた弾込めを見て気付いたらしい。

「い、いえ。無調法でございます」

「遠慮はいらぬぞ。ここに来て放ってみよ」

「と、とんでもない。弾が、も、もったいのうございます」

春光は鉄砲の筒先に早合をすえ、槊杖《かるか》で弾と火薬を突き落とした。三発も撃つと銃身が焼けて素手では触れないほど熱い。弾込めもよほど慣れていなければ出来るものではなかった。

竹藪にひそんでいた敵は正面と側面から攻められ、京街道ぞいの民家へと逃げ去っていった。そこでも正面からの猛攻を支えかね、民家を楯にしながら九文明にある本陣まで撤退していく。後には二十数人の屍《しかばね》が残されていた。

大手門の櫓で撤退を知らせる太鼓が打ち鳴らされると、細川勢は車竹束を殿《しんがり》のそなえに当てて意気揚々と引き上げた。

ところが善左衛門は下知に従おうとはしない。直臣三人と春光、速太だけを残すと、敵の本陣に夜討ちをかけると言った。

「敵は長の行軍に疲れ、今の敗け戦に気がくじけておる。夜討ちはこういう夜にかけるものじゃ。突助、速太、敵の屍から陣笠《じんがさ》をはぎ取って参れ」

六人は小出家の蛇の目の合印の入った陣笠をかぶり、偵察隊になりすまして伊佐津川の河原を上流へ向かった。

三十町ばかりさかのぼり、九文明の敵陣の直近まで迫ると、敵の目がないことを確かめて河原の船小屋に入った。

川船を入れるための細長い小屋に入ると、鎧を脱ぎ、火薬くさい手で握り飯を食い、板壁によりかかって仮眠をとった。

武士たる者、戦場に出たならどんな状況下でも素早く眠り、異変があれば瞬時に目をさまさなければならない。善左衛門らの体はそのこつを覚えているらしいが、春光と速太はどうにも眠ることができなかった。

「兄い、これだけの人数で夜討ちとは、どういうつもりですかね」

速太が春光にすり寄ってささやきかけた。

「さあな」

「まさか、斬り込みをかけるんじゃないでしょうね」

「な、何んであろうと、お指図に従やいいんだ」

「どうしてです。どうして突助の兄いは、こんな危ない橋を渡る気になったんですか」

「お、お前こそ、どうしてだ」

「俺は兄いの側にいたかったから」

速太が春光の股《もも》をさすって肩にもたれかかった。

腕組みをして眠っていた善左衛門が、片眼《かため》だけを開けて二人をにらんだ。春光は速太の肩を押しやり、早く眠るように目で伝えた。

小屋の中には善左衛門の馬も繋《つな》いであった。主人と同じくらいに老いの目立つ栗毛の馬は、壁ぎわに生えた夏草を所在なげにむしり取って食べていたが、やがて尻尾《しっぽ》をわずかに持ち上げて放尿をした。

意外なことに雌馬である。縦に大きく割れた陰門から、尿が滝のごとくほとばしり、飛び散ったしぶきが春光の足にかかった。

匂《にお》いもあたりにたちこめたが、さして気にならない。火薬や血の匂いより、はるかに心安まる匂いだった。

春光に与えられた任務は、田辺城に入って細川幽斎の企てをつきとめ、秀吉の密書を奪い取ることだが、これは至難の業だった。

何とか雇われ足軽として田辺城にもぐり込んだものの、へたな動きをすれば正体を見破られる。たとえ何かをつかんだとしても、三成に知らせる術《すべ》はない。ましてどこにあるかさえ分らない密書を奪い取るのは、不可能に近かった。

それでも春光は、この仕事に大きなやり甲斐《がい》を感じていた。どうやら密偵が性に合うらしい。たった一人で困難に立ち向かうことや、周りのすべてをあざむき通すことにひそかな歓《よろこ》びさえ覚えていた。

物心ついた頃から双子の兄宗光に劣ると言われつづけてきただけに、人前では常に自分を殺して兄のように振舞おうとしてきた。そうした演技をくり返すうちに、知らぬ間に宗光と自分との二役を演じ分ける習性が身についていたのだ。

それがこれほど大きな武器となることを、春光は密偵となって初めて実感していたのだった。

六人は夜半に目を覚まし、板壁の間から差し込む月明りを頼りに鎧をつけた。

「これから敵陣に迫り、これを打ち込む」

大野善左衛門が火薬をつめた細長い筒を取り出した。これを矢の先端に結びつけ、火矢として用いるのである。

「敵が火事にあわてる所に鉄砲を撃ちかける。あわよくば大将首のひとつも取れるかもしれぬ」

敵は九文明の村を占領し、民家を没収して宿所としていたが、そこに寝泊りできるのは身分の高い者ばかりである。焼きたてた家から飛び出して来る者に狙いを絞れば、敵将の何人かを倒すことが出来る。

「と、殿さま、そ、その役は俺《おれ》たちに」

春光は火矢を射かけるより、敵陣に忍び込んで火薬筒を仕かけるべきだと進言した。その方が確実であり、敵にこちらの居場所を悟られるおそれもない。

「確かにそうじゃが、その方らに出来るか」

「や、やってみます」

「よくぞ申した。抜かりなくやりとげれば、恩賞をつかわすぞ」

善左衛門が十数本の火薬筒を渡して二人を送り出した。

春光と速太は土手をはい上がって敵陣の様子をうかがった。四、五町ばかり先に、九文明の集落が広がっている。その周りにかがり火が列をなして灯《とも》されている。着陣したばかりで、周りに柵も結ってはいない。

「兄い、何でわざわざ危ない目に遭わにゃあならないんです」

速太がぼやいた。

「い、嫌なら、こ、ここに残れ」

春光は小出家の陣笠をかぶると、かがり火に向かって真っ直ぐに歩いた。速太も仕方なく後をついて来る。

かがり火の側では、山崎家の足軽五人が警固に当たっていた。だが陣笠の印を見ると偵察に出た者と思ったらしく、身元も確かめずに中に入れた。

二人は田の間の細い道を歩いて京街道に出た。月明りで白く見える道の両側には、家が建ち並んでいる。粗末な家には下級の武士たちが、立派な家になるほど上級の武士が占拠して宿所としている。

小出大和守、山崎左馬允、斎村左兵衛尉は、それぞれに土豪の屋敷とおぼしき家に本陣を定めていた。門前には不寝番《ねずばん》の兵がいるので、一目で誰の陣屋か分る。さすがに警戒は厳しく、中に入ることは容易ではない。

春光はひと通り様子をさぐると、上級の武士たちの宿所に狙いを定めた。

胴丸の下に隠し持った火薬筒を取り出すと、導火線に火をつけて次々に床下にほうり込んだ。一軒の床下に三本ずつ。風上に回って投げ入れる。

二人が何食わぬ顔で敵陣を脱出した時、背後で次々と爆発音が上がり、四軒の家から火が噴き上げた。火は風にあおられてまたたく間に燃え広がっていく。あわてふためく敵陣に善左衛門らが撃ちかける鉄砲の音が、闇《やみ》の中でまばらに聞こえた。

第十二章　古今伝授

明け方から天をおおった雲は、昼過ぎになっても晴れなかった。曇天というほどでもない。かすみのような薄い雲が一面にかかり、輪郭のぼやけた太陽がにぶく照りつけている。

湿気が多く、じっとしていても汗がにじんでくるほど暑い。

佐和山城の表御殿で文机《ふづくえ》に向かっていた石田三成は、次第に苛立《いらだ》ってきた。

七月十九日からは伏見城に、二十日からは田辺城に攻めかかっている。そのことを会津の直江兼続に知らせる書状をしたためようとしたが、手に汗がにじんで思うにまかせない。

三成に過ぎたるものと謳《うた》われた佐和山城だが、最大の欠点は暑さに弱いことだった。山頂の本丸や二の丸はそうでもなかったが、琵琶湖と山ひとつへだてた谷にある大手口の表御殿は、風の吹き抜けが悪い上に湿気が多い。昼はうだるように暑く、夜は寝苦しい。おまけにあたりには黴《かび》の臭《にお》いがたちこめてくる。

癇癖《かんぺき》の強かった織田信長が、築城数年にしてこの城を捨てて安土城に移ったのは、この暑さに閉口したためだという。

三成は信長ほどに短気ではない。体にじっとりとにじんでくる汗をこらえながら文机に向かったが、どこからともなく二匹の蠅《はえ》が書院にまぎれ込み、耳ざわりな羽音をたてて飛び回るにおよんで、ついに堪忍袋の緒を切らした。

かたわらに置いた扇子をつかむと、部屋の中央に立って片手上段にかざした。目を半眼にして呼吸をしずめ、蠅が間合いに飛び込む瞬間を待った。

三成は文弱の徒ではない。剣、槍《やり》、弓についても人並み以上の鍛練を積んでいる。特に小太刀《こだち》の技には、名人越後と称された富田越後守重政が絶賛したほどの冴《さ》えをみせた。

慶長三年三月に豊臣秀吉が伏見の醍醐寺《だいごじ》で行った花見の席でのことである。重政は前田利家の太刀持《たちも》ちとして桟敷《さじき》に近侍していた。

だが座を取りしきっていた豊臣家の役人たちが、桟敷には大名だけが座ることになっているので、太刀持ちの家来は即刻下りるようにと命じた。

その横柄な物言いにむっとした重政が相手を睨《にら》みすえると、三人の役人は名人越後とも知らずに力ずくで引きずり下ろそうとした。

重政は左手に太刀を持ったまま、右の手刀だけで三人の手首を払った。一瞬の出来事だが、三人の武士はいずれも手首を折られて地にうずくまった。

激昂《げっこう》した仲間の役人たちは、場所柄もわきまえずに抜刀した。周囲にいた者たちも騒ぎを聞いて応援にかけつけた。

重政としてはここで騒ぎを起こして利家に迷惑が及ぶようなことはさけたかったが、今さら引き下がっては武士の面目が立たない。

切腹を覚悟で相手をしようとした時、止めに入ったのが石田三成だった。

「太閤《たいこう》殿下の花見の席で、喧嘩沙汰《けんかざた》とは何事か」

そう一喝するかと思いきや、三成はにこりと笑って役人の一人から刀を取り上げた。

「越後守どのに手ほどきを受けるには、その方らの腕は未熟すぎるようだな」

稽古《けいこ》に名をかりて双方の面目を立てようという咄嗟《とっさ》の機転である。重政はその配慮に感じ入って鉾《ほこ》をおさめたが、仲間の手首を折られた三人は引き下がろうとしなかった。

「ならば私が、越後守どのに代って手ほどきをいたそうか」

三成は桜の根元にあった水桶《みずおけ》から一尺ばかりの柄杓《ひしゃく》を取って片手下段に構えた。

頭に血ののぼった三人は、三方からいっせいに斬《き》りかかったが、三成は柄杓にくんだ水で二人に目つぶしをくれ、残る一人の斬撃《ざんげき》を悠然と見切って手首をしたたかに打ちすえた。

三成は重政より六歳も年下である。重政は後にこの日のことを回想するたびに、三成は頭も切れたが、腕も確かな男だったと評したという。

この腕に狙《ねら》われたのだからたまらない。空中でくんずほぐれつといった具合に飛び回っていた蝿は、三成の扇子にかかり一匹は天井に、一匹は床に叩《たた》きつけられて絶命した。

気を散じた三成は再び直江兼続への文《ふみ》を書き始めたが、このむし暑さばかりはどうしようもない。手ににじんだ汗で文が汚れるほどだった。

「本丸に行く。供をいたせ」

警固番の者たちを従えて、佐和山の山頂へと向かった。

五層の天守閣の最上階にのぼると、さすがに涼しかった。眼下に広がる琵琶湖から吹き上げてくる風が、心地よく頰《ほお》をなでて通り抜けていく。

夏の間、三成はここで仕事をすることが多い。部屋の真ん中に据えた大きな文机のかたわらには、敵身方の領国の色分けをした日本地図を広げたままにしてあった。西国の大半と信州《しんしゅう》の真田昌幸《さなだまさゆき》、常陸の佐竹義宣、会津の上杉景勝の所領が身方の色に塗られている。

敵は徳川家康である。海道一の弓取りと称され、小牧《こまき》・長久手《ながくて》の戦では秀吉さえも打ち破った相手だけに、三成の緊張と重圧感は並たいていのものではない。

この地図は三成にとって、自信と気力を維持するための守り札のようなものだった。

八月一日に伏見城を陥落させた時点で三成が大坂方の陣容をどのように考えていたかは、八月五日に真田昌幸、幸村父子《ゆきむらおやこ》に宛《あ》てた書状によって知ることが出来る。

三成は伊勢口、美濃口、北関口へ向かう人数を以下の通り記している。

〈伊勢口

一　四万千五百人　安芸中納言《あきちゅうなごん》殿（毛利輝元）

　右の内一万人息藤七殿（秀就《ひでなり》）に付けてこれあり。右三万余は輝元自身召連れ出馬。

一　一万八千人　秀家（宇喜多）

一　八千人　筑前《ちくぜん》中納言殿（小早川秀秋）

一　二千百人　土佐《とさ》侍従（長曾我部《ちようそかべ》盛親《もりちか》）
一　千人　大津宰相（京極高次《きようごくたかつぐ》）
一　三千九百人　立花左近《たちばなさこん》（宗茂《むねしげ》）
一　千人　久留米《くるめ》侍従（毛利秀包《ひでかね》）
一　五百人　筑紫主水《つくしもんど》（広門《ひろかど》）
（以下略）
以上七万九千八百六十人
美濃口
一　六千七百人　某《それがし》（石田三成）
一　五千三百人　岐阜中納言（織田秀信）
一　千四百人　羽柴右京《はしばうきよう》（稲葉貞通《いなばさだみち》）
稲葉彦六《ひころく》（典通《のりみち》）
一　五千人　羽柴兵庫頭（島津義弘）
一　二千九百人　小西摂津守（行長）
一　四千人　同　与力衆四人
一　四百人　稲葉甲斐守《かいのかみ》（通重《みちしげ》）

以上二万五千七百人

北関口

一　千二百人　大谷刑部少輔（吉継）

一　三千人　若狭少将（木下勝俊《きのしたかつとし》）

同　宮内少輔（木下利房《としふさ》）

一　五千人　丹波七頭衆（小野木公郷等）

一　二千五百人　但馬二頭衆（小出吉政、斎村広秀）

（以下略）

以上三万百人

勢田橋東番衆

一　千二十人　太田《おおた》飛騨守《ひだのかみ》（一吉《かずよし》）

同　美作守《みまさかのかみ》（一成）

一　四百五人　垣見《かきみ》和泉守《いずみのかみ》（一直《かずなお》）

一　四百五人　熊谷《くまがい》内蔵丞《くらのじょう》（直盛《なおもり》）

一　六百人　秋月《あきづき》長門守《ながとのかみ》（種長《たねなが》）

（以下略）

以上六千九百十人
大坂御留守居　　七千五百人
御小姓衆　　八千三百人御馬廻《うままわり》
御弓鉄砲衆　　五千九百人
備前後備《びぜんあとぞなえ》　　六千七百人
輝元衆（秀就配下）　一万人
徳善院（前田玄以）　千人
増田右衛門尉（長盛）三千人
この外七千人伊賀在番
以上四万二千四百人
都合十八万四千九百七十人なり〉

名前のあがった大名だけでも五十四人にのぼる。

家康に従って会津に向かった軍勢は五万二千、徳川本隊を合わせても九万あまりである。八月初めの時点では、兵力的には大坂方が圧倒的優位に立っていた。

「殿、よろしゅうござるか」

蒲生源兵衛が階段口から入道頭をぬっと突き出した。

「近う寄れ。遠慮は無用じゃ」

「いえ、ここで」

外からもどったばかりらしく、源兵衛の紺色の小袖《こそで》はほこりで白っぽく汚れていた。

「伏見城攻めの様子はどうじゃ」

「お申し付けの通り、小早川どのも島津どのも寄せ手に加わり、手厳しく攻めかかっておられます」

「布陣だけして、空砲を撃っておるのではあるまいな」

「そのようなことはございませぬ」

「何ゆえそう言いきれる」

「両家の陣屋を訪ね、共に戦ってまいりましたゆえ」

事もなげに言うが、戦の最中に他家の陣に入ることは容易なことではなかった。密偵や刺客と疑われて殺されても、何の文句も言えないのである。

「その方、わしの目付と名乗ったのではあるまいな」

「そのようなことをすれば、かえって命を狙われましょう」

「それもそうだな」

三成は苦笑した。小早川家にも島津家にも、三成に反感を持つ者は多い。名乗ったからといって陣中に入れてくれるような生易《なまやさ》しい状況ではなかった。

「では、どうやって入った」

「両家にもそれがしの顔見知りの者はござる。戦ぶりを見せてくれと申せば、喜んで披露したがる輩《やから》が多ござってな」

東西の決戦が迫るにつれて源兵衛は活気づき、働きも機敏で要領を得たものになっていく。その変わり様を、三成は好ましくも不可思議な思いでながめていた。

「いずれにしても、そなたがその目で確かめてきたのなら間違いはあるまい」

「おそらく城に一番乗りをするのは、小早川家と島津家の兵でございましょう」

源兵衛はそこまで言い切った。

大坂方が伏見城の攻撃にかかったのは、三日前の七月十九日からである。だがその直前に思いもかけぬことが発覚した。

小早川秀秋と島津義弘が、伏見城に入城して共に戦いたいと鳥居元忠《とりいもとただ》に申し入れていたのである。

両者とも大坂方に身方するとの態度を明らかにしていただけに、三成にとっては寝耳に水の知らせだったが、鳥居元忠はそれ以上に驚いたらしい。謀略によって城中に付け込むつもりだと疑い、鉄砲を撃ちかけて使者を追い返した。

そのために小早川秀秋と島津義弘はやむなく大坂方に加わることとなり、忠誠を証《あか》すために先手として伏見城攻めにかかっていたのである。

「伏見もさることながら、気になるのは丹後の動きでござる」

「幽斎どのか」

「八条宮さまが、細川家と和睦《わぼく》するように所司代どのに働きかけておられるようでござる」

「ほう。どうしてそれを」

「このようなこともあろうかと、小月党の伊助に八条殿をさぐるように命じておりました」

田辺城からの使者が来た直後から、八条宮家の大石甚助がたびたび所司代屋敷に出入りするようになった。そこで伊助は屋敷に忍び込み、甚助と京都所司代前田玄以との話を聞き取ったのだ。

幽斎から智仁親王への古今伝授が完了していないので、何とか和睦の道をさぐってもらいたい。甚助はそう申し入れたという。

「それで、玄以どのは?」

「他の奉行衆にも図って返答すると申されたそうでござる」

「なるほど。狙いはそこか」

朝廷の仲介とあらば、秀吉、秀次と関白職《かんぱく》を拝命してきた豊臣家としては断わりにくい。幽斎はそこまで計算して手を打っていたのである。

「そもそも古今伝授とは、何物でござろうか」

源兵衛が面目なげに頭をなでながらたずねた。

「古今和歌集の秘伝を伝えることじゃ。数百年も前から、代々公家《くげ》に受け継がれたものらしい」

三成も伝授の内容については詳しく知らないが、幽斎から八条宮智仁親王に伝授が行われることになったいきさつについてはほぼ正確につかんでいた。

古今伝授は和歌の秘伝を伝えるという文学的な営みだが、幽斎から智仁親王への伝授は、当初からきわめて政治的な意味あいの強いものだった。

幽斎が皇室への伝授を試みたのは、智仁親王が最初ではない。天正十八年（一五九〇）に後陽成天皇に伝授したいと申し出たが、天皇の母新上東門院《しんじょうとうもんいん》（勧修寺晴子）が二十歳という天皇の若さを理由に反対したために果たせなかった。

吉田《よしだ》神社の神主であった吉田兼見《かねみ》は、天正十八年九月二十二日の日記（『兼見卿記《きょうき》』）

に、

〈今上古今御伝授の御心なり、御若年如何《いかが》、是非ともまず御無用の由〉

と、新上東門院から横槍《よこやり》が入った旨を記している。

古今伝授は三十歳を越えた者にさずけるという慣例はあったが、十六歳で伝授を受けた藤原定家の例もある。二十歳という年齢がこれほど強硬に反対する理由になるはずがない。

おそらく真の理由は、古今伝授を足がかりにして朝廷に喰《く》い込もうとする幽斎の政治的意図にあったはずだ。

それを嫌った新上東門院が、〈是非ともまず御無用〉という強硬な態度で突っぱねたのである。

天正十八年は秀吉による小田原征伐が行われた年で、天下は統一に向かって大きく動いていた。

この時期に幽斎が何を狙って天皇への伝授をしようとしたかを伝える資料はないが、少なくとも自身の老齢を案じたためではないことは確かである。もしそのような理由だとしたなら、以後十年の間に誰《だれ》かに伝授したはずだからだ。

現にその機会はいくらもあった。

天正十六年八月には島津義久、同年十一月には中院通勝から伝授に際しての誓紙《せいし》をとっているので、天皇への伝授が不可となった時点で彼らへの伝授を完了すれば良かった。

ところが幽斎は執拗《しつよう》に皇室への伝授にこだわり、天皇の弟である智仁親王に白羽の矢を立てたのである。

幽斎が智仁親王に和歌の手ほどきを始めた時期は定かではないが、幽斎の歌集『衆《しゆう》妙集《みようしゆう》』におさめられた歌に、「天正廿《にじふ》年六月朔日《ついたち》式部卿智仁親王亭御会始当座に」という詞書《ことばがき》があるので、少なくともこの時期には何らかの交流があったことがうかがえる。

天皇への伝授に失敗して二年後のことで、智仁親王は十四歳だった。以後八年の間、幽斎は親王への伝授の機会を辛抱強く待っていたのである。

ところが十年前の新上東門院の拒否が、またしても幽斎の前に立ちはだかることになった。智仁親王が若年を理由に伝授を拒否したからだ。

これはおそらく兄帝への遠慮からだろう。後陽成天皇が二十歳であることを理由に伝授を受けられなかったのなら、二十二歳の親王が受けていいはずがない。

困惑した幽斎は、京都所司代前田玄以を通じて時の内大臣徳川家康の内諾をもとめ、伝授に消極的な智仁親王を説得してくれるように頼んだ。

それに応《こた》えて家康が玄以あてにしたためたのが次の書状である。

〈古今集の事、連々《つらつら》幽斎存じ分け候《さうらふ》。老年の儀候の間、早々ご伝授しかるべしの由、八条殿へ申し入れらるべく候。恐々謹言〉

この書状が大坂の玄以から智仁親王のもとに届けられたのは、慶長五年二月十八日だったと親王の日記（『智仁親王御記』）には記されている。

幽斎のたび重なる説得にも二の足を踏んでいた智仁親王だが、徳川家康にまで伝授をすすめられて大きく心が動いた。

ところが古今伝授を受ければ、幽斎の政治的意図に巻き込まれることになる。ましてその背後に家康がいるとなると、なおさら慎重にならざるを得ない。

というのは、この時期にはすでに家康の天下への野心が明らかになりつつあり、やがては豊臣家と争うことになるだろうと見られていたからだ。

へたに関《かか》わって彼らの陣営に引き込まれれば、豊臣家びいきの兄帝との対立を余儀なくされるのではないか。そんな恐れが聡明《そうめい》な智仁親王を逡巡《しゅんじゅん》させたのである。

だが親王にも和歌を極めたいという強い志があるだけに、内心では古今伝授を受けたいと願っていたらしい。

政治と文学との間で板挟みになって煩悶《はんもん》する親王の心中は、二月十九日に前田玄以にあてた書状に如実に現われている。

〈古今集伝授の事、幽斎たびたび申され候へども、若年ゆゑ斟酌《しんしゃく》候つるところに、内府より御念を入れられるの由、祝着《しうちゃく》この事に候。如何候。これあるべく候か。しかるべき様相心得申さるべく候〉

細川幽斎から古今伝授を受けるようにたびたび勧められていたが、若年ゆえ迷っていた。ところが家康からまで受けるように口添えがあり、大変喜んでいる。どうだろう。やはり受けるべきだろうか。考えを聞かせていただきたい。

判断に迷った智仁親王は、逆に前田玄以に相談を持ちかけたのである。

京都所司代として公武関係を取りしきっている玄以に下駄《げた》を預けておけば、万一家康や幽斎との間で問題が起こったとしても、何とかしてくれるだろうという期待があったのだろう。

多少の困難があろうとも古今伝授を受けたいという親王の気持は、「祝着この事に候」という言葉にはっきりと現われている。

結局、智仁親王は古今伝授を受ける決心をし、三月十九日には幽斎あてに秘密をもらさないことを誓う誓紙を差し出し、その日から伝授が始まった。

皇室へ伝授したいという長年の夢がかなった幽斎は、その心境を次のように詠んでいる。

今ははやゆづりやはてん昔みし
　いもが垣ねをとづる葎《むぐら》に

ところが、幽斎は四月二十九日までで伝授を中断して丹後へと引きあげていく。家康の会津征伐が迫ったために留守役として国許《くにもと》を守らなければならないというのがその理由だが、これは明らかに嘘《うそ》である。

というのは幽斎が実際に丹後にもどったのは、一月後の五月二十九日のことだからだ。たとえ戦仕度で多忙をきわめていたとしても、わずか五日分を残すのみとなっていた伝授を終える余裕は充分にあったはずだ。

それをあえてしなかったのは何か別の狙いがあってのことだ。三成はそう察していたが、古今伝授を理由に朝廷に和議の斡旋《あっせん》を頼もうとしていたとは想像すらしていなかった。

「秘伝といっても、たかが歌集の解釈でござろう」

源兵衛が牛のように太い首をかしげた。

「そのような物が、何ゆえ朝廷を動かすほどの力になるのでござろうか」

「それは幽斎どのに聞くしかあるまい。秘伝の内容を知っているのは、この国広しといえどもあの老人ばかりなのだからな」

「まるで鎮守の森の祠《ほこら》のような話でござるなあ」

源兵衛が要領を得ぬ顔をして首筋をかいた。数日戦塵《せんじん》にまみれていたためか、垢《あか》が玉となってこぼれ落ちた。

「何ゆえじゃ」

「子供の頃《ころ》に、鎮守の森の祠には神が宿っていると教えられ申した。それゆえ大人《おとな》たちが仰々しく祭り、春と秋には供物《くもつ》を捧《ささ》げたものでござる」

神とはいったいどのようなものか見たくなった源兵衛少年は、ある夜祠に忍び込んで神棚を開けた。中には小さな神棚が納めてあり、それを開けるとさらに小さな神棚があり、神号を記した一枚のお札が入っていただけだった。

腹が立った源兵衛少年は、神棚を踏みつぶし、小便をかけてから祠に火を放ったという。大人たちが言うように神罰というものが本当にあるのなら、この身に当ててみろと思ったからだ。

「なるほど。木に竹は接げぬと申すが、人の気性は生涯変わらぬものと見えるな」

「お誉《ほ》めにあずかり恐縮でござる」

「神罰は当たらずとも、その祠はすぐに修復されたであろう」

「確かに、一月とたたぬうちに新しい祠が出来上がり申した」

「朝廷もそうしたものじゃ。三種の神器とか万世一系などと申しても、その実体はつかみ所がない。あるいは神棚の中にお札が一枚入っておるだけかもしれぬ」

「ならば踏みつぶして尿《いばり》でもかけてやりとうござるな」

源兵衛はおそろしく不敬なことを平然と言う。

「ところが朝廷はこの国の民に崇《あが》められ、千年以上もの命脈を保ってきた。古今伝授もそれと似たようなものであろう。あるいは古今伝授こそが朝廷そのものかもしれぬ」

「何ゆえそのようなものを、後生大事にせねばならぬのでござろうか」

「この国を代々支配してきた者たちが、朝廷という権威を必要としたからじゃ」

この千年ばかりの間に、天皇が政治の実権を握った時代は驚くほど短い。蘇我《そが》氏や物部《もののべ》氏、藤原氏、平氏、源氏、北条氏、足利氏と、軍事力と富に勝る者が、実質的にはこの国を支配してきた。

ところが朝廷を亡《ほろ》ぼし、自らが天皇になり代ろうとした者はほとんどいない。皆が朝廷の権威を借りることで、この国を治める大義名分を得てきたのである。

なぜそうなのかは三成にも分らない。ただこの国の民の心の奥深くに天皇を崇める心があり、それを利用した方が得策だと歴代の権力者が判断してきたと言えるばかりだ。

しかも朝廷の側でも、神仏と結びつくことによって数々の自己神格化を行ってきた。権威と位階制による身分差別によって、特権階級ばかりが甘い汁を吸ってきたのである。

朝廷が古今伝授などを必要とするのも、そうした延命策のひとつに外《ほか》ならない。細川幽斎はそれを熟知しているために、古今伝授を武器に巧妙に朝廷に取り入り、細川家を室町幕府の頃のような特権階級に返り咲かせようとしているのだ。

三成はそう見ていた。

「信長公が天下布武《てんかふぶ》をとなえられたのも、こうした権威の軛《くびき》や身分差別から下々の者を解き放ちたいと願われたからじゃ」

「ならば何ゆえ秀吉どのは、関白などというものになられたのでござろうか」

（それは太閤殿下が変節漢だったからだ）

三成はそう考えていたが、豊臣家を奉じる身としては口には出せなかった。

「ともかく、朝廷が和議の扱いに乗り出すことだけは何としてもふせがねばならぬ。そなたはこれより大坂に下り、大谷刑部に早急に敦賀にもどって軍備をととのえ、田辺城攻めに加わるように伝えよ。朝廷が動き出す前に、田辺城を攻め落として幽斎を討ち取るのじゃ」

「お任せ下され」

源兵衛は頼もしげにうけあった。

「そなたも大坂から丹後に向かえ。軍監に任じるゆえ、刑部が到着するまで田辺城攻めの指揮をとるがよい」

「有難き仕合わせにござる」

「田辺城には小月春光が姿を変えて入り込んでおる。策を巡らして連絡をつけ、次のように伝えよ。幽斎どのは毎月二日に信長どのの月の法要をなされる。その時に太閤殿下の密書のありかを突きとめる手がかりがあるはずだとな」

ガラシア夫人玉子は、幽斎が信長ゆかりの品を集めて月の法要をしていると言った。

もし三成の想像が当たっているなら、密書は必ずそうした品々の中に加えられているはずだった。

田辺城二の丸の一画には、「喜瓢庵《きひょうあん》」と名付けた数寄屋《すきや》があった。瓢とは豊臣秀吉の馬標《うまじるし》の瓢箪《ひょうたん》のことで、喜瓢には秀吉の御世《みよ》を言祝《ことほ》ぐという意味がこめられている。

細川幽斎は田辺城に来客があるたびに喜瓢庵でもてなした。歌道ばかりか茶道、書道、香道、鞠《まり》、包丁にまで通じた当代一の文化人だけに、茶室の造りも接客の仕方も水ぎわ立っている。

武家といわず公家、僧侶《そうりょ》といわず、田辺城を訪ねた者は、都や大坂に戻って幽斎の接待ぶりを口をきわめてほめそやした。

その話の中に必ず喜瓢庵の名が出てくる。これを聞いた秀吉は幽斎の配慮をよろこび、以後ますます重く用いるようになったという。

これを幽斎一流の追従《ついしょう》だと見る向きもあるようだが、数寄屋の名ひとつで秀吉の信頼をかち得るとは尋常ではない。幽斎ほどの文化的素養があって初めてなしえる業だった。

喜瓢庵の庭には福井の浜の白砂を敷きつめた庭があった。砂と岩を組み合わせた枯れ山水で、白砂を基調とする風景の中に、枝ぶり見事な黒松が植えられている。

ちょうど能舞台の背景に描かれている松のように幹が太く、地上一間《けん》ばかりの所で横に枝を張っている。

伝授の松と呼ばれるものだ。天正四年（一五七六）に三条西実枝から古今伝授を受けた幽斎は、祝いとして三条西邸内にあった松の木を贈られた。

その頃には幽斎は山城国西岡《にしのおか》（現在の長岡京市《ながおかきょう》の一部）にある勝龍寺《しょうりゅうじ》城の城主だったので、伝授の松もそこに植えた。ところが天正八年に長年の戦功を認められ、織田信長から丹後一国を与えられて田辺城を居城とした。その時伝授の松も移植したのである。

築城成ったばかりのこの城に、早々と居候を決め込んだ若者がいる。権中納言中院通勝である。

通勝は右大臣通為《みちため》の子だが、才気煥発《かんばつ》のあまり歯に衣着《きぬ》せずに物を言う。それが災いして正親町天皇の勅勘をこうむり、二十五歳という若さで都を出奔したのである。

幽斎を頼って田辺城に入った通勝は、慶長四年に赦《ゆる》されて都に戻るまでの十九年間、まるで我家のように気ままな居候暮らしをつづけた。

通勝は三条西実枝の甥《おい》で、和歌の弟子でもあった。

歌道の兄弟弟子に当たるために、幽斎も彼の滞在を大いに歓迎し、何不自由ない勉強三昧《ざんまい》の生活をおくらせたのである。

天正十四年、通勝は出家して也足軒《やそくけん》と号する。その記念に幽斎は、喜瓢庵の側《そば》の二層の隅櫓《すみやぐら》を也足櫓と名付けた。

通勝が喜瓢庵に住んでいたためだが、理由はそればかりではない。

也足櫓は喜瓢庵を見下ろす位置にある。つまり秀吉などよりは和歌の弟子である通勝の方が上だという隠された諧謔《かいぎゃく》があったのだが、二人の他には誰一人そのことに気付かなかった。

七月二十二日の早朝、細川幽斎は件《くだん》の也足櫓に上ってみた。

東西南の三方を大坂方の軍勢が取り巻き、幟《のぼり》が海からの風にはためいている。総勢一万五千が山の峰々に陣取る様は、合戦絵巻でも見るように華やかだった。

「十年ぶりじゃ」

幽斎はそう呟《つぶや》いたが、近習たちは怪訝《けげん》な表情をするばかりである。

「これほどの軍勢を見るのは、小田原征伐以来のことじゃと申しておる。北条家の幟に比べれば、大坂方のものはずいぶんと新しい」

それだけ実戦の経験が少ないということだ。しかも全軍を統率出来るだけの名のある武将もいない。十六歳の初陣《ういじん》から五十年間戦国の世を戦い抜いてきた幽斎には、烏《う》合《ごう》の衆としか見えなかった。

「陣所ごとに幟と旗印を書き留めておけ」

「何ゆえでございましょうか」

近習の若侍がたずねた。

「そなたは……」

そんなことも学んでおらぬのか。幽斎はそう思ったが口にはしなかった。小田原の陣以来国内での戦は絶えている。実戦の経験がないのは仕方がないのだ。

「どの家中の誰が出陣しているか、幟と旗印で分る。誰某《だれそれ》は鉄砲の名手、何兵衛は弓の名手と分っておれば、戦う前からそれなりの用心をいたすであろう」

敵を知り己れを知れば、百戦危うからずと言う。戦場で思わぬ不覚を取らぬように、戦国武将たちは常に周辺の大名家に密偵を送り込み、軍勢の数や武器の種類、得意の戦法などを探り出そうとしたものだ。

その記録と幟や旗印を突き合わせれば、敵の強弱や戦いぶりを推測することが出来る。幽斎はかんで含めるようにそう教えた。

「たとえば鳶取山《とびとりやま》を見るがよい」

城の西方にそびえる山を指した。

尾根の道には、白地の真ん中にギザギザの黒い帯を縦に描いた幟が十数本ならんでいた。中黒山道と呼ばれる小野木公郷の幟である。

「小野木家は石高三万一千石。常の軍勢は一千ばかりだが、こたびは大坂方の総大将に任じられておるゆえ、一千五百は出しておろう。小野木家には川浪因幡守《かわなみいなばのかみ》と古久保《こくぼ》三河守《みかわのかみ》という剛の者がおる。因幡守は稲富伊賀守の高弟で、鉄砲の腕前は当家の北村甚太郎らに匹敵する。指物は赤の吹流しを用いておる。また三河守は槍と馬術の名人でな。指物は黄の団扇《だんせん》じゃ。この二人がどこにおるか分るか」

「鳶取山の南のふもとに赤の吹流しが見えまする」

若侍が桂林寺のあたりを指さした。二百人ばかりが同じ指物を背中に立てている。その後方には黄の団扇の一隊がひしめいていた。

「ということは、小野木どのは桂林寺を本陣となされるということじゃ。もしその方らが赤の吹流しの一隊と戦う時には、まず鉄砲に気をつけねばならぬ。それが分っておるかおらぬかが、勝敗と生死を分けることになる」

話の間にも鳶取山の尾根の幟は次々と山を下り、桂林寺へと向かっていく。近習たちは幽斎の炯眼《けいがん》に目を丸くするばかりだった。

幟の文様から確認できた敵の布陣は、次の通りだった。

城の西方の鳶取山、愛宕山方面
小野木縫殿助公郷。丹波福知山城主三万一千石。
石川備後守貞通。丹波天田《あまだ》領主一万二千石。
谷出羽守衛友。丹波山家《やまえ》領主一万六千石。
藤懸《ふじかけ》三河守永勝《ながかつ》。丹波氷上《ひかみ》領主一万三千石。
川勝右兵衛尉《うひょうえのじょう》秀氏。丹波何鹿《いかるが》領主三千五百石。

城の南方の京街道、九文明方面
斎村左兵衛尉広秀。但馬竹田領主二万二千石。
前田茂勝《しげかつ》。丹波亀山《かめやま》城主前田玄以の二男。

城の東南の境谷《さかいだに》方面
山崎左馬允家盛。摂津三田城主二万三千石。
別所豊後守《ぶんごのかみ》重友。丹波綾部領主一万五千石。
小出大和守吉政。但馬出石城主六万石。
杉原伯耆守《ほうきのかみ》長房《ながふさ》。但馬豊岡城主三万石。

城の東方の安久《あぐ》方面

竹中重利《たけなかしげとし》。豊後《ぶんご》高田《たかだ》城主一万三千石。

早川主馬首長政《はやかわ　ながまさ》。豊後府内《ふない》城主一万七千石。

毛利民部大輔高政《みんぶのたいふ　たかまさ》。豊後隈府《わいふ》城主二万石。

高田河内守治忠《たかだ　はるただ》。丹波上林《かんばやし》領主一万石。

いずれも小大名ばかりだが、大坂からの援軍が加わって総勢は一万五千ちかくにのぼっている。

西の小野木勢は桂林寺への移動を始めていたが、東の軍勢は山の峰にとどまり、南の軍勢は城から三十町も離れた所にたむろしていた。

昨夜京街道ぞいの集落に夜営していた小出吉政、山崎家盛の軍勢が陣を山上に移したのは、大野善左衛門らの夜襲を受けたからだろう。

「相変わらず肝のこまいお方よな」

幽斎は白地に赤の蛇の目を描いた小出吉政の幟を見やった。

「戦は将兵の気構えひとつじゃ。このように悠長に取り巻いているようでは、恐るるに足りぬ」

やがて小出大和守の軍勢が動き始めた。山を下りふもとの寺へ向かっていく。

どうやら寺に本陣を定めるようだ。そう見定めると、幽斎は北村甚太郎と坂井半助を呼ぶように命じた。

先に駆けつけたのは甚太郎だった。起き抜けらしく、鎧《よろい》を脱いだ小具足《こぐそく》姿である。

「大筒《おおづつ》を撃ちかけて、大和守の軍勢を山の上に追い返してみよ」

「うけたまわってござる」

甚太郎は遅れて現われた坂井半助とともに、也足櫓の一階に下りていった。

籠城《ろうじょう》戦にそなえて、也足櫓の一階には三百匁《もんめ》弾の大筒四門をすえつけていた。

「その方らは、手分けして大筒撃ちの触れを回せ」

幽斎は四人の近習にそう命じた。

轟音《ごうおん》と震動がすさまじいので、大筒を撃つときには事前に心構えをさせるために触れを回すのが常だった。

〈石火矢（大筒）を打つ時は、城の内をふれまわりておじやつた。それはなぜなりや。石火矢打てばやぐらもゆらゆらうごき、地もさけるやうにすざまじひさかいに、気のよわき婦人などは即事に目をまわひて難儀をした。それゆへまへかたにふれておいた。其《その》ふれがあれば、ひかり物がしてかみなりの鳴るをまつやうな心でおじやつた〉

十七歳の時に石田三成方として籠城を体験したおあんという老婆《ろうば》は、『おあん物語』

の中でそう語っている。

だが知らせを受けた者たち全員が、耳を押さえ息をつめて砲撃を待っていたわけではない。中には花火でも見るように気持をはずませて見物する者もいた。

特に細川家は砲術の盛んな家柄である。稲富伊賀守の高弟二人が大筒を競うというので、将兵ばかりか女子供まで多聞《たもん》櫓に上がって砲撃の成果を見守っていた。

幽斎も也足櫓の二階に残って見物した。

「十五、六町は離れておろう。はたして当たるかどうか」

両耳をふさいで待っていると、腹にどすんとひびく轟音がして足元が激しく揺れた。地震でも起こったようで、弾《たま》の行方を追う余裕はない。敵陣の様子から命中したかどうかを確かめようとしたが、赤蛇の目の幟の列は少しも乱れなかった。

つづいて二発目の轟音があがったが、結果は同じである。

「ただ今放たれたのは北村どのでございます。これより坂井どのが放たれます」

近習が階下から報告にきた。

轟音と震動になれたせいか、三発目は弾行きがはっきりと見えた。着弾したのは小出大和守の軍勢の左手後方の竹林である。

坂井半助は弾道と弾行きを見切って、大筒の照準を変えたらしい。四発目は赤蛇の目の幟の真《ま》っ只中《ただなか》に飛び込んだ。小出勢があわてふためく様が、幟の揺れから手に取るように分る。

さらに二発撃ち込むと、小出勢は後方から下りてくる山崎家盛の軍勢を追いたてるようにして山上に引き返し始めた。山崎家の白黒段々の幟と赤蛇の目が、林の中で押し合いへし合いしている。

見物の将兵から拍手と喚声が起こり、城内の士気は大いに上がった。

幽斎もすっかり機嫌を良くして本丸御殿に引き上げたが、居間に戻るなり妻の麝香が眉間《みけん》に険しい皺《しわ》を立てて踏み込んできた。

「あなたはこの城で討ち死にすると申されたそうですが、真実《まこと》でございましょうか」

「いきなり、何事じゃ」

「そう申されたかどうか、お伺いしているのでございます」

殺気立った物言いで詰め寄って来る。

「いいや。申してはおらぬ」

「では何と申されたのです。ご真意のほどをお聞かせ下されませ」

「何ゆえそのようなことをたずねる」

「昨日の戦で上林助兵衛、日置善兵衛、加藤新助をはじめ、十八人が討ち死にをいたしました。傷を負った者は二十三人にのぼります」

麝香は女房衆を指揮して負傷者の手当てにあたっているので、死傷者の数を正確に把握していた。今しがたまで傷の手当てをしていたらしく、たすきで押さえた着物の袖に点々と血のしみがついていた。

「たった一日の戦でこれほどの犠牲を出しては、この先十日ともちこたえられますまい」

「………」

「籠城の時には命大事の戦をしてこそ、活路を開くことが出来るものでございましょう。それを討ち死にするなどと申されるゆえ、家臣たちがはやり立って我先にと命を捨ててしまうのです」

幽斎はぐうの音も出なかった。討ち死にするとは言っていないが、「敵に降伏することは絶対にない。老い先短い命をこの城を枕《まくら》に散らす覚悟である」とは出陣式で確かに言った。

あれは士気を鼓舞するために使った方便だが、将兵たちの血気をいたずらにかき立て、無謀な戦をさせる結果につながったのだ。

「討ち死になさるつもりなど、本当はないのでございましょう?」

麝香が念を押した。

「当たり前じゃ。負けると分った戦なら、初めからいたさぬ」

「ならば即刻、今後は一人たりとも命を粗末にせぬように下知して下されませ」

「もうよい。分った」

幽斎はうるさげに手を払ったが、麝香は引き下がらない。幅の広い臼《うす》のような尻《しり》をぺたりと下ろして平然と居座っている。

「何じゃ。まだ言い足りぬことがあるか」

「二十倍もの敵にどうやって勝たれるつもりか、教えて下されませ」

「勝てはせぬ。負けぬと申しておるだけじゃ」

「ですから、その計略とやらを」

いきなり手を取って詰め寄った。下ぶくれの丸い顔には、童女のような好奇心をみなぎらせている。

さすがの幽斎も、この妻ばかりにはかなわなかった。

「智仁親王への古今伝授が終わっておらぬ。それゆえ朝廷から近々和議の扱いが入ることになろう」

「古今伝授とは、さほどに大事なものなのでしょうか」

「むろんじゃ。これから朝廷が存続できるかどうかは、古今伝授にかかっておると言っても過言ではない」

幽斎は信仰に近い確信をもってそう言い切った。

古今伝授とは『古今和歌集』の読み方や解釈についての秘説を伝えるものだが、その評価は古来賛否両論に険しく分れている。

中でももっとも舌鋒《ぜっぽう》鋭く批判したのは、『排蘆小船《あしわけおぶね》』を著した江戸時代の国学者本《もと》居宣長《おりのりなが》である。

宣長がこの書をあらわした江戸中期には、和歌は堂上をもって最良とするという常識があった。

これは細川幽斎が智仁親王に古今伝授を伝え、以来御所伝授という形で綿々と朝廷に受けつがれたために起こったことだが、宣長は真っ向からこれを否定する。

〈世みな思へらく、歌は堂上によらではかなはぬこと也《なり》、地下《ぢげ》の歌は一向用ひがたしと云《いふ》、又その堂上の内につきても、二条家で候《さうらふ》、冷泉家で候、道統相伝の御家で候など云ことは、聞くもうたてしき（嘆かわしい）こと也〉

胸のすくような爽快《そうかい》な文章で切り捨ててみせるが、裏を返して言えば「道統相伝の御家」がそれほどに幅を利かせていたということである。

和歌における「道統相伝」の根拠は古今伝授にあるので、宣長の批判の鋒先《ほこさき》は当然そちらに向かうことになる。

特に室町末期に古今伝授を始めたとされる東常縁《とうのつねより》に対する批判は激烈である。このような物を作って歌人を差別したために、かえって歌道が衰えることになった。その責任はひとえに常縁にあるというのだ。

〈その始めをたづぬれば、東常縁と云もの、古今伝授と云ことをつくりこしらへてよりのこと也、此《この》常縁もとよりいふにたらぬおろかなる人のつくりたるものゆへに、そのこしらへものなることは明らかにあらはる、也〉

だから少し物の分った人なら絶対に偽物《にせもの》だと見抜けるはずなのに、代々の人たちがみんなだまされて、紀貫之《きのつらゆき》から伝えられた秘事だと信じ込んだのは、いったいどうしたわけだろうか。

〈わらふにもあまりあること也〉

ちゃんちゃらおかしくて話にもならねえと宣長は息巻く。

ところが古今伝授は、常縁から飯尾宗祇《いいおそうぎ》、三条西実隆へと伝えられ、細川幽斎、智仁親王をへて後水尾《ごみずのお》天皇に至り、ついには御所伝授の流れを生み出していくのである。

本居宣長は、古今伝授は東常縁が〈つくりこしらへ〉たものだと言うが、この指摘は間違っている。

確かに切紙《きりかみ》伝授は常縁が始めたものだが、古今伝授そのものはそれ以前からあった。平安時代の昔から、歌道教育は師から弟子へ、父から子へ、口伝によって行われていた。その際中心となる教科書が、古今和歌集、後撰《ごせん》和歌集、拾遺《しゅうい》和歌集の三冊だった。これは天皇の勅命で作られた初期の勅撰《ちょくせん》歌集で、後には『三代集《さんだいしゅう》』と呼ばれるようになるが、歌道教育はこれらの歌の解釈と発音の仕方をひとつひとつ口伝で伝えることでなされた。

この三代集による総合的な歌道教育が、やがては古今集のみを重視した古今伝授となったのである。

ところが定家の父俊成《しゅんぜい》が、後鳥羽天皇の和歌師範に任じられて所領を与えられたために、後世に大きな禍根を残すことになった。

定家の孫の代になると、所領争いが原因となって為氏《ためうじ》、為教《ためのり》、為相《ためすけ》の兄弟が、二条、京極、冷泉の三家に分裂するのである。

しかも所領が和歌師範に与えられたものだけに、三家は和歌の優劣に自説を立てて争うようになった。

この際古今伝授を受けていることが正統な後継者の条件とされたために、伝授は排他的で独善的なものへと変質していったのである。

だが時代が下がるにつれて二条家も、京極、冷泉家も次第に有力な歌人を生み出す力を失い、やがては一家相伝の古今伝授さえ失っていく。

南北朝の争乱が起こり、公家たちが日々の生活にも窮する事態に追い込まれたことが、古今伝授が失われたもうひとつの原因だが、美濃の片田舎《かたいなか》にその動乱を生き抜き、十代の長きにわたって古今伝授を相伝した武家があった。

その家の当主こそ、本居宣長が牙《きば》をむいてかみついた東下野守《しもつけのかみ》常縁その人なのである。

東氏は桓武《かんむ》天皇を遠祖とする桓武平氏千葉氏の一門で、下総《しもうさ》国香取《かとり》郡東庄《とうのしよう》に所領をあたえられたために東氏を号するようになった。

三代胤行《たねゆき》は定家の子為家に師事し、歌道の奥儀《おうぎ》の伝授を受けている。これが常縁の古今伝授の原型となり、常縁の弟子の飯尾宗祇の手によって整備され、さらなる権威づけがなされた。

三条西実隆が宗祇から伝授を受け始めたのは、文明《ぶんめい》十九年（一四八七）四月十二日のことだ。

実隆は応仁《おうにん》の乱によって荒廃した古典の復興に尽力し、和学の権威とあおがれた当時最高の文化人だった。

三条家の分家である三条西家に生まれ、五十二歳で内大臣に任じられたが、わずか二ヵ月で辞任し、以後は八十三歳で他界するまで和漢の学問に没頭した気骨の人である。

実隆が宗祇から古今伝授を受けたのは、宣長が言うように〈歌道の正流とならむことを欲して〉ばかりではなく、歌道の復興のためには伝授が不可欠だと判断したからだろう。

諸学問の中でも、歌道は朝廷にとって特別な意味をもつものだった。

古今和歌集の序文も、〈やまと歌は、人の心を種として、よろづの言の葉とぞなれりける。（略）力をも入れずして天地《あめつち》を動かし、目に見えぬ鬼神をもあはれと思はせ、男女の中をもやはらげ、猛《たけ》きもののふの心をも慰むるは歌なり〉と高らかに謳い上げている。

現代風に言うならば、歌はある種の超能力を発揮する言霊《ことだま》だと信じられていたのだ。この言霊思想が神道《しんとう》と融合して神聖視され、和歌こそが国を平安に治めるための王道（敷島の道）だと意識されるようになる。

この思想がいかに強かったかは、先に述べた二条家と京極家の争いに際して、二条為世《ためよ》が、

「自分はすでに新後撰集の撰者となったが、その勅命を受けてより奏覧の日まで天下清平、朝廷無事であったというのは、列祖の素意に叶《かな》い、詠来する所の詞が神明の冥《めい》慮《りよ》に叶っているからに外ならない」と主張していることからもうかがえる。

まさに歌人は巫《かんなぎ》と考えられていたわけで、為世に言わせればその霊力を発揮できる源は、「正式の伝授を受け、正統の和歌抄物を相伝している功徳にある」というのである。

これを見れば、古今伝授を受けることは単にお家相伝の歌道をつぐだけではなく、和歌の霊力まで受けつぐことだと考えられていたことが分る。

だからこそ古今伝授を保持していることが歌道の正統と見なされたのであり、三条西実隆が伝授を受けたのも、内実はともかく、外的にその条件を満たすためだったのだ。

この努力が実ったのか、三条西家は実隆、公条《きんえだ》、実枝と三代にわたって歌道の宗家《そうけ》として隆盛をきわめるが、実枝の子公国の代になって異変が生じた。

実枝が六十二歳となった元亀三年（一五七二）、公国はわずかに十七歳だった。

そこで実枝は、将来は公国に返し伝授するという誓約のもとに、弟子である細川幽斎に古今伝授をさずけた。

幽斎はこの誓約を忠実に守り、実枝の死後公国に返し伝授をするが、天正十五年に公国は三十二歳で他界し、幽斎が古今伝授を受けつぐただ一人の歌人になったのである。

細川幽斎は強烈な武器を手に入れたと言うべきであろう。

何しろ朝廷の力の源が和歌にあり、和歌の正統を受けつぐのは古今伝授を受けた者に限られるとすれば、本朝ただ一人の伝授者である幽斎は、朝廷さえも自由に動かす力を得たも同然だからである。

古来天皇の正統性を保証するものは三種の神器だとされてきた。

南北両朝の争乱の時にも、神器を保持している側が正統の朝廷と見なされたのはそのためだが、古今伝授は公家にとって三種の神器に近いものと考えられたのである。

そのことは古今伝授の秘伝中の秘伝とされる切紙伝授の中に、次のように説かれていることからもうかがえる。

〈切紙の上口伝

御賀《おが》玉木《たまのき》――鳥柴《としば》をおが玉の木という事、鳥をつくるという故なり。鳥は魂の方へ取るなり。その故は榊《さかき》に天照大神《あまてらすおおみかみ》の御魂《みたま》を付たる、これを表する義なり。置玉という心もあり。畢竟《ひつきよう》重大事の時に内侍所と比するなり。

（中略）

妻戸削花《めどけずりばな》——妻戸に種々の花を削りかくる時節これ有るなり。その故は二条后に比し奉《たてまつ》る。国母にまします。この大徳ゆえなりという。畢竟重大事の時神璽《しんじ》に比するなり。

賀和嫁《かわなぐさ》——この草を宝剣に比する心は、剣は水を体とす。河水の清浄よりこの草出生するに比したり。水にも溺《おぼ》れず花咲くなり〉

五枚目の切紙でそう説いた後、六枚目では「重大事口伝」として三種の神器の意義を説く。

〈内侍所——正直。鏡にて座すなり。真体中に含めり。鏡の本体は空虚にしてしかも能《よ》く万象を備えたり。この理おのずから正直なるものなり。畢竟一切皆正直より起る。この義深く秘し深く思うべし。

神璽——慈悲。玉なり。陰陽和合して玉と成るなり。神代に日神と素戔嗚尊《すさのおのみこと》と御仲たがいの時、玉と剣とを取替え給《たま》いて、御仲なおらせ給うことあり。これ陰陽の表事なり。

宝剣——征伐。およそ剣はもと水体なり。水より起こり剣という。陰の形なり。爰《ここ》をもって征伐を根本として天下を治むるなり〉

本居宣長は『排蘆小船』の中で、こうしたものはすべて〈つくりこしらへ〉たものであり、〈わらふにもあまりあること〉だと酷評しているが、先にも見たように古今伝授が和歌による霊力を保証するものとして、三種の神器に匹敵するものと考えられていたことは事実なのだ。

これほど重大なものを手にしながら、細川幽斎ほどの男が漫然と日を送るはずがない。三条西公国の死の三年後に、さっそく行動を起こした。

それが後陽成天皇への伝授の申し込みだったのだが、この時には新上東門院の強硬な反対にあって果たせなかった。

そこで智仁親王に白羽の矢を立て、徳川家康の力まで借りて伝授にこぎつけたのだが、朝廷の側にも伝授を必要とする切実な理由があった。

古今伝授のほかに、朝廷がその存在の正統性を主張できる有力な根拠がなかったからである。

政治の実権は武士の手に握られ、有職故実《ゆうそくこじつ》の多くが室町末期からの相つぐ戦乱で失われている。朝廷としては己れを権威づけるものを、敷島の道である歌道に求めざるを得なかったのである。

これは単なる推測ではない。後に智仁親王から伝授を受けた後水尾上皇自身が語ったことだ。

天皇の側近の一人であった近衛《このえ》基熙《もとひろ》は、元禄《げんろく》二年（一六八九）二月六日の日記（『基熙公記《こうき》』）に次のように記している。

〈後水尾院御在世の日、御前に侍する時に切々と仰《おお》せられていわく、およそ朝廷のこと、当世ことごとく有名無実なり。ここに歌道すでにして、夏野の草茫々《ぼうぼう》の中に小径《こみち》の残れるがごとく、古今不易の伝来の道も断絶すでに遠からじ。朝廷の大事は歌道にあり。ことに学ぶべき由仰せ下され了《おわ》んぬ〉

上皇自らが朝廷は有名無実であると述懐し、生き残りの道を歌道にかけざるを得ないような状況だった。だからこそ歌道の正統を保証する古今伝授が、何としてでも必要だったのである。

激しい轟音がして、地が揺れた。一発、そしてもう一発。也足櫓で大筒を放っているのだ。

幽斎と麝香は四十年来連れそった互いの顔をじっと見つめ合った。古今伝授を用いた計略のあらましを聞かされた麝香は、驚きのあまり声もでないらしい。

「どうやら敵が迫って来たようじゃな」

幽斎は扇子を取り出して胸元をあおいだ。

日が高くなるにつれて、温度が上がっている。田辺城の四方は高い多聞櫓で囲まれているために、箱の中にいるように風の通りが悪かった。

「お茶を一杯くれぬか」

幽斎は麝香と向き合っているのが気詰りになった。

彼女の丸い顔に、明らかに非難の色が現われている。非難というより蔑《さげす》みに近い。そう感じるのは、あるいは幽斎自身が朝廷に対して不敬を犯していると思っているためかもしれなかった。

再び大筒の音がして、障子戸がふるえた。今度は矢継ぎ早に三連発である。

「この音ばかりは、何度聞いても嫌なものですね」

麝香がようやく口を開いた。

「あと五、六日の辛抱じゃ。都からの使者さえ来れば、戦もしずまる」

「あなたといると、いつも嵐《あらし》の海を小舟で渡るような思いばかりさせられますよ」

「不服か」

「いいえ。決っているじゃありませんか」

麝香は怒ったように言って重い腰を上げた。

幽斎との間に十人の子を成した、たくましくも有難い腰だった。

「ご隠居さま」

夢丸が縁側に平伏した。脇《わき》の下に傷をおった後も、いつもと変わらず仕えていた。

「大坂よりの早打ちがまいりました」

油紙に包んだ書状を差し出した。

田辺城が包囲される前に届けようと、使者は夜通し駆けて来たという。

（和議の扱いか）

智仁親王の尽力によって、奉行衆が和議の申し入れをして来たのではないか。幽斎は一瞬そう期待したが、当てはまったくはずれた。

書状は大坂城中にいる知人からのもので、石田三成の要請によって大谷吉継が近々田辺城攻めに加わることになったと記されている。

「あの刑部が……」

大筒の轟音よりもずしりと腹にこたえる知らせだった。敦賀の大谷吉継が総大将として指揮をとれば、一万五千の軍勢はたちまち屈強の兵と化すだろう。

何しろ豊臣秀吉が「刑部に百万の軍勢の指揮をとらせてみたい」と言ったほどの智《ち》将《しょう》なのだ。

「大谷刑部が、来ると申すか」

幽斎は腕組みして黙り込んだ。

それぱかりは何としてでも阻止しなければならなかった。

第十三章　第三の道

七月二十三日未明、石堂多門は城下の紺屋町《こんやまち》にある商家の一室で、北村甚太郎、坂井半助と険しい顔を突き合わせていた。

桂林寺を本陣とした小野木公郷の軍勢が、夜明けとともに攻め寄せて来ることは明らかである。これをどう迎え討つか、意見は真っ向から対立していた。

田辺の城下町は、搦手口《からめて》の外側に広がっている。

細川幽斎は田辺城を築くと同時に、城の北西にあたるこの土地に高潮よけの堤防を築き、町割りをした上で領内の商人や職人を移住させた。

各町ごとに職種の同じ者たちを住まわせ、御小人《おこびと》町、紺屋町、舟門《ふなもん》町などの名を冠したのは他の城下町と同じだが、異なっているのは町全体が高野川と城の外濠《そとぼり》で囲まれていることだった。

いわば城下町が外曲輪《そとくるわ》、あるいは出丸と考えられていたわけで、高野川にかかる大橋のたもとには、橋を渡って攻め寄せてくる敵にそなえて、高さ四尺、幅一町ばかりの石垣が築かれていた。

多門はこの石垣を楯《たて》にして、高野川対岸に迫った敵を迎え討つべきだと主張した。大橋の板を落としておけば、いかな大軍でも一気に川を渡ることは出来ない。敵を引き付けて石垣の陰から銃撃すれば、かなりの痛手を与えられるからだが、甚太郎と半助はこれに強硬に反対した。

高野川の西岸にも町は広がっている。神社や寺院もある。敵の大軍に恐れをなして一戦もせずに見捨てたとあっては、細川家の沽券《こけん》にかかわるというのである。

「体面などにこだわっていられるような時ではあるまい」

多門はそう吐き捨てた。

正々堂々の戦ができるのは、敵より勢力が上回っている場合だけだ。二十倍近い敵に正面から当たればどうなるか、戦に出たことのない二人にも分りそうなものだった。

「貴殿は当家とは関《かか》わりなき方ゆえ、そのようなことを申されるのでござる」

甚太郎が肩をいからせて身を乗り出した。

「川を渡っては勝ち目がない。わざわざ死にに行くようなものじゃ」

「もともと勝ち目のない戦ゆえ、面目を保たねばならぬのでござる」

「幽斎どのは、命を粗末にしてはならぬと下知されておる」

「細川家の面目を守って死ぬことは、命を粗末にすることではござらん。それに大殿は大殿と呼んでいただきたい」

甚太郎が細い目を吊《つ》り上げて床を叩《たた》いた。鉄砲を撃たせればあれほど冷静沈着な男だが、籠城《ろうじょう》戦も三日目になり、体も心も疲れきって闘争心ばかりが空回りしているのだ。

表でふいにざわめきが起こった。

橋のたもとの石垣の側《そば》で、鉄砲足軽たちが合戦前の腹ごしらえをしている。城内の女たちがにぎり飯を配っているのだが、分配をめぐって不平を言う者がいたらしい。足軽たちも疲れと先の不安に苛立《いらだ》っている。ささいな口論からつかみ合いの喧嘩《けんか》になり、二派に分れての乱闘になりかねない雲行きだった。

「あやつら」

甚太郎は砲身の短い馬上筒をつかんで立ち上がると、闇《やみ》に向かって引き金を引いた。

轟音《ごうおん》と閃光《せんこう》が上がり、足軽たちは水をあびたように静かになった。

「ともかく城下の守りを命じられたからには、対岸といえども一戦もせずに明け渡すことはできぬ。三十人を先手として町口に配し、二十人を後詰《ごづめ》としてこの場に残す」

どかりと座ってそう宣したが、これまた愚の骨頂というべきやり方だった。

大橋口の守備隊は鉄砲足軽五十人、持筒《もちづつ》や竹束持ちなどの雑兵《ぞうひょう》百人ばかりである。ただでさえ少ない人数を二手に分けては、各個撃破されるのがおちだ。

そう反論しようとした時、

「多門どの」

坂井半助が間に入った。

「ここは甚太郎に従うて下され。領民を守らねばならぬ我らが、一戦もせずに町を捨てては武士の一分《いちぶん》が立たぬのでござる」

背の高いやせた男で、戦のさなかにも毎日律義にひげをそり上げている。甚太郎とは幼なじみで、年も同じ二十八だという。

「誰《だれ》も従ってくれとは申しておらぬ。命が惜しければ大殿に願うて持場を代られるがよい」

甚太郎が居丈高に言い放った。

多門は灯明《とうみょう》に照らされた二人の顔を交互に見つめると、ゆっくりと銘正宗《なたまさむね》を引き抜いた。

「何をするか」

甚太郎が飛びすさって馬上筒を構えた。

「刃こぼれなどがあっては、存分の働きができぬでな。今のうちに改めておこうと存ずる」

銃正宗を灯明にかざした。身幅三寸ばかりもある刃が、炎に照らされて灼熱《しゃくねつ》した色に染っている。甚太郎も半助も、息を呑《の》んでその輝きに見入っていた。

大橋から桂林寺までは、わずか四町ばかりしか離れていなかった。高野川ぞいの道を二町ほど南にさかのぼり、四ツ角を西に折れて山に入った所が桂林寺である。

川ぞいの道は石畳を敷きつめた一間《けん》たらずの幅で、両側には地方の町にはめずらしく京風の連子窓《れんじまど》の二階屋が建ち並んでいた。

闇にまぎれて川を渡った北村甚太郎は、三十人の鉄砲足軽を道の両側に配した。伏兵に気付かずに進撃して来る敵を、二階から狙《ねら》い撃つ作戦だった。

多門も行動を共にしていた。危なっかしくて甚太郎の側を離れられないのだ。足軽たちも危険を承知しているためか、銃を握りしめたまま黙り込んでいる。

やがてあたりがしらじらと明け、海からの風が吹きはじめた。

「幸い追風じゃ。起き抜けの敵に、ひと泡ふかせてくれようぞ」

甚太郎は手ぐすね引いて待ち構えたが、この待ち伏せは早々と敵に見抜かれていた。夜明けとともに姿を現わした川浪因幡守の軍勢が、桂林寺の境内から大筒を撃ちかけてきたのである。

因幡守も稲富伊賀守の高弟で、甚太郎らに匹敵する砲術の名手である。しかも山裾《やますそ》の高台にある桂林寺からは、川ぞいの民家は恰好《かっこう》の標的になる。

二百匁《もんめ》ばかりの鉛弾《なまりだま》は、計ったように正確に民家の屋根や壁を撃ち抜いた。

細川勢は桂林寺に向かって鉄砲を撃ちかけたが、二町も離れていては威力は半減する。無駄な抵抗をあざ笑うかのように、大筒の弾が一定の間をおいて飛び込んできた。

「ひるむな。撃て撃て」

甚太郎も足軽たちも、恐れる気色もなく撃ちつづけた。命を惜しまぬ戦いぶりは見事なばかりだが、すでに五人が砲弾の直撃を受けて死んでいる。崩れ落ちた屋根の下敷きになった者もいた。

川浪因幡守は頃合《ころあ》いやよしとばかりに鉄砲隊をくり出した。赤の吹流しの旗差し物を背負った軍勢が、四ツ角めざして駆け下りてくる。

「北村どの、退却じゃ」

多門は撤退をすすめたが、甚太郎は意地になって踏みとどまろうとした。

「構わぬ。火を放って退却しろ」

向かいの家にひそんでいる者たちに命じると、多門は早合《はやごう》を割って部屋に飛び込んだ砲弾に火薬をふりかけた。床をくすぶらせるほどに灼熱した弾に触れると、火薬は一瞬に火を噴いた。

「おのれ、勝手なまねを」

甚太郎が筒先を向けた。

「この場は火を放って退《ひ》くしかあるまい。死に場所は他にいくらでもある」

向かいの家からも火の手が上がり、足軽たちが我先にと撤退していった。部屋はすでに火の海になっている。

「この風が天の佑《たす》けじゃ。今のうちに早く」

手分けして両隣の家に火を放った。海からの風に吹き散らされ、火は敵の側へと燃え広がっていく。

因幡守の軍勢は追撃しようとしたが、炎の壁にさえぎられて踏み込めない。四ツ角のあたりから滅法に鉄砲を撃ちかけてくるばかりである。

多門と甚太郎は負傷した者が退却し終ったことを確かめてから退き下がった。

「橋じゃ。橋の板を落とさねばならぬ」

大橋まで下がった時、甚太郎がふいに立ち止った。だが板を引きはがす道具は何もない。

「敵が来るまでにはいま少し間がござる」

多門は甚太郎をうながして石垣の陰まで下がると、斧《おの》と掛け矢と竹束を用意するように命じた。

「拙者が行く。半助、援護を頼む」

甚太郎が屈強の雑兵十人を選び、五人に掛け矢と斧を、残りの五人に竹束を持たせた。

「その役は、それがしにお任せ下され」

多門はそう申し出た。

「拙者が行くと申しておる。邪魔をいたすな」

「鉄砲の腕は北村どのの方が確かでござる。援護に回って下され」

多門は竹束を橋の欄干に並べて弾よけにすると、斧と掛け矢で橋板を打ち破るように命じた。

ところが厚さ二寸ばかりの松の板は、雑兵たちがいくら叩いても破れなかった。手間取っているうちに赤の吹流しの軍勢が迫り、鉄砲を撃ちかけてくる。竹束に鉛弾が当たって不気味な音をたてる。

紙貼《かみば》りの陣笠《じんがさ》をかぶった雑兵たちは、頭を撃ち抜かれるのが恐ろしいので、竹束の高さより上には頭を出そうとしない。腰をかがめたまま斧や掛け矢をふるうが、橋板はびくともしなかった。

石垣の陰に陣取った甚太郎や半助らが川向こうに鉄砲を撃ちかけて援護するが、敵も民家を楯にとり、数に物を言わせて撃ち返してくる。

「どれ、貸してみろ」

多門は雑兵から斧を受け取ると、大上段にふり上げて打ち下ろした。

斧の刃が橋板に深々と突き立った。切り口を狙ってもう一撃を加えると、真っ二つに割れた。

一ヵ所が空けば、斧もふるいやすい。たちまち七、八枚の板が落とされ、西岸から馬を乗り入れることは出来なくなった。

普通なら落とせるだけの板を落とすところだが、多門は幅三間ばかりの島を残し、そこから再び板を落とさせた。

「北村どのに、手柄を立てさせてやるか」

二、三枚落とした所で腰に巻いた打飼《うちかい》袋をはずし、残した橋板に結びつけてぶら下げた。

「何をなされておるのです」

兵の一人が不審そうにのぞき込んだ。

打飼袋は兵糧《ひょうろう》などを入れておくためのものだが、籠城戦では炊き出しがあるので腰兵糧はつかわない。

「まあ見ておれ」

多門は袋の長さを調整すると、一人の負傷者も出さずに石垣の陰まで引き上げた。

「多門どの、かたじけない」

坂井半助がねぎらいの言葉をかけたが、甚太郎は対岸の敵に気を取られているふりをして見向きもしなかった。

やがて川浪因幡守が対岸に着陣し、本格的な銃撃戦がはじまった。

赤の吹流しの旗差し物を背負った二百ばかりの軍勢は、川ぞいの家の陰に散開して鉄砲を撃ちかけてくる。

細川勢は石垣の陰や河原《かわら》に引き上げた船の陰から応戦するが、鉄砲足軽は五十人に満たない。いかに甚太郎や半助の腕が確かでも、兵力差はいかんともし難かった。

正面からの攻撃に圧倒されている細川勢を尻目《しりめ》に、敵の一隊が長梯子《ながばしご》を持ち出して大橋に駆け寄った。板を落とされた所に梯子をかけ、竹束を押し立てて多門が残した橋板の島に陣取った。

そこから再び梯子をかけて橋を渡ってくるつもりらしく、幅三間ばかりの島に、鎧《よろい》武者三人を含めて三十人ほどが続々と渡った。

細川勢は正面から鉄砲を撃ちかけたが、すべて竹束にはね返された。

「あれでは何のために橋板を落としたか分らぬではないか」

甚太郎が怒鳴ったが、多門は落ち着き払っている。

「敵の乗った橋の下に打飼袋が下がっておるが、ご覧になれますかな」

「ああ、見えるとも」

「ならば見事に撃ち抜いて、貴殿の弾に顔があるところを見せて下され」

甚太郎はきっとなると、人の頭ほどの大きさの袋を易々《やすやす》と撃ち抜いた。

次の瞬間、中に包んだ焙烙弾《ほうろくだま》が爆発し、橋板ごと敵を吹き飛ばした。

多門の機転で敵三十人ばかりを一挙に葬り去ったとはいえ、彼我の兵力差はどうしようもない。石垣や船の陰から応戦していた細川勢は、四半刻《しはんとき》ほどの間に半数ほどに打ち減らされていった。

中でも川向こうの船宿の二階から鉄砲を撃ちかけてくる川浪因幡守は脅威だった。

腕が確かな上に、砲身が長く殺傷力の大きい長鉄砲を用いているので、足軽たちが着ている胴丸を易々と貫通する。四十人ばかりの死者のうち、因幡守の手にかかった者が十数人にも上った。

こちらから因幡守を狙い撃とうとしても、船宿の庭には二股《ふたまた》に分れた杉の巨木が立っている。その木を楯に取っているので、正面から撃った弾はことごとくさえぎられた。

「北村どの、もはやこれまででござる」

多門が声をかけた。

ここはいったん城内まで退却して態勢を立て直さなければ、全滅を待つばかりだった。

「まだじゃ。弾のつづくかぎり、大殿に任された持場を離れるわけにはいかぬ」

甚太郎は持筒に弾を込めさせ、休む間もなく引き金を引きつづけた。

多門も石垣の陰に身を伏せて鉄砲を撃ちかけたが、敵の銃弾は雨あられのごとく頭上を飛び過ぎてゆく。時には兜《かぶと》の鉢にあたって鋭い金属音をたてる。

再び退却をすすめようとした時、上流で指揮を取っていた坂井半助が腰をかがめて後ろを通り過ぎていった。

「待たれよ。どこへ行かれる?」

「ここからでは、因幡守どのの姿が見え申さぬ」

半助はそう怒鳴ると、石垣の陰から飛び出して大橋のたもとに向かった。

下流に回って因幡守を仕留めるためだが、十歩と走らないうちに銃弾を受けて倒れ伏した。

「半助」

甚太郎が銃弾の中に飛び出し、半助を引きずって石垣の陰まで連れ戻した。

「どこをやられた。大事ないか」

抱き起こして呼びかけたが、半助は目をむいたまま口を開かない。こめかみからひと筋の血が流れて、ひげを剃《そ》り上げた顎《あご》へと伝い落ちた。

銃弾は兜の鉢のわずかに下、革札《かわざね》を並べて作った錣《しころ》を貫き、こめかみを撃ち抜いている。神業ともいうべき正確さだった。

「おのれ、因幡守」

甚太郎は弾込めしたままの半助の銃をつかんで飛び出そうとした。

多門は鎧の草摺《くさず》りに手をかけて後ろに引き倒した。その拍子に引き金に力がかかり、乾いた音をたてて銃が暴発した。

逆上した甚太郎は、多門の顎をめがけて銃床を突き上げた。

多門がこれをかわして鉄砲をはたき落とすと、獣じみた叫び声をあげて組みついてくる。多門は甚太郎の顎を膝《ひざ》で蹴《け》り上げて横転させた。

「北村さま」

使番の赤い袖印《そでじるし》をつけた夢丸が中腰で駆け寄ってきた。

「城下に火をかけ、城中に退くようにとのおおせでございます」

「退けだと」

甚太郎が血筋の浮いた真っ赤な目で夢丸をにらんだ。

「半助を殺されて、おめおめと引き下がれるか」

「大殿のおおせでございます」

夢丸は若年ながら毅然《きぜん》としている。前髪の下に額金《ひたいがね》を巻いた姿は、とても女とは見えなかった。

「分った。だがこれでは退くのが手一杯で、とても城下までは手が回らぬ」

多門が甚太郎に代って答えた。

「承知いたしました。そちらは我らにお任せ下されませ」

夢丸は強い口調で言って走り去った。

多門は石垣の側の番小屋に難をさけていた雑兵たちに、竹束を出して船の陰にいる鉄砲足軽たちの退却を助けるように命じた。

戦死した者たちが持っていた銃や早合を入れた胴乱も、早急に回収しなければならなかった。

「半助、許せ」

甚太郎は日輪の前立てをつけた半助の兜と自分の兜を取り替えると、遺体を番小屋に入れて火をつけた。敵に首を取らせないためである。

やがて碁盤の目状に町割りされた城下町からも火の手が上がった。

御小人町、丹波町、舟門町、紺屋町……。幽斎が田辺築城と同時に築いた九つの町が、海からの風にあおられて燃えさかる炎に焼き尽くされていく。

その炎にあぶられ煙に巻かれながら、大橋口の守備隊は悄然《しょうぜん》と搦手門へ撤退していった。

「方々、あの有様を見候《みそうら》え」

対岸の敵が雑言をあびせた。

「戦をおそれて籠城を決めこんだ臆病者《おくびょうもの》どもが、初手の戦に打ち負けて命からがら逃げ出しおったわ」

「細川武士は腰抜けぞろいじゃ。将軍家ゆかりの名家よ武勲の家よと大口をたたいておきながら、戦となるとこのざまかよ」

大声張り上げて挑発してくる。これ見よがしにつぶてを投げ、鯨波《とき》の声をあげる。

若い足軽の中にはかっとなって反撃に出ようとする者がいたが、老練の者に腕を押さえられて町口の搦手門から城内に入った。

幽斎が近臣十人ばかりとともに出迎えた。

「よしよし、よう戦うた。その方らの働き、大草櫓《やぐら》からしかと見届けたぞ」

大草櫓は二の丸西北にある二層の隅櫓である。

「大殿」

北村甚太郎が地にひれ伏した。

「それがしに今一度五十人の鉄砲足軽をお預け下され。この無念、半助の仇《かたき》……、晴らしとうございまする」

砂を握りしめて嗚咽《おえつ》をもらした。

「それがしも」

「それがしも、今一度」

生き残った足軽たちの大半が、片膝立ちになって出兵を願った。

「よくぞ申した。そなたたちは当家の宝じゃ。一度と申さず二度も三度も敵に向かってもらわねばならぬ」

幽斎は家臣たちの顔を一人一人見回した。

「だが、今はその時ではない。敵があのようにあざけるのは、その方らをおびき出して討ち取るためじゃ。うまうまとその手に乗るようでは、かえって敵を喜ばせるばかりじゃぞ」

「しかし、このままでは……」

「無論このまま済ませるつもりはない。各々《おのおの》城内の持場を固く守り、敵のあざける言葉を鉄砲にて打ち消すがよい。反対に敵を怒らせて城近くに引き付け、一人でも多く討ち取るのじゃ。さすれば身方の人数を損ずることなく敵に痛手を与えることが出来る。勝ち戦をしたければ、わしの下知に従うことじゃ」

甚太郎も足軽たちも、無言のまま泣くばかりである。

「分ったら早々に奥に行って傷の手当てを受けて来い。奥方どのが手ぐすね引いて待ち構えておられるゆえな」

搦手門と多聞櫓越しに、城下を焼く炎が見えた。町までは半町ほどしか離れてはいない。四百軒ちかい家が一面の火の海と化し、黒煙と熱気をふくんだ風が城内にも吹き込んできた。

幽斎は立ちつくしたまま、じっとその様子を見つめていた。

「多門、話がある」

我に返ったように声をかけたのは、甚太郎らが立ち去った後だった。

「ここでは何だ。鎧をぬいで本丸御殿に来てくれぬか」

「では、後ほど」

多門は濠に下り、裸になって水をかぶった。

田辺城は海ぎわの低湿地にあるので、濠には川から水を引き込まなくても伏流水が湧《わ》いている。少し塩分がまじって金気が多いが、赤土を張った桶《おけ》にためておけば飲み水にすることも出来た。

地下から湧き出た水は、真夏でも思いがけないほど冷たかった。多門は戦にほてった体に水をあびせ、汗と血と火薬の匂《にお》いを洗い落としたが、着替えの用意はない。

仕方なくそのまま本丸御殿に行くと、幽斎は酒の用意をして待っていた。

「大橋口での働きは見事であった。礼を申す」

幽斎が手ずから酌をした。

すき通った酒が白磁の茶碗《ちゃわん》にそそがれるのを見ると、かわききった多門の喉仏《のどぼとけ》は、待ち切れずに二、三度おどり上がった。

「甚太郎はまだ若い。戦に出たこともないゆえ、取り乱すのも致し方のないことじゃ」

「何事も慣れでござる」

「そう申してくれるか」

「北村どのに含むところはございませぬ」

多門はつがれた酒をひと息に飲んだ。

「それで、お話とは」

「昨日大坂から知らせがあってな。敦賀の大谷刑部が寄せ手に加わることになったらしい」

幽斎は底の浅い広口の盃《さかずき》についだ酒をひと口すすって話をつづけた。

「敦賀からここまでは陸路で二日、海路なら一日で着く。もし刑部が寄せ手の総大将となれば、この人数では三日と支えることは出来まい」

「大谷軍はそれほどに強いのでござるか」

「強い。だが恐ろしいのは兵の強さではない。大谷刑部の軍師としての器量と、信望の厚さじゃ。一万五千の軍勢がひとつにまとまり、刑部に率いられて攻めかかってきたならどうにもならぬ」

幽斎は辟易《へきえき》した顔をした。

「刑部どのは病をわずらっておられると聞きましたが」

「そうじゃ。だが家臣たちが目となり手足となって、刑部の考え通りに兵を動かす。この難敵に当たるためには、そちに金沢まで出向いてもらわねばならぬ。前田家の軍勢を西に動かし、大谷刑部を敦賀に釘付《くぎづ》けにしておいてもらいたい」

「前田家にも会津征伐への出陣命令が下ったとうかがいましたが」

「越後の津川口《つがわ》から攻めかかるように命じられておる。だが大坂方が挙兵した今では、家康どのは会津征伐を中止されるであろう。家康どのよりひと足早く西に攻め上ったとて、何の不都合もないはずじゃ。一刻も早く兵を起こし、越前に攻めかかるように伝えてくれ」

「書状は？」

「万一にも企てがもれるようなことがあってはならぬ。こたびはそちの口上だけが頼りじゃ」

「前田家との間には、何か申し合わせがあるのでございましょうか」

「何ゆえそのようなことをたずねる」

幽斎が多門の顔をのぞき込んだ。

「口上だけとなれば、前後のいきさつを知らずには役目が果たせませぬ」

「話せぬと申せば、金沢へは行ってくれぬか」

「幽斎どののために戦うと、千丸どのと約束をいたしました。たとえ何があろうと、その約束は果たしまする」

「そうか。そこまで言ってくれるのであれば、話さぬわけにはいくまいな」

幽斎が表情を和らげて多門の茶碗に酒をついだ。

「前田家と当家は、千世姫の縁でつながっておる。昨年の秋には家康どのに謀叛《むほん》の疑いをかけられ、共に江戸に人質を差し出した仲でもある」

前田家に家康暗殺を企てたという疑いがかけられた時、細川家も同心していると疑われた。そのために忠興は三男忠利《ただとし》を人質として江戸へ送っていた。

「それゆえこたびの戦では徳川方に身方せねばならぬが、たとえ家康どのが勝たれたとしても、両家とも徳川家の家来として生きるほかはなくなる。また大坂方が勝ったなら、石田治部は必ず両家を取り潰《つぶ》すであろう。どちらに転んでも我らの立場は危うくなる。ならば、いっそ第三の道を選んでみてはどうかと考えたのじゃ」

「第三の道とは？」

「前田家と細川家が結束し、去就に迷っている大名に呼びかけて、徳川でも豊臣でもないもうひとつの勢力を作る。横山大膳に利長どのを説くように頼んだのも、わしが金沢まで出向いたのもそのためじゃ」

「身方をつのって、兵を挙げられるのでござるか」

「いやいや」

幽斎はとんでもないという風に手をひらひらと振った。

「いかに身方が増えたところで、徳川方を敵に回して戦えるほどの勢力にはならぬ。それに戦となれば、わしより家康どのの方が一枚も二枚も上手じゃ。当然わしの身方をしようとする者も少なくなる。だから我らは結束するばかりで兵を挙げぬ。結束することによって、家康どのに高く売り込むばかりじゃ」

「なるほど。陣場《じんば》商人でござるな」

陣場商人とは両軍の対陣が長引いた時に、食糧や薬品、武器などを売りに来る者たちである。

「馬鹿《ばか》を申すな。これは調略というものじゃ。その調略のもととなる連判状がこの城にある。この城が落ちぬということが、すなわち調略が生きておることの証《あかし》になる。前田どのは必ず軍勢を出して下さるはずじゃ」

「前田どのの他には、どのような大名が身方に加わっておられるのでござろうか」

「今は明かせぬ。だが前田家も含め石高にして二百万石、軍勢にして六万を下らぬことは確かじゃ」

「大谷勢の進撃さえ抑えれば、城を守り抜くことが出来ますか」

「あと四、五日もすれば、朝廷から和議の扱いがある。我らが家康どのを向こうに回して博打《ばくち》が打てるのも、朝廷という後ろ楯があればこそなのじゃ」

どうして朝廷が幽斎の後ろ楯になるのか。多門にはその理由は分らなかったが、そこまでたずねることははばかられた。

「和議の扱いさえあれば、その先はわしの腕の見せ所じゃ。必ず申し合わせの通りに事を運ぶゆえ、ご安心いただきたいと利長どのに伝えてくれ」

「承知いたしました。これよりさっそく発《た》ちまする」

「水軍の船で小浜《おばま》まで送らせる。その先は加賀へ行く商人船が出るゆえ、それに乗り替えてくれ。金沢に着いた後は、横山大膳の力を借りるがよい」

「ははっ」

「夢丸はどうする。連れていくか」

「いえ、こたびは一人で参ります」

多門はそう答えた。さらしを巻いた夢丸の乳房がちらりと頭をよぎった。

「船の仕度は申し付けてある。身仕度をして、船着場に行ってくれ」

幽斎が残った酒を徳利ごと手渡した。

多門は本丸御殿を出ると、宿所にしている一如院の庵室《あんしつ》にもどった。徳利の酒を朱色のふくべに移し、鉈正宗を腰にはけば身仕度は終りである。

千丸の位牌《いはい》に手を合わせるために本堂に向かおうとした時、戸口に夢丸が現われた。

「ご隠居さまが、これに着替えて行くようにと申されております」

きれいに折りたたんだ浅黄色の小袖と、濃紺の袴《はかま》を差し出した。小袖は生絹《すずし》、袴は麻である。

「そうか。すまぬ」

多門は自分の着物が汗とほこりと血にまみれて異臭を放っていることに改めて気付いた。この三日間風呂《ふろ》にも入らず、鎧を着込んで戦いつづけていたのだから無理もない。籠城の城内では誰も気にしないが、一歩外に出れば異様な目で見られるに決っていた。

「お召し替えを、手伝いましょう」

「それには及ばぬ」

多門が拒むと、夢丸は睫毛《まつげ》の長い大きな目を淋《さみ》しげに伏せた。

「金沢には連れていっていただけないのですね」

「この仕事はわし一人で充分だ。それにこの時期の海風は傷にさわる」

「私が女子《おなご》だからですか」

「そうではない」

「多門どのをあざむくために隠していたのではございませぬ。女子と知れれば鳥見役が勤まらないからでございます」

「そうではないと申しておる。あざむかれたとも思うてはおらぬ」

「それでも聞いていただきとうございます」

「ならば、手早く話せ」

多門は背中を向けて着替えを始めた。

「私の家は先祖代々、鳥見役組頭《くみがしら》として細川家に仕えてまいりました。家は男子が継ぐものと決っておりますが、父には娘ばかりが五人も生まれ、ようやく生まれた弟も三つの歳《とし》に死んだのでございます」

普通の武士なら養子を迎えるという手もあるが、鳥見役の間には実子相続でなければ認めないという鉄則がある。

このままでは組頭の座を明け渡さざるを得なくなった夢丸の父は、息子の死を秘し、二つ上の娘を弟の身代りとして育てることにしたのだという。

その間に男子が生まれることを期待してのことだが、ついに二人目には恵まれなかったのである。

「それゆえ私は終生弟の夢丸として生き、家を背負っていかなければならなくなったのでございます」

「すると、そなたの本当の名は若菜か」

夢丸は無言でうなずいた。鷹《たか》にわかな丸という名をつけたのはそのためだったのだ。

「幽斎どのはこのことをご存知か？」

「お気付きだとは思いますが、何も申されませぬ」

「ならばわしも同じじゃ。そなたが男でも女でも、夢丸であることに変わりはない」

「かたじけのうございます。どうかご無事で」

夢丸は懐《ふところ》から細い棒手裏剣を取り出し、持っていってくれるように頼んだ。

「そうか。ありがたく頂戴《ちょうだい》しておく」

多門はにこりと笑って押しいただくと、鉈正宗の鍔元《つばもと》におさめた。

石堂多門が加賀の宮腰湊《みなと》に入ったのは、七月二十四日の昼過ぎだった。

細川水軍の船で若狭の小浜まで送られた多門は、幽斎が手配した商人船に乗り替えて昨夜のうちに越前の三国湊に入り、明け方に出港して十九里の海路を越えてきたのである。

山育ちの多門は船は苦手で、小浜からずっと船室にとじこもったままだった。船酔いを忘れるためにふくべの酒を飲んだが、酒の酔いはいっこうに回らず、激しい目まいと胃を絞り上げるような吐き気に苦しめられるばかりだった。

船着場で船を下りても、しばらく地面が揺れているようで足元がおぼつかない。待合所の長床几《ながしょうぎ》に腰を下ろして休んでいると、初老の馬方が声をかけてきた。

「お侍さんも陣場借りにまいられたんでございますか」

言葉は慇懃《いんぎん》だが、腹に軽蔑《けいべつ》をかくした物言いである。

陣場借りとは合戦のときだけ臨時に軍勢に加えてもらうものだ。手柄を立てれば仕官の道が開けるので、合戦前になると牢人《ろうにん》たちが伝《つ》てを頼って集まってくるのが常だった。

「まあ、そうだ」

「どなたかお知り合いでも？」

「あいにく誰もいないが、何とかなりそうか」

馬方たちは往来の噂《うわさ》に精通しているだけに馬鹿には出来ない。

「ご城下まで三百文でいかがです。道々お話し申し上げますが」

「わずか一里の道のりだろう。三百は高いな」

「なあに、出世の糸口がつかめるかどうかの瀬戸際ですよ。決して高くはございますまい」

皺《しわ》の多い顔に愛想笑いを浮かべた。

多門は馬方の手を見やった。隠し目付かもしれないと思ったからだが、長年馬のたづなを引いたために右手の甲が厚く、指が節くれ立っている。

「馬は丈夫か」

「それはもう、今年仕入れたばかりの駿馬《しゅんめ》でございます」

「ならば一貫文でどうだ」

「ご城下まで、お一人でございますか？」

「三日間借り切りたい。三日後にはかならずここに戻る」

「よろしゅうございます。そのかわり馬の保証として、別に金五両をお預けいただきましょう」

「これまた高いな」

「出陣前でどなたも血眼《ちまなこ》になって馬を捜しておられます。駿馬となると、十両は出すという方が五万とおられます」

確かに戦となると、馬、刀、鎧から、米、塩、材木にいたるまで何もかもが値上がりする。それを見越して商人たちは諸国から物を買い集め、濡《ぬ》れ手に粟《あわ》の商売をするのだ。

多門は馬方の言い値で栗毛《くりげ》の馬を借り受け、金沢城下へ向かった。

宮腰と金沢城下は、のちに宮腰往還とよばれた一里ばかりの道でむすばれていた。

城下の北国街道ぞいには、越中、能登、加賀から集まった軍勢が宿営し、殺気立った雰囲気につつまれている。中でも前田利長の弟利政が能登から率いてきた軍勢の多さが目立った。

多門はいったん浅野川まで出ると、城を大きく迂回《うかい》して小立野台地にある一条家の屋敷に向かった。

「石堂多門と申す。仙太郎どのにお取り次ぎ願いたい」

門番にそう告げると、しばらくして仙太郎が小走りに出て来た。

「多門どの……、まさかとは思ったが、本当に多門どのでしたね」

「ほう、元服したか」

「戦に出るので、十日前に式をいたしました」

仙太郎が前髪を落とした頭に手をやった。子供じみていた顔も、ぐっと引き締って侍らしくなっている。

「歳月人を待たずというが、わずか三月の間にこうも変わるとはな」

「さあ、奥へどうぞ。長の旅でお疲れでしょう」

仙太郎が奥の離れへ案内した。

台地の斜面に突き出した縁側からは、金沢城の石川門が見えた。この間来た時には、城内に幽閉された横山大膳と連絡をとるために、夢丸がここからわかな丸を飛ばしたものだ。

「夢丸どのは、ご一緒ではないのですか」

仙太郎も同じことを思い出したらしい。

「うむ、田辺城におる。わしも昨日城を出てきたばかりじゃ」

「田辺城はよほど峻険《しゅんけん》の地にあるのですか」

仙太郎がたずねた。何しろ幽斎は二十数倍の敵に攻められながら持ちこたえているのだから、そう思うのも無理はなかった。

「海辺の平城じゃ。まわりは平地で、広さは金沢城の三分の一もあるまい」

「そんな城で、この先守りきれるのでしょうか」

「わしがここに来たのも」

多門がそう言いかけた時、襖《ふすま》の外で声がした。

「兼継《かねつぐ》どの、よろしゅうございますか」

「どうぞ」

仙太郎が答えると、母親が茶を運んできた。お千代の妹で、丸いふっくらとした顔立ちも、こめかみにまでかかりそうな切れ長の目もよく似ている。

「いつぞやは姉上を助けていただき、かたじけのうございました」

白くほっそりとした指をついて礼をのべた。育ちの良さがおのずとにじみ出るような品のいい仕草である。

「母上、石堂どのは急ぎのご用がございますので」

今や一条兼継と名を改めた仙太郎が、大人《おとな》びた口調で下がるようにうながした。

「兼継どの、お心づかいかたじけない」

多門がからかい半分で礼をのべると、仙太郎は嬉《うれ》しそうにはにかんだ。

「田辺城救援のことで横山大膳どのに頼みがあるのだが、連絡をとってもらえまいか」

「ここに参られるようにですか。それともどこか他所《よそ》で会われますか」

「大膳どのに任せる。人目につかぬ所ならどこでもよい」

多門が直接大膳をたずねなかったのは、太田但馬守らの目を警戒してのことだった。

「承知いたしました。これより三の丸の屋敷にうかがってみます」

仙太郎がすっくと立った。事は一刻を争う。そのことを充分に承知した動きだった。

一人残された多門は、ぼんやりとお千代のことを考えていた。

蒲生源兵衛の囲われ者のように過ごしたことが、金沢城下で悪い評判をよんだらしい。武家の娘なら自害せよと迫る者までいたというが、お千代は生きて芳春院に仕える道を選んだのだ。

瓜《うり》二つの妹を見たせいか、伏見で会ったお千代の姿が鮮やかによみがえり、その後のことが気にかかった。

半刻ばかり待つと、横山大膳が一人で入ってきた。

「お待たせいたしました」

「おお大膳どの、お久しゅうござる」

「急用と聞き、直《じか》にこちらにうかがいました」

大膳は三十三歳という若さながら前田家の家老をつとめ、利長の右腕と評された男だった。

剣は名人越後と称された富田越後守重政に学び、和歌は細川幽斎に学んだ文武両道の士である。物腰はいたって柔らかで、誰に対しても声を荒らげたことがなかった。

「仙太郎、いや、兼継どのは？」

「内密のご用らしいので、席を外させていただくと申しておりました。田辺城の様子はいかがでございますか」

「そのことで貴殿のお力を借りたいと、幽斎どのが申しておられまする」

多門は田辺城の籠城の様子と、大谷吉継が参戦することを語り、大谷軍を敦賀に釘付けにしておくために、前田家の軍勢を西に動かしてもらいたいという幽斎の頼みを伝えた。

横山大膳は腕組みをしたまま、目を半眼にして黙り込んだ。眠気をこらえているような間の抜けた顔に見えるが、これが思案に窮したときの癖である。

「難題とは存ずるが……」

多門も大膳の癖はよく知っていた。

「難題というよりも、無理だと申し上げるべきでしょう」

「会津征伐はやがて中止になるはずだと、幽斎どのは申されていたが」

「確かに大坂方が挙兵したからには、家康どのは軍勢を西に向けられることになりましょう。ですが徳川方に身方すると称して動いている当家としては、家康どのの下知がある前に勝手な行動を起こすわけにはまいりませぬ。それに家中には、いまだに大坂方に身方すべきだと主張される方々もおられます」

「太田但馬守どのでござるか」

「能登守どのも以前から無二の大坂方でございます」

利家の次男能登守利政は父ゆずりの苛烈《かれつ》な気性の持ち主で、昨年秋に加賀征伐の問題が起こったときから家康との決戦を主張していた。

「このたび能登守どのは、一万近い軍勢を率いて金沢に来ておられます。このまま兵を大坂に向けて、秀頼公の守りにつくべきだと申しておられるのです」

「大坂方につくということですか」

「先代さまは亡き太閤《たいこう》殿下から秀頼公の守《も》り役を拝命しておられました。その役目は今も殿に受けつがれております。それゆえ天下の危急に際して秀頼公の警固につくのは当然であると申されるのです」

「理由はどうあれ、大坂城に入れば大坂方に合流したと見なされましょう」

「しかし名分はちがいます。家康どのも秀頼公を敵としてはおられないのですから、守り役として大坂城に入ったからといって、芳春院さまをはじめとする当家の人質を手にかけることは出来ますまい」

「なるほど、理屈でござるな」

「能登守どのはこの論法をもって、前田家を一気に大坂方となそうとしておられるのです。その後押しを得て太田但馬守どのが勢いを得ておられる上に、身方をすれば北国七ヵ国を与えるという秀頼公のお墨付きが届いたために、家中の意見は再び二分しているのです」

「七ヵ国……」

信じられないような破格の待遇だが、利長の側近であった村井勘十郎《むらいかんじゅうろう》の覚書に、

〈関ヶ原の時秀頼様より大谷刑部少、増田右衛門などより御印を持たせ、御味方成され候《さうら》はば、北国七ケ国進むべき旨申し越し〉

と記されている通り、そうした申し入れがあったことは事実だった。

豊臣家にとって前田家はそれほど大きな存在だったのである。

「実はこのことについて最後の決断を下すために、明日の巳《み》の刻（午前十時）から評定が開かれます。能登守どのが一万ちかい軍勢を率いて来られたのは、この評定に圧力をかけるためなのです」

百石につき三人という動員兵力の常識からいえば、二十一万石で一万人は確かに多過ぎた。利政はそれだけの意気込みをかけて明日の評定にのぞもうとしていたのであ

る。

「このような時に、兵を西に向けよと言ったならどうなると思いますか」

「………」

「殿はそれがしまでが能登守どのの側についたと考えられるにちがいありません。たとえそうならなくとも、西進の途中で能登守どのが秀頼公を守るためと称して自軍を大坂に進められたとしたら、但馬守どのをはじめ家中の半数ちかくはこれに引きずられることになりましょう」

前田家には先君利家の遺言に従って豊臣家を守るべきだという意見が根強い。謀叛のぬれ衣《ぎぬ》を着せて加賀征伐を行おうとした家康への怨念《おんねん》もある。その上何事にも優柔不断な利長への苛立ちも、家臣の間には高まりつつあった。

利長への不満のきざしは、すでに昨年の豊国祭の頃からあった。

秀吉の一周忌にあたる八月十八日に諸大名はこぞって豊国神社に参列したが、利長があまりに家康にぺこぺこするので他の大名の顰蹙《ひんしゅく》をかったのである。

〈利家嫡子《ちゃくし》中納言利長は、内府家康公への御挨拶《あいさつ》はなはだ謙《へりくだ》る故に、前田へ与力の大小名口惜く、利家死後いまだ百日も過ぎざるに、かかる威勢の劣る事かな〉

そう言ってなげき合ったと、当時の記録に記されている。

しかもその直後には、自分の死後三年は大坂を離れてはならぬという利家の遺言にそむいて金沢に帰った。家康がその留守に付け入って謀叛の疑いをかけると、生母を人質に差し出して許しを乞う体《てい》たらくである。

これでは利家恩顧の老臣たち、子《こ》飼いの家臣たちが、利長に反感を抱くのもやむを得ないことだった。

いっぽう、弟利政は颯爽《さつそう》としている。まだ二十三歳という若さだが、その力量にはすでに定評があった。

前述した村井勘十郎の覚書には、加賀征伐の時の利政の行動が次のように記されている。

〈右之《の》ごとく、大府公（家康）と利長様申分出来、伏見、大坂上下たがひにきづかひの時分、孫四郎《まごしろう》様（利政）日々伏見にて、何のかまひなく、鷹野《たかの》に供衆三十人ばかりにて御出《いで》候へば、豊後、伊予そのほか大小名共に、さりとてはでうぶ（丈夫）なる御心中かな、又は笑止がり申し候。大府・公方《くぼう》よりも目付をつけ申され候へば、右申候通りゆゑ、いか様孫四郎はたゞものにはあらずと、申しならはし候由の事〉

家康にただ者ではないと言わしめたほどの逸材である。利長に幻滅した家臣たちが、利政に前田家興隆の夢を託すのも無理からぬことだった。

「しかも問題はもうひとつございます」

大膳はどこか他人事《ひとごと》のような冷めた口調でつづけた。

「家康どのの命にそむいて軍勢を西に向けるためには、重職の方々を説得するに足るだけの理由が必要です。ところが田辺城を救うためにとは言えますまい」

そんなことをすれば、細川家と前田家の間に密約があることを公表するも同然だった。

「たとえ言ったとしても、幽斎どのの計略に当家が加担していることを話せない以上、なぜ会津への出兵命令に背いてまで細川家を助けねばならぬのかと問われたなら、答えようがありません」

「確かに」

多門は溜息《ためいき》まじりにうなずいた。

幽斎の計略を知っているのは、前田家では利長と大膳と芳春院だけだ。真の目的を告げぬままに軍勢を西に向けると言えば、家臣たちは疑心暗鬼におちいり、収拾のつかない大混乱になるだろう。

「しかし肥前守どのは何もかも存じておられるはずです。幽斎どのの頼みを伝えれば、何とかして下さるのではござるまいか」

無理を承知で頼むしかなかった。大谷吉継が田辺城攻めに加われば、幽斎らは討ち死にするしかないのである。

「さきほども申し上げた通り、前田家は殿の一存では動かないのです。高畠どのに相談すれば、何か智恵《ちえ》をさずけて下さるかもしれないが……」

何か差しさわりでもあるのか、しばらく目を伏せて考え込んだ。

「うむ。やはりそれしかありますまい」

意を決すると、大膳の行動は速かった。一条家の者に駕籠《かご》の仕度を頼み、多門を同道して金沢城の新丸にある高畠石見守定吉《さだよし》の館《やかた》へ向かった。

（下巻につづく）

関《せき》ヶ《が》原連判状《はられんぱんじょう》 上巻《じょうかん》
朝日文庫

2023年8月30日　第1刷発行

著　　者　安部龍太郎《あべりゅうたろう》

発 行 者　宇都宮健太朗
発 行 所　朝日新聞出版
〒104-8011　東京都中央区築地5-3-2
電話　03-5541-8832(編集)
03-5540-7793(販売)
印刷製本　大日本印刷株式会社

ISBN978-4-02-265114-3

浅田　次郎
降霊会の夜
死者と生者が語り合う夜、男が魂の遍歴の末に見たものは？　これぞ至高の恋愛小説、一級の戦争文学、極めつきの現代怪異譚！《解説・吉田伸子》

浅田　次郎
椿山課長の七日間
突然死した椿山和昭は家族に別れを告げるため、美女の肉体を借りて七日間だけ〝現世〟に舞い戻った！　涙と笑いの感動巨編。《解説・北上次郎》

浅田　次郎
天国までの百マイル
新装版
会社も家族も失った四〇歳の主人公が、病の母を救うため、名外科医がいる病院めざして命がけの旅に出る。感動の長編小説。《解説・大山勝美》

江上　剛
抗争
巨大銀行《メガバンク》が溶融《メルトダウン》した日
三行合併したミズナミ銀行の行員が何者かに殺害された。巨大化した金融組織の呪縛が招いた悲劇を描く、長編ビジネス小説。《解説・清武英利》

江上　剛
座礁《ざしょう》
巨大銀行《メガバンク》が震えた日
未曾有の大スキャンダルに遭遇した銀行マンが、退路を断って下した勇気ある決断。ビジネスマンの矜持を描いた長編経済小説。《解説・竹花　豊》

江上　剛
非情人事
リストラ、ヤミ金、追い落とし。生き残るのは果たして誰だ？　シビアな世界で闘う人々を描いた傑作ビジネス短編集。《解説・伊藤博敏》

今野 敏
TOKAGE《トカゲ》
特殊遊撃捜査隊

大手銀行の行員が誘拐され、身代金一〇億円が要求された。警視庁捜査一課の覆面バイク部隊「トカゲ」が事件に挑む。《解説・香山二三郎》

今野 敏
精鋭

新人警察官の柿田亮は、特殊急襲部隊「SAT」の隊員を目指す！ 優れた警察小説であり、青春小説・成長物語でもある著者の新境地。

今野 敏
天網
TOKAGE《トカゲ》2 特殊遊撃捜査隊

首都圏の高速バスが次々と強奪される前代未聞の事態が発生。警視庁の特殊捜査部隊が再び招集され、深夜の追跡が始まる。シリーズ第二弾。

今野 敏
連写
TOKAGE《トカゲ》 特殊遊撃捜査隊

バイクを利用した強盗が連続発生。警視庁の覆面捜査チーム「トカゲ」が出動するが、なぜか犯人の糸口が見つからない……。《解説・細谷正充》

堺屋 太一
鬼と人と（上）
信長と光秀

天下布武に邁進する織田信長と、その忠実な家臣足らんとする明智光秀。両雄の独白形式によって、互いの心中を炙り出していく歴史巨編。

堺屋 太一
鬼と人と（下）
信長と光秀

信長から領地替えを命じられた光秀は屈辱に震える。両雄の考えのすれ違いは本能寺で決着を見るが、信長は、その先まで見据えていた。

貫井 徳郎
私に似た人
テロが頻発するようになった日本。事件に関わらざるをえなくなった一〇人の主人公たちの感情を活写する、前人未到のエンターテインメント大作。

貫井 徳郎
乱反射
《日本推理作家協会賞受賞作》
幼い命の死。報われぬ悲しみ。決して法では裁けない「殺人」に、残された家族は沈黙するしかないのか? 社会派エンターテインメントの傑作。

貫井 徳郎
迷宮遡行
妻・絢子が失踪した。その理由がわからぬまま迫水は思いつくかぎりの手がかりを辿り妻の行方を追うのだが。《解説・法月綸太郎、新井見枝香》

葉室 麟
風花帖《かざはなじょう》
小倉藩の印南新六は、生涯をかけて守ると誓った女性・吉乃のため、藩の騒動に身を投じていく――。感動の傑作時代小説。《解説・今川英子》

葉室 麟
柚子《ゆず》の花咲く
少年時代の恩師が殺された事実を知った筒井恭平は、真相を突き止めるため命懸けで敵藩に潜入する――。感動の長編時代小説。《解説・江上 剛》

葉室 麟
この君なくば
伍代藩士の譲と栞は惹かれ合う仲だが、譲は密命を帯びて京へ向かうことに。やがて栞の前に譲に心を寄せる女性が現れて。《解説・東えりか》